太阳的绳索

王宗坤 著

山东文艺出版社

图书在版编目（CIP）数据

太阳的绳索 / 王宗坤著. —济南：山东文艺出版社，2021.3

ISBN 978-7-5329-6282-2

Ⅰ.①太… Ⅱ.①王… Ⅲ.①长篇小说—中国—当代 Ⅳ.①I247.5

中国版本图书馆CIP数据核字（2021）第018764号

太阳的绳索
TAIYANG DE SHENGSUO

王宗坤　著

主管单位	山东出版传媒股份有限公司
出版发行	山东文艺出版社
社　　址	山东省济南市英雄山路189号
邮　　编	250002
网　　址	www.sdwypress.com
读者服务	0531-82098776（总编室）
	0531-82098775（市场营销部）
电子邮箱	sdwy@sdpress.com.cn
印　　刷	山东新华印务有限公司
开　　本	710毫米×1000毫米　1/16
印　　张	19.5
字　　数	261千
版　　次	2021年3月第1版
印　　次	2021年3月第1次印刷
书　　号	ISBN 978-7-5329-6282-2
定　　价	49.00元

版权专有，侵权必究。如有图书质量问题，请与出版社联系调换。

你看到了吗

你看到阳光中的那棵向日葵了吗

你看它,它没有低下头

而是把头转向身后

就好像是为了一口咬断

那套在它脖子上的

那牵在太阳手中的绳索

——芒克《阳光中的向日葵》

目 录

一	1
二	15
三	27
四	36
五	46
六	56
七	68
八	76
九	82
十	91
十一	101
十二	116
十三	128
十四	139
十五	151
十六	158

十七·················· 166
十八·················· 175
十九·················· 184
二十·················· 190
二十一················ 201
二十二················ 211
二十三················ 222
二十四················ 230
二十五················ 239
二十六················ 244
二十七················ 254
二十八················ 264
二十九················ 275
三十·················· 280
三十一················ 285
三十二················ 297

一

从民政局出来,时间尚早,七月的悦城依然蒸腾在烈日之下,马路上新铺的沥青颗粒闪耀着碎金般光芒,同时还有一种焦煳而怪异的气息弥漫开来。一对新人正在高高的台阶上照相,新娘嚷嚷着要再来一次,新郎却表现得极不耐烦,把手指插在领口里不停地往外扯挺括的衣领,那条鲜艳的大红领带松松垮垮地斜挂在胸前,更像一条准备用来实施绞刑的绳索。旁边还有一男一女在吵架,仿佛是为了跟这热浪翻滚的午后相匹配,火药味儿已到了最浓之时。女人尖厉的声音吓退了树上的蝉鸣,刺破了氤氲着的暑气,却并没有引起周围行人的注意,或许早已麻木,他们都没停下脚步,最多也就是扭头多看了两眼。

我和刚刚成为我前妻的女人在路口分手。她说下午还要上课,是请假出来的。这是她的一贯风格,几乎没有什么事情可以耽误她给学生上课,即使是像离婚这样的人生大事。转身的那一刹那,我发现她明显瘦了,从耳梢往后捋起来的头发中居然有了一些灰白。自我离开悦城我们就没再见过,已有两年多的时间了,也许还要久一些。望着她断然离去的背影,我一阵心酸,眼泪就快要下来了。这是事件本身应该有的状态,但此时我的伤感却不只为此。我们的婚姻已如同熄灭已久的炭火,早已冷却在心间。我们都是善良之人，而且都没有错。我们原本不该相识，可最终冥冥之中的那份尘缘还是把我和她，还有褚燕来捆绑在了一起，这是真正的悲伤所在。

接下来我要开启另外一段旅程，去云霓饭店参加同学聚会，这也是我这次返回悦城的主要原因。

一九八九年七月十日这一天，我们拿到了悦城中等师范学校的大红毕业证书，这也意味着我们的生活发生了直接逆转，由坐在讲台下的学生变成了站在讲台上的教师。这一天对我们每一位同学来说都意义重大，可在过去的二十年间，我们却一直忽略了它。现在被聂世兰和尤奋进两位同学重新捡拾起来，显得有些突兀，让人有些猝不及防。接到老尤电话通知的时候，我有过一丝疑惑，有那么一瞬间还犹豫了一下，但我知道我不会放过这次机会，三年师范生活是我人生最为重要的转折，我放不下那段时光，更放不下一直珍藏在心中的褚燕来。

在确定来参加这次同学聚会之前我联系了前妻。这是一件久拖未决的事情，之所以选择这个时间节点，应该还是为了褚燕来——我需要一个真正的自由之身来面对那个逝去的时代，卸掉形式上的枷锁会让我的身心爆发出更加纯净的力量。褚燕来无疑是我一生最为重要的收获，是我心中的圣者，时至今日，我依然无时无刻不在思念她。我之所以执着地追逐这份刻骨铭心的记忆，除了不得不听从自己灵魂的召唤，还因为我一直不想，也从来没想过要抽离她带给我的那个世界。当年，我们出发之时是如此纯粹，带着青春的激情和对未来的憧憬。经过多年时光的淘洗，我仍然梦想着能跟她一道坚守在那面旗帜之下！

云霓饭店是悦城最早的一家四星级酒店，跟当年的悦城中等师范学校只隔着一条马路，我们入校的时候这家饭店刚刚建成开业。毗邻这样一个地方许是我们当年的幸运，但后来我们却感到了失落。闲暇的时候，我们常常会站在教室前面的走廊上朝饭店方向观望。眼前掠过的豪华轿车时髦男女，会让我们误以为生活在梦中，这看似虚幻的场景更增加了我们对这个城市的留恋。

去饭店的路上我接到了老尤的电话，说他正在被市长召见，脱不了身，晚上就由聂世兰代他给我接风洗尘，并说还有一位我意想不到的同学也会参加，临了还转达了市长对我的问候。老尤总是这样，看似没什么正经，其实各方面都照顾得非常周到。

那位意想不到的同学我无从猜想，会是褚燕来吗？但这怎么可能？她一直没有跟我们联系过，已失踪多年。我知道我在心里并没有放弃她，这种幻想是支撑我走下去的动力。等我走进饭店那个巨大的包房，才知道老尤说的是余亮光。这当然也让我意想不到，二十年不见，余亮光变化很大，除了大体轮廓还在，全身似乎都被换了一遍，就像一台历经爆燃又重新组装起来的汽车。头发当然荡然无存了，脑袋最上端只剩下一小丛纤细的茸毛，这些幸存的弱者整体向前俯卧着，显得严谨而呆板，倒跟他身上板板正正的白色短袖衫非常搭。

毕业后初次跟余亮光见面，我们都感到有些不自然，握过手之后竟然一时找不到可以交流的话题。二十年是一段漫长的时光，我们被这段时光叮咬得体无完肤，现在再次相见，应该都有一种劫后余生的感觉。我们对这种残缺了然于胸，因此才有了更多顾忌，幸好此时包房里已挤满了客人。

聂世兰请来了我们当年的班主任杜老师夫妇，这也应该是晚宴安排在饭店最豪华包房的原因所在。悦城中等师范学校早在前几年就和其他四所大中专院校合并成了悦城学院，杜老师现在是悦城学院的教授。杜老师的进步是一种自然演变的过程，而我们却成了断裂的一代。我们没有了母校，悦城学院的历史上也不会记载我们的名字。悦城中等师范学校是我们人生的分水岭，其意义不言而喻，但它对我们似乎不太厚道，自始至终把我们置于尴尬的境地。

杜老师的夫人方荣跟我们是同级同学，只不过方荣读的是两年制的民师班，幸运地逃过了我们毕业时的分配政策，于一九八八年在杜老师的"运作"下成为悦城师范附属学校的教师。据说，她现在已辞职多年，专门直销一种叫"安利"的产品，这个纯粹的洋品牌目前在国内已有规模庞大的拥趸，也带动着杜老师一家提前进入了富豪行列。刚开始时兴私家车的时候，杜老师家就买了两辆，以至于每次出门都会为开哪辆车而发愁。

在座的几位同学大都是后来从乡下调到了悦城，我们那一届毕业生几乎没有直接分配到悦城市内的，最好的也就是像老尤和聂世兰那样去了城郊学校。这几位同学过去时有照面，再加上我们几乎有着相似的经历，也就没有和余亮光那样的生疏。说相似，是指我们当初都分到了乡下，后来才又在悦城相会，但具体到每个人身上又都有着不同的路径。那两位女同学更相似一些，都是通过嫁人，以夫妻团聚的名义调到了悦城。

男同学李万祥起初也想走这条路子，为此还颇下了一番功夫。他一走上讲台就发现了那个"潜力股"，从此开始耐心蹲守。中考刚刚顺利结束，他就向她坦露了心迹。他选择这个时机显然是为了更好地假以爱情之名，如果成绩公布再去表白，那种真实而功利的目的就会显而易见。那位准中专生在这个节点上放松了警惕，以为美好的爱情像三伏天的雷电说来就来了。事情的发展没让李万祥失望，那位潜力股后来顺利被悦城师范学校幼师班录取。这显然也是深谋远虑的结果。城里的教师队伍越来越饱和,而师范毕业生却像潮水般一波接一波地蜂拥而至,教师编制处于狼多肉少的失衡状态。要想留城只能另辟蹊径,而此时城里的幼儿园方兴未艾,幼师专业毕业生留城的比率一直持续增加。果然,女方毕业之后顺利留城,李万祥以惊人的速度迫不及待地与对方领取了结婚证,然后就开始了名正言顺的调动。没想到这个战役一直持续了数年,其间的心酸只有李万祥自己知道。他始终像一个吊在高压线上的电工,精神高度紧张地悬在半空之中,每天骑着一辆二八大轮自行车往返于城乡之间,风雨无阻地日行一百多华里。他不敢缺席,危机感如影随形,既害怕把老婆独自留在家里让其他男人抄了后路,又害怕错过了任何有关调动的信息。最终通过二舅姥爷家三表叔的内弟之类的关系牵线,他才调入了悦城轴承厂子弟学校。让人料想不到的是,轴承厂在他调入不久即宣布倒闭,子弟学校也随之解散。下岗后的李万祥只好凭借一本教师资格证到处找学校打零工,这唯一的资本在带给他微薄收入的同时,也附带了更多屈辱,让他看起来更加谦和有礼,即使面对三岁孩童也会露出低到尘埃里的笑容。这种被迫形成的良好习惯倒是很快就给他带来了好运。

一年之后,李万祥被悦西区教育局一位副局长看中,临时借调到了悦西区教育局自学考试办公室。一进这个门,他就发誓要紧紧抓住这来之不易的机会。后来他在这个临时的位置上发挥得很好,不但业务上很出色,在人事处理上也达到了登峰造极的程度,尤其是对有提携之恩的局长和顶头上司自考办主任。局长喜欢喝茶,李万祥就找来有关书籍做足了功课,把茶叶种类与季节以及与健康的关系研究得倍儿透。从李万祥进教育局的那天起,局长就没亲自往自己杯子里放过茶叶。同在一个办公室的主任就更是近水楼台了,李万祥平时连主任上厕所用的手纸都会准备好，如果赶巧和主任一起值班，冬天他总是充当暖床丫鬟的角色，先把主任的被窝儿暖热了再招呼主任上床，袜子尿盆更是不用主任操心。历经一番艰难的韬光养晦，李万祥终于修成了正果，于一九九九年秋天正式调入悦西区教育局自学考试办公室。他调入自考办两年之后，聂世兰搞了一次小型聚会，就是在那次聚会上，我在毕业后第一次见到了李万祥。那时候的他也就三十多岁，但脸上已皱纹密布，集中体现着他谨小慎微和思虑过重的生活状态。吃饭间隙，他悄悄递给我一张名片，名片上有着太多的头衔，大多是什么教材审核委员会成员，或者是省自考委组织的某个项目的参与者。正式的身份写在中间：悦西区高等教育自学考试委员会办公室副主任李万祥。我接过名片，他还意犹未尽，靠近我耳朵说："我们办公室没有正主任。"

　　杜老师夫妇的加入让聂世兰低调了很多，过去他总是当仁不让地坐在主陪位置，而现在他却站在后面请杜老师上坐。杜老师自然不肯"就范"，聂世兰却执意相让。我们已习惯于跟随聂世兰这个风向标，自然附和着他的言行，在我们善意的围攻下，杜老师才不得不坐在了那个核心位置。聂世兰的本意是想突出一下杜老师夫妇，杜老师做主陪，方荣自然就是主宾了，但接下来却并没有顺理成章，方荣梗着脖子不往主宾位置上坐。不但如此，她还主动跑到了杜老师对面副主陪的座位上，说我们是杜老师教的最难忘的一届学生，当初我们对杜老师非常支持，现在终于找到了感谢的机会，今晚这顿饭他们来请。

　　聂世兰似乎第一次遇到这样的对手，成功的安利直销商方荣已经今非昔比。在方荣的世故人情面前聂世兰感到了词穷，但他毕竟反应机敏，关键时刻再次发动起了我们，在他的引导下，我们异口同声地向方荣展开了声讨：老师怎么能感谢学生呢！一日为师终身为父，更何况杜老师还是我们三年师范生活的班主任！在我们的狂轰滥炸之下，方荣才快快地离开了副主陪的位置，但说什么也不坐主宾位，硬硬地把余亮光推到了那里，说余亮光是远道而来，又是我们的第一任班长，按照远者为客的原则，理应成为主宾，更何况老公是主陪，哪有老婆再居上座的道理，这又不是开夫妻店！方荣的这番话让我们不好再让，最终双方都做了妥协，余亮光坐主宾位，方荣坐副主宾位，聂世兰主动跑到了副主陪的位子上，剩下的位子就被我们迅速瓜分了。

宾主都坐定，杜老师问聂世兰："不等一下奋进？"聂世兰说："不用等，咱又不是请他，今天的客人主要是您和师母。更何况他从来就没正点儿，到这个点儿就更不敢来了，害怕老师罚他的站。"杜老师笑了笑，说："哪有那么严重！你们都长大了，而且事业有成，老师怎敢罚站？另外，今天只有亮光一个客人，其他同学咱们都见过多次，只有亮光是毕业后第一次见，自然就是我们的客人啦。"顿了一下，杜老师又说，"你们还是不要叫方荣师母了，我虽然是你们的老师，但咱们年龄都差不多，方荣比我还年轻一些，师母二字怎么能承受得了？我很赞成刚才亮光的称呼，叫嫂子嘛！既自然又亲切，多好！"

一直闷声不响坐着的余亮光听到杜老师点自己的名字，遽然站起来说："我那是瞎叫！"杜老师赶紧按了一下他肩头："亮光坐下，不用客气！就应该那么叫。"方荣也说："你们都太客气了！实际上咱们之间比跟杜老师更近一些，咱们才是同级同学，叫师母就显得生分了很多。"

聂世兰还没搭话，李万祥接着说："叫师母有什么生分的？我们倒觉得比叫嫂子更显亲近！不论什么时候都要讲究长幼有序，不能忘了师道尊严。老师就是老师，学生就是学生，不能乱了辈分！"

如果没有之前的恩怨，李万祥说这话还不算太肉麻，但联想到当年他对方荣的态度，现在有如此表现就太让人感到意外了。

方荣本来是李万祥初中班主任的前女友，这位班主任老师一米八的个头，长得比杜老师帅多了。若干年前，方荣是乡中心小学的民办老师，在当时的背景下倒追李万祥那个年轻体面的班主任应该是个明智选择。班主任很快就掉入了方荣的温柔陷阱，两人的关系迅速升温，已经到了谈婚论嫁的地步。但这时上面下来了新政策，师范学校开始重新招收民师班，班主任为此主动推迟了婚期，全力支持方荣考学。方荣当年就被悦城师范民师班录取，这本来是个皆大欢喜的结果。没想到，方荣后来抛弃了班主任，变成了女陈世美，杜老师反而鸠占鹊巢，抱得美人归。关键是班主任和杜老师是师范同学，方荣来悦城师范读书，班主任把自己的女友托付给了杜老师。杜老师本来就有在学生中发展女友的嗜好，在每届毕业生中都会发展一位女友，然后想方设法把女友留城，但后来这些女友都会杳如黄鹤。究其原因，都是因为杜老师个子不高，相貌也不出众。当初杜老师留校，很多人都感到意外，直到"翻开杜老师的族系图谱"才找到原因——杜老师的舅舅是悦城建筑公司的老总，悦城师范学校唯一的那栋四层教学楼就是他舅舅的杰作。杜老师的"助人为乐"精神到我们这届当然还在持续，起初他瞄准的是幼师班一位号称校花的女生，怎奈难度太大，试探了几次都没效果，只好放弃了。方荣就这样适时填充了杜老师空空的怀抱。

方荣选择杜老师当然是有想法的，杜老师对此也心知肚明。此时的杜老师历经众多前女友的历练，已经变成了一个不见兔子不撒鹰的优秀猎手。他没像以前那样急于给方荣跑分配，而是先敲定了与她的关系。好在那时候学校对民师班的政策比较宽松，允许没毕业的学生领结婚证，有了那个大红本本，方荣留城也就顺理成章了。这可苦了那位班主任。

我们最后一次见他是在二年级下学期的一个晚上,他来找李万祥借宿,完全没有了以前的精气神儿,巨大的身量似乎一下子被抽空了,默不作声地走进我们宿舍,然后躺在李万祥床上一言不发,到了很晚才传出不停的叹气声。第二天天不亮他就悄悄地离开了,从此再也没有来过。

班主任离开的那个早晨,我们看到的是一个义愤填膺的李万祥,一边历数着班主任为方荣所做的奉献,一边大骂方荣是个无耻的婊子、无情的女人。由于刚刚目睹那个不幸的男秦香莲的悲伤,李万祥的情绪很快也感染了我们,有好一阵子,我们都不习惯杜老师站在讲台上对我们发号施令,尤其是后来在校园里看到杜老师和方荣亲昵地走在一起,我们心里总感到不舒服,有一种往上漾饭的感觉。

这天晚上,表现最不和谐的就是余亮光了,从一开始就不和谐。刚开始上菜,余亮光就摸出两包硬壳云烟不声不响地放在餐桌上,我们都以为他也学会了抽烟。聂世兰赶紧把一盒软中华扔过来,这下余亮光明显尴尬了,拿起面前的软中华犹豫着想扔回去。聂世兰说:"放在那儿,你抽吧!"余亮光摆着手说:"我不会抽烟。"聂世兰说:"不抽烟干吗买烟?"说完,他才意识到了什么,赶紧又说:"你还想着买烟呢!这烟不错,现在好像很流行。"说着就起身走到余亮光身后,拿起其中一盒云烟打开叼一根点着,转回来时还顺便拍了一下余亮光的肩膀。

周围几个同学都看出了聂世兰的意思,对他这一优良表现报以赞赏的目光,我却依然不以为然。刚才,白胖的聂世兰和黑瘦的余亮光靠在了一起,给我的视觉造成了巨大冲击。我忽然想到了多年前看到的一张新闻图片,是用来讽刺欧美发达国家对非洲借援助之名行掠夺之实的,在那幅题为《握手》的图片中,突出的是两只手,一只白嫩的大手紧紧地把一只干枯的黑手攥在了掌心。我不明白自己此时为什么会有这样的联想，我更不明白时光到底是个什么东西，怎么会把当初境遇相仿的两位同学雕琢得如此不同。

酒宴正式开始前，杜老师用征询的口吻问聂世兰："世兰，你不整两句？"

聂世兰说："您是我们的老师，要整也得您来整。"

杜老师说："今天是你们同学聚会，我要讲就把主题冲淡了，还是你来吧。"

聂世兰见杜老师这么说，就不再推辞，站起来发表了一番热情洋溢的讲话。他首先感谢杜老师夫妇的光临，然后回顾了二十年前我们同窗时的难忘岁月，进一步渲染了我们同学之情的纯洁性，然后又说："在物欲横流的今天，这种感情是多么的难得！多么的可贵！所以我们要珍惜！有人说一辈同学三辈亲，我们要做到一辈同学辈辈亲，把这种纯洁的友谊世世代代发展下去，让我们的后代永远铭记！"聂世兰的讲话情真意切、声情并茂，很有感染力，立刻引来了热烈掌声。其间，我注意到余亮光悄悄转身抹了一次眼泪。聂世兰讲完，杜老师让余亮光也发表一下感言，我以为余亮光会扭捏一下，没想到杜老师话音刚落，余亮光就缓缓地站了起来。我们明显感到了他的激动，他的脸涨得通红，洁白的桌布被他紧紧抓在手上，上面的高脚杯眼看就要歪倒，幸好站在后面的服务员及时把杯子拿开了。

我们都期待着，余亮光伸手抹了一下眼角，嘴唇哆嗦了几下，说："感谢杜老师、方师母、聂主任以及诸位同学，我今天很激动，像做梦一样……"

听着余亮光这么郑重的称呼，我心里忽然感到一阵绞痛。尤其是"聂主任"三个字，应该在他脑海中翻滚了无数遍！此时我才想到，刚才余亮光很少主动跟聂世兰说话，大概是一直拿不准该怎样称呼他吧。

后来在酒宴上最活跃的就是方荣和余亮光了。这几年的商人经历把方荣锻造成了一个长袖善舞的女人，端着倒满红酒的杯子频频敬酒，关注点自然在春风得意的聂世兰身上，话题还是刚才她自己拓展出来的，感谢我们做学生时对杜老师的支持。这也真难为她了，既要突出聂世兰这个重点也要兼顾我们，但她却始终红光满面，只是对李万祥有着明显的冷漠，这也许是她刻意为之，为了逃避自己不光彩的过去，或者心里还残存着那么一丝内疚。而李万祥却看似在忽略这种冷漠，仍然谦卑地叫着师母。

余亮光的活跃则完全来自他自己内心的激动，尤其是几杯酒落肚，他彻底摆脱了刚才的拘谨，瞬间变成了一个主动型人才。他就像一个身怀绝世武功的高人似的端着杯子到处踅摸对手，过招之后总会把自己的杯子清空，而且每次都要说一句俗得不能再俗的话："感情深，一口闷！"然后就攥住我们的手说自己太高兴了，这是他二十年来最高兴的一天。杜老师看出了些端倪，悄悄跟聂世兰说不能再让余亮光继续喝了。我们也感到余亮光已经到了极限，于是开始纷纷上前阻止。余亮光显然进入了一种忘我状态，不但对我们的劝告置若罔闻，而且变本加厉地释放自己已经高涨到极致的情绪，终于在跟杜老师干掉第N杯酒之后，一头栽倒在地上。

余亮光倒下的那一瞬间，餐厅里出现了暂时的沉寂。接着两位女同学发出微弱的惊叫声，方荣师母的感叹更夸张一些，类似于骤然受虐后发出的尖叫。杜老师端着刚刚跟余亮光碰过的那半杯酒木然地站着，杯子里纯净的酒液六神无主地荡漾着，像它的主人一样陷入了片刻迷茫。

聂世兰的情绪似乎更为外露一些，皱着眉头有些不耐烦地看着卧倒在地的那具躯体。我和李万祥则已经俯身准备把余亮光扶起来。

　　下午的时候，聂世兰已经给我和余亮光在楼上开好了房间，现在我们要把余亮光送上去。临别之际，醉意正浓的余亮光对眼前的场景仍然有着无比的留恋，先是挣扎着寻找自己的酒杯，想继续表达自己未尽的情意，后来感到了我和李万祥箍在他身上的强硬力道才不得不放弃抵抗，在我们臂力的支撑下依依不舍地向各位师友颔首道别，潮湿而蒙眬的眼睛里饱含着无限的深情和自惭形秽的内疚。奔向房间时，他那种酒精带来的激动情绪一直持续着，在走廊上张牙舞爪地喊叫着他单方面认下的亲人，那亢奋的状态使得他就像一位凯旋的勇士，收获着我们所体会不到的成果。

　　安顿好余亮光，我和李万祥重又回到餐厅。出人意料的是，本来已接近尾声的酒宴出现了二度中兴的局面，大家井然有序地坐在餐桌前，追加一些原本就想表达的心愿。刚才余亮光从一己情绪出发掀动起来的热烈挤占了很多人的表现空间，这让他们一度在心里颇有怨言，余亮光的提前退场正好给了他们展示的机会。聂世兰重新敬酒，主题是谢师恩，之后我们纷纷效仿。杜老师夫妇似乎比刚才更为理智，祭出的是愧不敢当的大旗，行为上却反方向地领受着我们的尊重。他们喝酒当然是点到为止，以至于杜老师杯中的酒液始终都是在同一个水平线上跳跃，我怀疑这还是刚才跟余亮光碰过的那半杯酒。

　　余亮光的不和谐丝毫没影响整个酒宴的圆满，几乎所有人都沉浸在一种兴奋而有节制的情绪中。起初不活跃的几位同学，后来都有了不错的发挥，尤其是李万祥，故伎重演地塞给我一张名片。拿到名片我才明白他如此处心积虑的原因。原来，他得到了提拔，急于与人分享内心的躁动。名片上的新头衔为：悦西区纪律检查委员会常务委员李万祥。我早就知道他调入了纪委，但成为常务委员应该是最近的事情。所以他像上次那样靠近我耳朵又加了一条注释："纪委常委享受正科级待遇。"我真是从心里佩服这位同学，能把十年前的情景重现得如此严丝合缝一丝不苟！

酒宴结束，大家都满面红光地往外走。方荣师母似乎更为兴奋一些，期待着明天那个更为隆重的聚会，撒娇般地向我们的召集人恳请明天不要甩了她。宴会上热烈的余韵还在感染着她，此时她已经彻底放下了身段，降尊纡贵地重提我们的同学之谊，以此来获得一个参加聚会的明确身份。聂世兰理所当然地顺水推舟，不但对方荣那牵强而过分的理由极力应承，还以主人的谦卑姿态表达了对尊贵客人的期盼。

送走诸位客人，我和聂世兰返回吧台。聂世兰过去签字，吧台服务员一边把账单递过来，一边说："聂主任，您今天请的客人可真有意思，还没有吃完就跑下来结账，一听要两千八又说不结了，过了一会儿又下来说他只带了这么多现金。我告诉他聂主任都已经安排好了，他却执意把钱留下，您看这钱……"聂世兰当然知道服务员所说的客人是谁，可他只专注于账单下面的空白，既没回答也没抬眼皮，直到龙飞凤舞地签完自己的名字，才说："给我吧。"服务员把四张百元钞票和几张碎钞交到聂世兰的手上，聂世兰捏着这些钱，转身气呼呼地揉给我说："这个，你还给他。"

我没伸手，犹豫着说："还是你给他比较合适……"

聂世兰没好气地说："我不想见他。今天他都缠了我一下午了，就为了他那点破事，叨叨叨……叨叨叨，烦死了！"

看着眼前貌似无比痛苦的聂世兰，我心中涌动着一种莫名的难受。

我不知道他所说的余亮光的"破事"是什么，按照现在他们之间地位的巨大差距，所谓"破事"对聂世兰来讲应该也不是什么难事。所以，聂世兰呈现出来的痛苦，更多的是一种矫情，或者是一种人前的表演习惯。一个习惯于表演的人，时间长了就会深陷其中，把那个有血有肉的自己搞丢。此时，我真切地感受到眼前的聂世兰已经病入膏肓。我忽然对他失去了期待，伸手接过了那一沓薄薄的票子。

二

　　从现在往前回溯到我们的学生时代，在那漫长的二十年时间里，余亮光绝对是我最为惦念的男同学，没有之一。当年，他是如此执着又如此纯粹，以至于他成了我整个学生时代的总阀，一旦在我心中开启，关于青春，关于爱情……都伴随着那个露珠一样的清亮年代纷至沓来。

　　还没入学，我就知道了余亮光这个名字。这源于我八年级时的数学老师，而他是从余亮光所在的冀石中学调过来的。他给我们上第一堂课时就谈到了余亮光。他讲到学习方法的重要性，说好的学习方法是打开知识宝库的钥匙，只有掌握了好的学习方法才能在知识的海洋中遨游。他还要求我们能举一反三，要有创造性思维，随后就举例说余亮光就有这种素质。有次，他出了一道应用题，余亮光用一元二次方程很轻松地解了出来。这道应用题来自一本权威的复习资料，由当时声名卓著的北京市海淀区专家编写，上面的标准答案是用二元二次方程解出来的，很显然，余亮光的解法比复习资料上的要便捷许多。我当时就发现，数学老师一说到余亮光，脸上的表情立刻就不一样了，有了一种动人的神采，好像余亮光不是一个学生的名字，而是一道迷人的彩虹。接着，数学老师继续给我们举例说明，学习方法之于学生就是飞翔的翅膀，那些例子都来自余亮光。余亮光在数学老师脑子里成了一个取之不尽用之不竭的宝藏，无论想冶炼什么样的金属都能在这个宝藏里找到最原始的矿石。老师说，余亮光学政治不死记硬背，翻开他的政治笔记，没有一段完整的政治题答案，全是关键词语和一些只有他自己才能明白的符号；他学地理不教条僵化，而是根据课本的讲解自己动手绘制地图……那天，数学老师给我们讲了很多学习方法，但由于这些学习方法都是围绕余亮光展开的，整堂课下来，我们印象最深刻的不是学习方法的重要，而是他曾经的优秀学生余亮光。

八年级下学期，区里组织了一次数学竞赛，要求每所初级中学推荐一名同学参加。墨镇中学推荐的是我，冀石中学毫无悬念地派出了余亮光。但在那次竞赛中我并没见到余亮光，或者说没有认出哪位是余亮光。竞赛只设一个考场，从一进考场我就在寻找自己脑海中的余亮光，好像所有面孔都像余亮光，又都不像。看外表我们都差不多，黑如皂角籽般的眼珠儿，泛着微黄的脸庞，乱糟糟的头发，这几个特征几乎成了我们的标配，整个考场的学生就像是由饿了三天的木工雕刻出来的一群木偶。在我的脑海中余亮光不应该是这样的。余亮光应该是什么样子，我也说不清楚，反正我觉得他就应该和我们不一样。后来，竞赛成绩出来了，余亮光得了最高分五十六分，而我却仅得了二十六分，连余亮光的一半都不到。拿到这个成绩我绝望了。过去，由于没有正面交锋过，余亮光所有的优势都是虚化的，而这次比赛却明明白白地显现了我和余亮光之间的差距。

可我们却最终成了同学，说起来这应该是个意外。

当初，拿到悦城师范学校录取通知书的时候，我没有半点兴奋。我不甘心就这样读个小中专，因为我的成绩已经过了重点高中的录取线。

后来让我死心的是余亮光。数学老师带来了余亮光也选择了悦城师范的消息，这让我立刻放弃了与家长抗争，乖乖地接受了眼前的现实。面对余亮光这个标杆，我不但不再沮丧，反倒有了种沾沾自喜的感觉。和余亮光成为同学就等于缩短了我们之间的距离，貌似站在了同一起跑线上，之前的所有差距都被一张同样的录取通知书给抹平了。

带着这样的心态，我一来学校报到就开始寻找余亮光，然而第一个跟我照面的同学却是聂世兰。

那天上午，我懵懵懂懂地迈进悦城师范校门。当时，校园里非常热闹，到处彩旗飘飘、人声鼎沸，人们个个笑容满面，像过节似的兴高采烈。学校大门上还挂着一条很宽很长的横幅："欢迎您，未来的人类灵魂工程师！"面对这么大的场面，我更晕了，背着一大卷行李在人群中钻来钻去，不知去哪里安置自己。是一个穿白色的确良衬衫的男生指点我办好了入学手续，然后又把我带到一面对着操场的红砖墙前。那面墙上贴着好多张大红纸，上面写满了一排排的名字，看得我有些眼花缭乱。那个男生在旁边催我："找呀！找到名字才能知道自己在哪个宿舍。"男生的催促让我感到了莫名的紧张，我凝神仔细从一张张纸上看过去，突然在"八六级二班"一栏里发现了一个熟悉的名字。我激动地喊了出来："找到了！"

男生问："哪个班？"

我回答说："八六级二班。"

男生"噢"了一声就要在前面带路，我这才意识到了自己的唐突，急忙说："我是说找到余亮光了，我自己的名字还没找到。"

男生泄气了，脸上露出不耐烦的表情，讥讽地说："你可真够忘我的！第一天报到不找自己的名字，倒关心起什么亮光黑暗来了。"

看到男生这个态度，我心里先胆怯了，只好抑制住自己的兴奋继续往下找。我很快就看到了自己的名字，跟余亮光的名字在同一栏里，离得非常近，中间只隔了几个人。第一次跟余亮光如此"无缝衔接"，我忽然产生了一种不真实的感觉，想扭头找那个男生确认一下，但最终还是放弃了。

我像个跟班一样跟在那男生屁股后面走向宿舍。男生个子比我高，长得也挺白净，跟我刚才看到的那些面孔不太一样。我无从猜想他的身份，当时以为怎么也应该是高年级的老生。直到帮我把行李放在贴有我名字的床上，他才介绍说自己叫聂世兰，是我的同班同学，说着还很男人地伸出手来跟我握了一下。握完手，他马上就把手臂竖起来，开始摇晃滑到手腕上的手表，那锃亮的光圈旋转着放射出耀眼的光芒，就像两个金属物体碰撞时迸溅出来的火花。

聂世兰的洋洋得意让我产生了一种类似上当受骗的感觉。同时，我一直紧绷的神经也彻底放松了下来，忍了一路的尿意骤然降临，刚才憋住的念想也再次被释放出来：余亮光是不是也跟眼前这个骗子一样，早就报上到了？

宿舍是由原来的教室改造的，我们班所有男生都在一间大屋子里。床铺是双层的钢架结构，每个铺位上都贴着名字。我的铺位在中间的窗子旁边，这是一个连着的上铺，窗子下面有一个低矮的床头柜，床头柜隔开了一个窄小的走廊。我安顿好自己的行李，才发现自己跟余亮光是"邻居"。余亮光的铺位上面只有空空的木板，显然他还没来报到。录取通知书上规定的报到时间只有今天一天，想必我今天一定能见到余亮光。但事情却并不像我想的那样简单。到了下午很晚的时候，余亮光还没露面，同学们好像都在等他。我假装自己不知道余亮光，就问刚搭上话的下铺李万祥："余亮光是谁？"李万祥斜着眼睛看了我一眼，那神情带着些蔑视，似乎在说怎么连这么简单的问题都不知道。也许是看在我们刚认识的分上，他最终还是正面回答了我："余亮光是我们班长！"

我这才想到，余亮光可能不仅仅只有我这么一个粉丝。他这次的中考成绩超出我们一大截，据说是整个悦城师范学校新生中分数最高的，被学校指定为班长应该是顺理成章的事情。可我们这位班长却迟迟没有露面，这就更增加了我们对他的期盼。此时，班主任杜老师似乎比我们更着急，来宿舍好几趟都是为了打探余亮光的消息。后来，我们才知道杜老师的着急是有原因的：明天学校就要举行开学典礼和庆祝第二个教师节大会，余亮光作为新生代表要在大会上发言。

到了掌灯时分还不见余亮光的影子，杜老师心中急若油煎。让余亮光发言是学校领导根据录取成绩指定的，万一余亮光明天再来不了就耽误大事了。而且现在还是雨水季节，冀石镇在悦山山后，通往悦城的道路一半以上是山路，长途汽车难免会有个闪失。当天晚上，杜老师带着我们几个同学到学校传达室打电话。当时的电话还没数字化，只能通过邮电局转到冀石镇的总机，然后再转往余亮光所在的梭庄。接通了冀石总机，往梭庄转了多次，电话一直没人接。杜老师一直问冀石总机是怎么回事，总机值班的是个声音很好听的女孩子，一开始还能给我们耐心解释，说一般转村庄的电话十次有九次不通，镇党委书记找人都是电话先打到管区，然后再由管区的工作人员骑摩托车去村里找。究其原因，是因为电话线架在野外极易被人破坏，限于人力物力，镇上又抢修不及时，所以很多村庄的电话就是个摆设。梭庄的情况就更为特殊一些，这是一个由五六个散布在山间的自然村组成的纯山区村庄，去这些村连条正经道路都没有，更别说打电话找人了。找不到余亮光，杜老师不想放弃，就问能不能也先打到管区，那女孩子直接就拒绝了，说这个时间管区根本就没人了。杜老师就让这女孩子往村里一遍一遍地打，最后她终于烦了，干脆挂断了电话。

线索断了，杜老师有些丧气，颓然地坐在传达室门口的椅子上。这时，同来的聂世兰突然说："我们可以打电话问问冀石汽车站有没有发出来的车。"

聂世兰的话把我们都点醒了，杜老师又拿起电话往冀石镇汽车站打。所幸电话通了，值班人员说前几天的大雨把通往悦城的道路冲塌了，今天根本就没有去往悦城的长途客车。放下电话，我们都心安了一些，至少不用担心余亮光的安全了。可明天的发言该怎么办？

第二天一大早，我们还没起床，杜老师就来到宿舍，见余亮光还没有踪影，就把聂世兰单独叫了出去。这是我们来学校后度过的第一个晚上，大家觉得新鲜，都没睡踏实，杜老师这一来我们再也躺不住了，开始起床收拾自己。宿舍没有专门的盥洗室，洗脸刷牙都要去院子里的水池。我端着脸盆从宿舍出来，和正要回宿舍的聂世兰碰了个正着。我发现，刚才还睡眼惺忪的聂世兰一下子就精神了很多，脸红扑扑的，就像熟透了的苹果。我有些不解，不知道聂世兰为什么会突然变得如此兴奋。

我洗漱回来，发现宿舍里比刚才热闹了很多，好几个同学都围在聂世兰铺位前，聂世兰站在最里面，正拿着稿子慷慨激昂地读着。我问边上的李万祥这是什么情况，李万祥悄悄告诉我，杜老师决定，万一余亮光到不了，就让聂世兰代替他在庆祝大会上发言。

聂世兰很有表演天赋，声调抑扬顿挫，发音也标准，念到激动的地方还辅以动作。预演结束了，周围的同学都鼓起了掌。聂世兰本人也很激动，快到开会的时间把脸又重新洗了一遍，还对着小圆镜子认真梳了梳头，脱下从昨天一直穿在身上的白的确良衬衣，在自己的黑色皮革提包里扒翻了好长时间，找出一身崭新的中山装换上。时间差不多了，杜老师来喊我们去学校礼堂开会，走到半道，聂世兰忽然叫了一声。我们问："怎么了？"聂世兰说："忘带记录本了。"我们都说："带本干什么，又不是上课。"聂世兰却坚持要回宿舍拿，我们只好等他。等了好一会儿，聂世兰才气喘吁吁地赶来，手里多了个红塑料皮的记录本，一边还说："要知道这么难找就不回去拿了。"我感到奇怪，今天早上还没起床，我就见睡在相邻下铺的聂世兰坐在床上津津有味地翻这个记录本。当时，我还注意到记录本的扉页上写着"与世兰同学共勉"的字样。看到我在看他，他赶紧手忙脚乱地把记录本藏在了枕头底下，现在怎么又难找了？我又看了一眼聂世兰，只见他两个鬓角上的头发还湿漉漉的，心想，他不会是又回去洗了一遍脸吧？

  学校礼堂就建在大门口，也是平房，就是规模大了许多。快到礼堂的时候，我们忽然看到一个背着行李卷的干瘦身影迎着我们急匆匆地走来。我们都感觉这应该是位刚来报到的同学，心下猜度该不会就是余亮光吧？我们都没见过余亮光，只有杜老师面试的时候跟余亮光打过照面。身影走近了，杜老师眼睛亮了一下，叫了声"余亮光"就迎了上去。

  来人就是余亮光。原来，由于客车停发，余亮光是从冀石镇步行来学校的。我们感到很震惊，从冀石镇到悦城要一百来华里，这么远的路一步步地量过来，我们连想也不敢想，而余亮光轻易就实现了。不一样的余亮光一登场就让我们感到了不凡，可眼前的余亮光又着实让人失望。余亮光长得跟我想象的一点儿也不一样：黑瘦，个儿矮，长了一头黄枯枯的头发，就像田野里割完麦子以后留下的麦茬；穿的衣服也有些不合适，裤子太过肥大，整个下身看起来就像一个没有扎口的大棉布口袋，还挽着裤脚，裤管上布满了星星点点的泥点子；脚上是双塑料凉鞋，已看不清鞋面的颜色，裸露着的脚趾缝隙里夹着颜色可疑的泥土，在泥土的覆盖下已看不清指甲的轮廓，两只脚丫就变成了一对压扁了的黑色棒槌。可能是太累了的缘故，余亮光脸上的肌肉紧绷着，神情显得有些麻木。

离开会时间还有十多分钟，我们把余亮光的行李接过来重新陪他回宿舍。在路上他告诉我们，昨天上午他在冀石镇汽车站没等到车，下午在确定不再有客车后就开始了徒步行程。走到半路天就黑透了，那时前不着村后不着店，根本找不到地方投宿，后来在野外找了间附近村民舍弃的瓜屋子勉强凑合了一夜，今天早上又老早起来赶路，紧赶慢赶这才赶到。我们也注意到，余亮光裸露出来的胳膊和脚脖上都布满了细密的红色斑点，有些还涌出了血珠子，很显然是昨晚蚊子留下的记号。余亮光的声音尖细，像没开嗓的女孩子，还满口当地土话，我们第一次听他说话都伸长了脖子，把耳朵支棱起来。回到宿舍，我给余亮光打来洗脸水，余亮光简单洗了一下，显得精神了很多。我们的注意力都集中在余亮光身上，杜老师却一直看聂世兰。聂世兰显然也感觉到了什么，刚才还红扑扑的脸蛋儿变得蜡黄，也可能是被那身厚厚的中山装焐的，额头上还冒出了豆粒儿大的汗珠。他费劲地解开系得严严实实的衣领，眼睛极不自然地躲闪着，一会儿在我们身上游移，一会儿又转向余亮光，最终在杜老师的注视下低下了头。杜老师见聂世兰这么不主动，就接着说："余亮光到得可真是时候！"这话就说得很是明确了。按照正常的新生报到时间来说余亮光是迟到了，可他却在庆祝大会之前来了，这就意味着他代表新生发言是时间刚好的。杜老师的想法不言而喻。他恐怕也有难处，学校领导指定余亮光发言，原本让聂世兰暂代就是无奈之举，现在余亮光来了，杜老师也就不用去找校领导解释了。

聂世兰还算清醒，很快意识到不让是不行了，这事原本就是余亮光的，他本来就是个备胎。明白了这一点，聂世兰把头抬起来，对着杜老师，故作轻松地呼扇了一下上衣领子，说："既然余亮光到了，这个言还是让他发合适。"说着就把发言稿递给了杜老师。

聂世兰解脱了，杜老师也松了一口气。余亮光不明白怎么回事，时间快来不及了，杜老师只好对他简单交代了几句。好在余亮光作为优秀学生，像大会发言这样的事情在冀石中学没少干过，很快就明白了过来。他接过杜老师手上的发言稿，操着冀石土话说："那行哩！那行哩！"

尽管我们之前已经有了某种担心，可还是没想到余亮光的这次发言会这么糟。他满嘴的土话加上发艮的冀石腔调，把杜老师精心准备的发言稿全给毁了。刚才听他说话，那口土话还不是太难听，可到了主席台上，被麦克风一放大就变成了洋腔怪调。余亮光还没讲完，坐在后面的高年级同学竟然喝起了倒彩，还有人发出了嘘声。台下的我们也感到无地自容，不敢看摆在我们前面写着"八六级二班"的牌子。我身边的聂世兰更是把嘴唇紧紧抿着，牙关紧咬起来，手指头使劲抠住前面的椅子背，恨不得抠出个窟窿来。余亮光从台上下来，紧张得不行，连自己的班级都找不到了，还是杜老师上前把他领了回来。余亮光也感到情况不妙，见了我们，像个做了错事的孩子一样不敢抬头，只翻了翻眼皮朝这边瞟了一下。聂世兰这时已经站了起来，眼珠子朝余亮光瞪着，目光如火把一般甩了过去，见余亮光没有反应就愤恨地跺了一下脚，大声说："耻辱啊！"余亮光刚把瘦弱的身子蜷缩到自己的座位上，听了这话，本来已经成了紫茄子的脸显得更紫了，脑门上的汗珠子如雨后春笋般急不可耐地往外拱。半晌，他才用手在额头上刮了一下汗，自我解嘲般地说："我咋就佛（说）成了这样呢！我咋就佛（说）成了这样呢……"

余亮光的普通话显然很不过关,这直接影响了班长应该兼任的另外一个职务——推普组长。中等师范学校是专门培养小学教师的机构,对学生说普通话的要求非常严格,学校设有专门的普通话推广委员会,要求每个班级都成立推广普通话小组。其他班的组长都由班长兼任,唯有我们班的推普组长是宣传委员褚燕来。

褚燕来的普通话说得好,而且能够"两个频道同时播放",课上需要说普通话的时候字正腔圆,课下交流又会跟我们打成一片。这让我们觉得她很真实,不像有的同学那样本身普通话没说好,还拿腔作调地到处显摆。所以由褚燕来兼任班里的推普组长是民心所向,同时我们也感到有些疑惑,都是农村出身,之前没有受过专业训练,她的普通话为什么说得那么自然?后来褚燕来告诉我们一条经验,那就是多听收音机里的播音。我们恍然大悟,播音员的播音肯定是最标准的普通话了,应该比在语音课上学习课件还有效,因为它是连续性的,而且传递出来的内容还都是我们关心的问题,离我们的生活很近,这就更容易融入我们的日常学习之中。

这条经验让余亮光如获至宝,怎奈收音机那时候还是个稀罕物件,尤其是褚燕来随身带着的那种袖珍收音机,全班也只有那么一台。余亮光就跟褚燕来商量,能不能把她的收音机贡献出来让全班同学共享。褚燕来欣然同意,但在什么时间共享却成了问题。上课时间显然不行,课间又很短,后来余亮光就瞄准了晚自习。由于师范的课业负担不重,我们的晚自习一直没有多少实质性内容。

可是,这个时间大部分电台的节目都不适合练普通话,唯有中央人民广播电台的《全国各地人民广播电台联播》比较接近要求。这档节目事关国计民生,也很接地气,可播出时间是晚上六点半,离晚饭时间太近。

后来余亮光又选定了八点钟的新闻节目，没想到杜老师那里没通过。杜老师也赞同我们通过听广播来提高普通话水平，但占用晚自习时间集中播放显然不合适。晚自习是学校统一要求的自修时间，如果硬改成有组织地收听广播，不但违反了学校规定，还容易影响其他班级。

余亮光只好把听广播时间放在了课外活动时，但第一天就遭遇了失败。一开始还能找到个比较清晰的频道，但传出的声音奶声奶气的，有的同学提醒，说这是"小喇叭开始广播了"。再调是咣当咣当的打击乐，后来余亮光拧着旋钮，让调频道的红指针像跑步一样来回跑了好几次，调出的几个频道都带有吱吱啦啦的电流声，勉强可以听的是一个地方台的点歌频道，但播音员的普通话并不标准，把"电影放映"念成了"放养"。这让我们很失望，没想到被我们奉若宝典的"教材"也会出现这种错误。周围班级的同学都出去活动了，唯有我们还像模像样地待在教室里，如同一群神经兮兮的木偶。路过我们教室的其他班同学都感到有些莫名其妙，把脚步停下来透过窗子好奇地往教室里观望，那眼神儿就像他们是来到了动物园，隔着铁丝网在欣赏动物们的表演。

第一个站起来的是聂世兰，说要去厕所。出现了第一个吃螃蟹的人，后面就有了塌方式哗变，教室里很快就没剩下几个人了。收音机里的电流声更响了，此时正播放着一首旋律很轻快的歌曲，被那浑浊的声音一干扰，顿时变得湿重无比，成了名副其实的噪音。余亮光只好草草地收了兵。

此后，余亮光又试图组织了几次收听都没成功，但褚燕来的收音机他却一直没还回去。那一阵子他像着了迷一般，把收音机带在身边，逮住机会就听，有时还随着播音员的声音自己念念有词地跟读。正当他练得如痴如醉的时候，收音机却突然哑巴了。余亮光一开始以为问题不大，自己拨弄拨弄就行了，于是翻来覆去地旋转开关，还按着喇叭试探着拍打了一阵，但收音机还是没反应。有同学提醒说："是不是里面的电池没电了？"他这才恍然大悟，赶紧打开后盖，发现挤在一起的那三节五号电池已经变软了，最外面那节里面的液体都流了出来，黏黏的，还有一股刺鼻的味道。余亮光买来新电池换上，可收音机还是没动静。这下他有些紧张了，买这样一个收音机要将近二十块钱，这在当时可是一笔巨款，更何况即使有钱也不知道去哪里买。

　　余亮光拿着收音机硬着头皮去找褚燕来，承诺自己会赔钱，问褚燕来要多少。没想到，褚燕来并没有为难他，不但没让赔钱，还安慰他说："坏了就坏了，一个收音机用不着这么大惊小怪的！"更让我们想不到的是，只过了一天，褚燕来的收音机就又发出了声音，后来一打听，才知道是被汤丽欣修好的，这更让我们感到吃惊，怎么也想不到柔弱内向的汤丽欣还有这么一手！

三

当时假如我们能够深入了解一下，对汤丽欣能修好褚燕来的收音机就不会吃惊了，因为她父亲就是莱城矿务局的技术处副处长。

汤丽欣跟我们都不一样。她是委培生，来自莱城矿务局，是带着工资来上学的，毕业后再分回莱城矿务局，没有毕业分配的烦恼。莱城矿务局职工待遇很好，一般的煤矿工人都比国家干部的收入高。我们中考填报志愿的时候学校名单上就有煤矿师范学校，比悦城师范学校的录取分数线要高出十多分。当时要进这所学校，光考高分不行，还要有关系，能迈进那个门槛的都是些不简单的主儿。当初老尤的父亲就曾为老尤努力过，但费了好大的劲也没办成。

有这样的背景，不想特殊也不行了。更何况，汤丽欣身上的特别之处还远不止这些。她比我们入校迟，都开学好几天了才被专车送来。那天的专车是一辆乳白色的面包车，车子停稳，先从前面副驾驶位置下来一个戴眼镜的男人，那男人拉开车门，如同鸽子出笼一样，一下子就从车里蹦出来五六个花枝招展的女孩子。这些女孩子就像是从电影中走下来的，猛地就把我们的眼睛晃了。她们不但穿着非常时尚，走路的姿势也很好看。因为她们都没带行李，我们当时不知道她们是来干什么的，都像看西洋景一样盯着她们。那个戴眼镜的男人显然是她们的领队，带着她们径直向挂着教导处牌子的办公室走去。过了一会儿，她们叽叽喳喳地从教导处出来了。眼镜男人招了一下手，停在旁边的面包车像一头老牛一样哞的一声开了过来。那几个女孩子来到车前，其中一个打开车门要上车，"眼镜"挥了挥手说："很近，没几步。"开车门的女孩子重新关上车门，眼镜对司机交代了几句，面包车就又往前开去。

　　直到面包车停在女生宿舍区，我们才看出些端倪。女生宿舍在男生宿舍的后面，都是一样的平房，可外面有院子圈着，车辆开不进去。司机把车停在院子门口，那几个女孩子也赶了过来。眼镜男人走上前打开了车后盖，我们这才看到后面堆着些花花绿绿的行李。单是这些行李就让我们感到眼花了。我们的行李大都是卷起来的铺盖卷儿，条件好一点的带个大帆布包。我的行李算是比较好的，也不过是个破旧的樟木箱子，是大哥当兵带回来的，大哥贡献出来给我，还让嫂子不高兴了好几天。最好的行李是聂世兰的，是个黑色的皮革提包。提包有两条拉链，那条长的拉链上还带着个小铜锁。聂世兰放皮包的时候一般让小铜锁朝外，那金黄的小物件在黑色底子的衬托下就格外显眼。最差的行李要数余亮光的，就一个铺盖卷儿和一个装化肥的尼龙袋子。铺盖卷儿倒还好，卷得很仔细，外面罩了一层塑料布。尼龙袋子就委实太不雅观了，上端的口都破了，线头纷纷地冒出来，就像他乱糟糟的头发。最不能让人忍受的是袋子上面的"碳酸氢铵"四个大字，下面是净重多少公斤，产自哪里的字样也格外显眼。

　　眼镜男人和司机把行李一件一件地从车里提出来，摆在门口的水泥地上，这让我们一下子就开了眼。我们还从来没有见过这么多的皮箱，而且还有这么丰富的色彩。这时我们已经搞清了女孩子的数量，一共是六个。那个眼镜男人其实更像个服务人员，他和司机往外拿行李的时候，六个女孩子一直站在那里指指点点，没有一个有伸手帮一下的意思。行李放好，女孩子们开始拖着自己的皮箱往里走，皮箱是拉杆的，下面还有轮子，这些女孩子拖起箱子来就像拖着空气一样自如。

　　这些女孩子的身份当时成了我们最大的困惑，住进女生宿舍区却又不像学生。谜底很快就揭开了，我们第一次听到一个陌生的名词——委培生。乍一听，这个词可真是不咋地。委培生，顾名思义就是委托培养的学生，没有经过正儿八经的考试，没有过五关斩六将的拼杀，根不正苗不红，来源出处可疑，她们怎么能跟我们这些经历过十年寒窗的正经学子平起平坐呢？！可她们竟然还这么高调，尾巴都要翘到天上了。更让我们愤愤不平的是，她们看上去跟我们也差不了几岁，居然已经开始领工资了。工资，对我们这些农家孩子来说该有多神圣，却被这几个黄毛丫头轻易地得到了！

　　羡慕、嫉妒、恨是递进的也是模糊的，在某种程度上它们是由距离决定的，对远在天边的人我们不会产生这种情绪。一开始，听说这些委培生都进了幼师班，我们的嫉妒和恨就减弱了一些，只剩下些许的羡慕。幼师班培养的是幼儿园教师，我们几乎都没有进过幼儿园，在我们看来，幼儿园教师不就是看孩子吗，看孩子还用学？！不用学的东西还来学，不是白痴也是傻瓜。我们内心有了某种鄙夷，这种鄙夷把之前的不平中和了，甚至连羡慕也没有了，反而还有了一种自得，一种得了便宜的沾沾自喜。原来她们看起来的风光也仅仅是看起来，实际不过是绣花枕头。可没想到还有一条漏网之鱼，她就是汤丽欣。

　　汤丽欣是开学五天之后到我们班的。在这五天里我们的情绪基本已经稳定了，没想到汤丽欣一来又把我们弄得有些亢奋。我说这话丝毫没有夸张。初来乍到什么都感到新鲜，整个学校的环境比初中时不知好了多少倍，可对身边的女生却没有什么新鲜感。我们班只有十四位女生，第一次在教室里集合我们就感到了失望：她们的着装几乎都是大红大紫，肤色跟我们也差不了多少。最主要的是神态——本来应该洋溢着青春气息的面孔却一直端着，五官规规矩矩，就是猛然刮过八级大风也不能让它们有丝毫颤动。还有发型，不是瓦子就是刷子，反正就是没有让人眼前一亮的样式。没有惊艳，没有新奇，整体来看还比不上我们初中时的女同学。女生无疑是我们关注度最高的一个群体，我们的情绪在这个最高指标上降了下来，不想趋于稳定都不行。

至于汤丽欣为什么突然来到我们班，有两种说法：一种说法是她的个人意愿，她不愿意当幼儿教师，毕业后要回矿务局的子弟小学任教；另一种说法是她的乐感有些差，不适合学幼儿师范专业，学校根据她所在单位的意见和她的个人意愿做了调整。音乐和舞蹈是幼儿师范专业的主要课程，这一点我们一入校就感受到了。学校操场南面是一排平房，那是学校的琴房，平时总有琴声传出来，而且进出的大部分都是女生，后来才知道那都是幼儿师范专业的学生。

那天也是晚自习时间，杜老师推门进来了。他没有像过去一样径直走上讲台，而是站在门口向外招手。我们都把目光投向杜老师身后，汤丽欣缓缓进来，我们的眼睛一下子就亮了。汤丽欣那天穿了一条乳白色裤子，脚下是白色高跟鞋，上身是一件蓝色蝙蝠衫，肩上背着一个棕色马桶包；马桶包是双背带，汤丽欣却把两根带子都斜背在右肩上，显得随意而自然。可她当时的表现却一点也不自然，杜老师招呼了两遍，她才有些扭捏地走到了我们前面。杜老师介绍："这是我们班新来的同学汤丽欣，大家鼓掌欢迎。"

我们的掌声噼里啪啦地响起来，汤丽欣却一点反应也没有，还是低着头。长长的头发刚进门时是披散下来的，就像在台上挨批的女犯人，可能是她自己也有了不好的联想，于是把大部分头发拢到了脑后，可由于她的头是低着的，她只好不停地往耳朵后面抿掉下来的头发。这个动作大概冲淡了她的紧张情绪，稍后她微微扬起了头，轻轻地笑了一下，不是对着我们，而是对着房顶最后面的白炽灯管，露出了一抹闪耀着白瓷般光泽的牙齿。

　　怎么说呢，新同学汤丽欣的到来让我们的情绪变得极为复杂。我们记得，第一次照面时那六个花枝招展的女孩子都穿着裙子，从小到大我们身边几乎都没有穿裙子的女孩子出现，这让我们感到那些穿裙子的女孩子好像来自另外一个世界，离我们极为遥远。现在，作为她们六分之一的汤丽欣突然来到我们身边，跟我们坐进了同一间教室，而且还没穿裙子，这让我们一下子就无所适从了，说不清是兴奋还是感动。我们感到挺意外的，觉得汤丽欣所在的那个世界也不是那么遥不可及。她今天的装束、她今天的紧张，所有这一切让我们觉得"同学"这个词是如此亲切而生动，它把我们拴在了一起，用的似乎是流淌着亲人般血液的毛细血管。

　　杜老师把汤丽欣的座位安排在了右前方最边上的位置，这里原来是个缺口，现在却成了中心，变成一把折扇最下端的轴心，我们的目光就是所有的扇骨，顽强地向这个轴心汇聚。目光的方向是明确的，道路却是曲折的，我们谁也不敢明目张胆地张望，而是回避着周围同学，默默地窥视，甚至回避着自己那颗年轻的心。我们庆幸汤丽欣坐在了那个边角的位置，这给我们创造了隐藏和满足自己的条件。汤丽欣已经在自己的座位坐了下来，一边取下肩上的马桶包往外拿东西，一边还跟她的同桌说着什么。她包里的东西没有什么新奇的,不过是些书、笔记本之类的学习用具。这时,我们才敢认真地打量她的背影。汤丽欣留着披肩发,乌黑的头发瀑布一般漫过肩头,搭在蓝色上衣的后背上。那件蓝色上衣的布料非常薄,在灯光下能隐约看到里面从肩头下来的两根吊带,与下面一条宽宽的横带连接,自腋下绕过。我们知道这个子弹袋似的东西叫乳罩。汤丽欣的后背成了我们眼前的一道风景,从这道风景生发的所有联想都让我们心荡神摇。

我们宁愿相信汤丽欣是因为第一种说法来到我们班的,她是自愿的。想想幼师班也真的是没什么意思,不但前途渺茫——整天跟些不懂事的孩子为伍能有什么前途——就是在当下,一个班里都是清一色的女生也谈不上有趣。所以汤丽欣离开幼师班是明智的,是弃暗投明,等于逃离火坑,来到了幸福的乐园。这也为我们内心那深藏着的向往找到了不再尴尬的理由。可事实总与我们的愿望相背离,第一节音乐课我们就发现汤丽欣确实有些五音不全。

普师专业的音乐课虽不如幼师班的重要,但也要求极严。普通师范的目标就是要培养合格的小学教师,而对于小学教师来说,除了数理化这样的主课,音体美这类课程也很重要。尤其是农村,根本就没有这方面的教师,所以学校近几年对这类课程抓得很紧。

音乐老师是位年龄比较大的老教师,第一次上课就带来了一个我们都不认识的东西。他带来的方式也比较奇怪,既不是背也不是挎,而是用两根带子把它挂在了胸前。这东西长得也有些奇怪,说方不方说圆不圆,中间是折起来的皱褶,边上还缺了一大块,我们都不知道这是个什么宝贝。音乐老师好像猜透了我们的心思,他说的第一句话就是:知道这叫什么的同学请举手。我们都没有举手。我们本来就没有举手的习惯,在过去的学校读书时，老师很少让同学们举手，都是点名回答问题。更何况，我们现在还不知道问题的答案。

音乐老师问第二遍的时候，汤丽欣举起了手。我们的心放了下来，觉得汤丽欣就应该知道答案。"手风琴"三个字汤丽欣说得声音很低，而且是用普通话说的。音乐老师很满意，说："今天我上了两个普师班的课，这两个班的同学对这个问题都交了白卷，这让我对同学们过去所受的音乐教育感到痛心。没想到在你们班得到了一些安慰。"这话让我们心里很是受用，对汤丽欣也有了某种感激。随后音乐老师开始跟我们大谈音乐的重要性。按照音乐老师的说法，音乐是人在成长中不可缺少的元素，是人类的精神家园，是灵魂的栖息地，总之很重要。我们听着都有些害怕，因为我们过去很少接触音乐，几乎没上过音乐课，缺了这么重要的东西，我们不就活成傻子了？！让我们害怕了一阵，音乐老师又开始鼓励我们自告奋勇站起来唱歌。这对我们来说难度更大，我们情不自禁地把头低下，身子缩起来。音乐老师进一步鼓励我们，说："唱好唱孬无所谓。音乐是一个民族的灵魂，是用来陶冶情操抒发性情的，不懂又不学音乐的人就不是充实的人、完整的人。一个人首先要有学习音乐的意识，至于音乐水平和修养，可以通过学习来慢慢提高。"

我们都把目光转向了汤丽欣，从心里认为她应该起来唱，包括聂世兰。可汤丽欣把头埋得比我们还低。音乐老师逐渐失去耐性，有些生气地说："我说过唱好唱孬无所谓。我知道你们的音乐素养是一片空白，主要是看你们的胆量，现在你们这个样子，毕业后怎么能上讲台？真没有自告奋勇的，那我就点名了。"也许是音乐老师捕捉到了我们的目光，也许是因为刚才的印象，他的手指径直指向了汤丽欣。

这天汤丽欣穿了一件白色短袖衫，质地光滑而透亮，那两根从肩头攀过的带子下面似乎坠着千斤巨石，在巨石的重压下，汤丽欣的身体只能慢慢往上耸动，身子终于挺直了，但头仍然低着，长长的头发往前披散着，恰如一道门帘把她的真实样貌严严地遮挡住。我们看不到她的表情，想必她一定也跟第一次走进这间教室时一样紧张。"大胆唱吧，随便唱点什么都行！"音乐老师和蔼地说。我们都屏住了呼吸，教室里安静极了，空气中充满了期待，可汤丽欣一直低着头那样站着，足足站了半分多钟。"大胆唱，唱出来就是胜利！"音乐老师催促道。他的声音仍然是和蔼的，却是另一种和蔼，是掺杂了隐忍硬挤出来的和蔼。

就在我们都失去耐心快要绝望的时候，汤丽欣抬起了头，声音也随之发了出来："晚风轻拂澎湖湾，白浪逐沙滩……"这首歌我们都听过，是台湾校园歌曲《外婆的澎湖湾》，旋律很美，很让人陶醉。但现在传到我们耳朵里的声音却有一种怪怪的味道：汤丽欣的声音很低，而且还带着颤音，把一段轻柔欢快的曲调唱成了旦角的悲戚之声，最"经典"的是居然连歌词也给人家改了，把"留下脚印两对半"唱成了"三对半"。有人忍不住笑了，音乐老师有些无奈地看着汤丽欣。她似乎也感到自己唱得确实不咋地，后面的歌词唱得很快，曲调不再舒缓，唱完前面的，后面的副歌一句也没唱就打住了，然后没等音乐老师点评就坐了下来。

音乐老师看了看一坐下就把头埋在桌子上的汤丽欣，随口说了句："好！"我们都用吃惊的目光看着音乐老师，不知道刚才汤丽欣唱得好在哪里。音乐老师接着说："好！这位同学有这种敢为人先的开拓精神就很好，这就是一个良好的开端。只有这样我们才能发现不足，才能有更大的进步！"音乐老师这话剑走偏锋，不是拿汤丽欣的歌唱水平说事儿，而是着重表扬她的态度，这多少引起了我们的共鸣。当然，我们也在心中嘀咕，觉得汤丽欣确实不像我们原以为的那样大方，她的性格和她所属的那个群体不相符，她不应该是那个六分之一，而应该是跟我们一样的四十四分之一。她显得比我们还要羞涩一些，走路有些扭捏，身子看起来几乎要扭成三道弯，进出教室的时候都是一冲一冲的，中间连个过渡都没有，就像汽车疾驶过水洼时溅起的水花，滋的一下就喷了出去。

四

■ 就因为汤丽欣具有"敢为人先的开拓精神",她成了我们班第一任文艺委员。

按照我们过去的经验,文艺委员是个无足轻重的角色,没想到在师范学校就不一样了。这里的文娱活动多,有各种各样的联欢,还有各种形式的晚会,文艺委员的位置就显得重要一些,出头露面的机会更多。这就跟汤丽欣的性格有些抵触了,有些时候汤丽欣在讲台上给我们布置任务,她感到为难,我们也感到为难,在这样的两难之下,往往就会闹出些意想不到的事情来。

这种情况通常都发生在晚自习时间。我们的课程虽然比普通高中松缓了很多,可课时安排还是很紧凑的,不像大学那样自由。雷打不动的一天六个课时,上午四节下午两节,只有晚自习的时间相对自由一些,班里有什么活动就会用这个时间来安排。

汤丽欣第一次给我们布置任务搞得太过隆重,以致唤起了我恶作剧般的创作欲望。那天也是巧了,先是班长余亮光秉承杜老师之意强调了纪律,随后学习委员传达了下周听讲座的通知,接着美术课代表要求赶紧交美术作业。汤丽欣最后一个出场,她拧着身子走上讲台,手里还提着一台三洋牌录音机。这台录音机我们在音乐课上见过，不知道现在汤丽欣把它提上来想干什么。汤丽欣似乎没打算给我们答案，站在前面好半天也不说话，我们都静待她的下文。过了一会儿，她似乎才意识到自己是在讲台上，赶紧把录音机放在讲桌上，摁下放音键，《黄河大合唱》那激越的旋律立刻就在教室里响了起来。"风在吼，马在叫，黄河在咆哮……"这是我们刚刚在音乐课上学到的一首歌，那奔放的旋律很快就把我们席卷了进去，很多同学都跟着哼了起来，眼看晚自习就要变成红歌会。汤丽欣肯定不是让我们来听歌的，看到教室里的局面有些失控，她有些慌，吧嗒一下就把录音机关了。教室一下子安静了，我们都有些莫名其妙地看着汤丽欣。这次她低下头开始看自己的脚尖，足足沉默了有十五秒，她才开口说话："同学们刚才都听到了，这是一个多声部的大合唱。我们学校的合唱团……"

汤丽欣说话的时候也没抬头，仍然盯着自己的脚尖，好像她讲话的内容全在脚尖上写着一样，发出的声音也极低，像极了夏日晚上那嗡嗡的蚊子叫声，而且这叫声就像将要燃尽的蜡烛，有着越来越弱的趋势。我们耐着性子听完，不禁大失所望。所谓任务，无非是说随着新学期开始，学校合唱团需要从新生中吸纳新的力量，希望爱好音乐的同学积极报名参加。这些音乐老师在音乐课上都讲过了，现在汤丽欣再通过这么复杂的形式说出来，纯粹是脱了裤子放屁——多此一举。

汤丽欣下去之后，晚自习剩下的时间还很多。想到刚才班干部们那一系列举动，我觉得很有趣，就把自己对晚自习的感觉记录了下来，题目就叫《晚自习三部曲》。我描述了晚自习的整个状态，班干部你方唱罢我登场地轮番上阵，把整个晚自习变成了展示自己的舞台。开头先说，大凡名垂千古的大作家几乎都有三部曲立世，比如高尔基的"自传三部曲"、巴金的"激流三部曲"。本人为了披露有成为大文豪的野心，也开始用"三部曲"命名自己的作品。主要内容是以汤丽欣为主人公，把她的出场过程重新梳理了一下，变成了三个部分，以这三个部分作为主线引申出了整个晚自习的状态。

写完之后，我有些自鸣得意，就拿给同桌季海坡看，他还没看完，第一节晚自习的下课铃声就响了。那个时候，我们对师范学校的作息时间还没完全适应，尤其是晚上这顿饭，太阳老高就吃，吃完还要活动一会儿才上晚自习，不到晚自习结束，很多同学就已经饿得前胸贴后背了。一开始同学们都忍着，后来就摸到了窍门，晚饭时留一两个馒头在饭盒里，饿了就瞅机会回宿舍啃上几口。那天晚上，季海坡利用晚自习课间回宿舍加餐，等他回来，第二节晚自习已经开始了。我问他要刚才的文章，他说忘在宿舍了。当时我也没有太在意，心里还非常得意，看来自己这篇急就的小文还是蛮有些意思的，不然不会让季海坡连回去加餐都不放下。

下了晚自习回到宿舍，我让季海坡找一下那篇文章，结果他在自己床上扒翻了好久都没找到。季海坡感到很奇怪，自言自语地说："这是怎么回事？明明是放在床上的，难不成它长翅膀飞了？"过了一会儿，他忽然像想起什么似的，悄悄趴在我耳朵上说："会不会是余亮光把文章拿走了？"我心里一沉，心说那就坏了，文章里面也多少涉及余亮光。季海坡继续说道："课间的时候我和余亮光一块儿回宿舍，我坐在床上啃馒头，一边啃一边把文章放在腿上看。余亮光问我在看什么，我说是他们写的笑话，余亮光当时还伸过头来瞟了一眼。后来上课铃一响，我着急往教室赶，就把文章落在了床上。"

这事当时成了无头案，线索在季海坡床上中断了。我去询问余亮光，他却说从没见过。我心里有些后怕，担心被汤丽欣看到，不想这个最坏的结果第二天就得到了确证。

第二天上午最后两节是体育课，这是很多同学都喜欢的课程，师范学校里的体育器材全，场地也好，很适合释放情绪。更何况，这次体育课还把我们期待已久的运动服也发了下来。

开学不久杜老师就让我们报衣服的尺码，说是要统一订购运动服，这当然是个令人振奋的消息，可也让我们非常为难。我们都没有自己衣服的尺码，除了鞋子，我们身上的衣服几乎都不是在商店买的，就连聂世兰的那身中山装，据他说也就是找百流乡最好的裁缝做的。这尺码该去哪里弄？找裁缝现量是来不及了，再说我们当时对学校周围的环境还不熟，不知道去哪里能找到裁缝。最后还是杜老师帮我们想了个办法，让我们分头去找高年级的老乡，穿他们的运动服感受一下，再根据他们的运动服来定我们自己的衣服尺码。

这之后我们开始天天盼着运动服的到来，开始关注从大门口开进来的每一辆车，总以为是来送运动服的。这期间天气有些转凉了，身上的衣服也开始更换，很多同学都是第一次自己做主买衣服，由于有了对运动服的期盼，态度就更犹豫了。国庆节之后，幼师班的运动服先到了，是紫红色带白道道的，白色的拉链一直到领子，既可以把领子竖起来，也可以把拉链拉开当大翻领。汤丽欣是报完了尺码才来我们班的，因此她比我们都先穿上了运动服。汤丽欣的衣服多，有了运动服之后平时也不怎么穿，可体育课上她就显现了出来，那一身的紫红色简直就是闪耀在我们身边的小太阳。

我们的运动服看起来没有幼师班的漂亮，是天蓝色带白道道的，显得大众了一些。可我们还是很兴奋，一拿到手就回宿舍换上了。穿着崭新的运动服重新回到操场，我们的感觉就不一样了，把胸脯挺得高高的，脑袋也向上扬起，像是整装待发的战士。可体育老师站在队前一看，却把眉头皱了起来，眼睛一直在我们身上打量。我们有些莫名其妙，也开始往自己身上瞧，这一瞧就瞧出了毛病：由于我们的尺码是参照别人的衣服报的，再加上运动服本身就宽松，现在我们穿在身上的运动服大都不合体。刚才在宿舍换衣服的时候光顾高兴，没注意衣服的大小，上衣垂下来就胡乱塞在腰间，裤腿长就往上挽一下，现在一整队，那些藏起来的部分就都耷拉了下来，有些同学的上衣把整个屁股都遮住了，裤腿也被踩在了脚下。最扎眼的还是鞋子，衣服一统一，鞋子的杂乱无章就凸显了出来。

体育老师当时就提出了意见，建议我们课后再把运动服试一下，实在不合适就抓紧调换。他还要求在体育课上统一穿白色运动鞋，这样有两个好处，一是看起来更协调一些，再就是运动的时候能把最好的体能发挥出来。提完了这些意见，体育老师这才发现汤丽欣没来。

褚燕来在队列里回答："汤丽欣今天不舒服。"体育老师显然是有经验的，没有再追问下去，而是应了一声说："哦，不舒服，我知道了。"经过这段简单的对话我们就都知道怎么回事了，这当然不仅仅是因为我们已经有了些简单的生理知识，还因为褚燕来已经替女同学请过类似的"病假"了。女同学里就褚燕来和汤丽欣是班干部，汤丽欣内向一些，所以大部分女同学事宜都由褚燕来代言。

当时没人怀疑汤丽欣是因为来了那个才没来上体育课的。集体项目结束，自由活动的时候，我跟褚燕来打了个照面，她突然叫住我，说："你这大文豪怎么能乱用文采呢，用错了地方可是要担责任的！"我愣住了，她这话明显是有所指的。看我有些紧张，她又说："你知道汤丽欣为什么不来上课吗？就是因为你！"我心中一沉，立刻想到了自己那篇胡乱涂鸦的《晚自习三部曲》。这时有同学来喊她去打排球，她一边转身一边对我说："吃过午饭我在教室等你，看看这事该怎么办。"

中午吃完饭我来到教室，褚燕来已经先我一步到了，正站在讲台上练习粉笔字，写的正是我那文章的题目：晚自习三部曲。看到我进来，她从讲台上走下来，拍了拍手上的粉笔末说："大文豪来了。"褚燕来还穿着上午体育课上新发的运动服，看来她也是吃完饭直接过来的。我知道褚燕来这话是借用我文章里的语言在讽刺我。自从上午跟褚燕来打了照面之后我就一直忐忑不安，我猜想那篇文章现在肯定在汤丽欣手上，褚燕来肯定也看到了，不然她不会以这种态度来跟我说话。可她们是怎么得到的呢？根据我的观察，季海坡不可能撒谎，那只能是余亮光做了手脚，但余亮光怎么也不像是这么有城府的人。我感到有些疑惑，不过，现在的关键问题是汤丽欣的反应。

褚燕来一直问我为什么要写这样的文章，我犹豫着不知道怎么回答，说写着玩有些太玩世不恭，说为了泄愤就有些太小题大做了。最后我只好编造说自己是为《校园生活》而写。《校园生活》是由学校团委主办的一份油印小报，算是学校的校刊，此前我在上面发过一篇名为《小草》的散文。褚燕来听了，瞪大眼睛说："你还想拿去发表？还嫌闯的祸不够大吗？"看到褚燕来这个样子，我马上就后悔了，心想不该编造这样的理由，这不是罪加一等吗！我赶忙解释说："本来是想写点新生感受的，可没想到变成了这个样子，所以现在不想往《校园生活》投了。"

褚燕来听了，认真看了我一眼说："这还差不多。你现在不要考虑投不投稿了，先考虑怎么灭火吧。汤丽欣今天早上一看到那篇文章就哭了，勉强上完数学课，体育课说什么都不去了，说是要去找杜老师，还要去教导处告状。"

我有些蒙了，没想到汤丽欣会这么小题大做，于是气恼地说："她也太过分了吧！我昨天晚上只是觉得好玩，随便写了那么一篇小文，值得这么认真吗？！她想告就随便吧，我奉陪到底！"褚燕来一看我这个态度，也火了，生气地说："你这是什么态度？还嫌别人过分，你把人家写成那样还不兴人家鸣不平？你奉陪到底？说得轻松，真要是闹到教导处，罪证在人家手里，还不是说怎么处理就怎么处理，你能奉陪得起吗？！"褚燕来一发火，我反而冷静了下来。在这个事情上我确实有些理亏，真要闹大了毕竟对自己不利。顿了一下，我低下头说："那你说怎么办？事情已经这样了。"褚燕来的口气也缓和了下来，说："你要这样说，咱们一切都可以商量。能成为同班同学也算是缘分，我想汤丽欣也不会把事情做绝，只要你能低头认错，汤丽欣那里的工作我可以去做。"褚燕来用期待的眼神看着我，我也看了看褚燕来，然后有些犹豫地点了点头。

到了晚上，我早早来到教室等着汤丽欣，担心她会再请假。下午是两节音乐课，上节音乐课老师就布置好了作业，让我们用这两节课练琴，照着五线谱来弹奏歌曲《幸福在哪里》的第一段，所以同学们一上课就各自去了琴房。由于琴房是分散的，我们同学之间并不一定照面，我一直没看到汤丽欣，也不知道她有没有来练琴。课外活动时间，我又专门去操场的排球区找了一下。当时铁榔头郎平已成为我们的偶像，她带领中国女排夺得三连冠为国争光的壮举几乎感动了每一个中国人，大大小小的学校中都掀起了排球热。汤丽欣没在操场上。晚自习的上课铃声响起来的时候,褚燕来和汤丽欣从前门进了教室,她们的座位都在第一排,从前门进来最近。汤丽欣低着头走在前面,褚燕来紧紧跟在后面,看那样子好像是褚燕来把汤丽欣押解进来的。汤丽欣拧着身子,以最快的速度坐在自己的座位上,一坐下就趴在了桌子上。

晚自习的第一节课,汤丽欣就一直这样趴着。课间的时候褚燕来过去想把汤丽欣拉起来却没成功,待褚燕来出去,汤丽欣的同桌也离开了座位,我瞅准这个时机走过去向汤丽欣道歉。汤丽欣还是像刚才那样趴在桌子上,我在她旁边的座位坐下来,说:"汤丽欣同学你好,我是王秋声。写那篇文章的时候我没有多想,没想到却冒犯了你,请你原谅。"我这话说完,汤丽欣继续沉默着,过了一会儿才似乎动了一下,我有些放松了,心说有反应就行!谁知随即就传来嘤嘤的哭泣声,我一时手足无措,大脑一片空白,想继续解释又不知道说什么好。幸亏这时上课铃声响了,我马上逃命般跑回自己的座位。

最后这节晚自习我感到特别漫长,担心班主任杜老师会来巡查,给汤丽欣创造告状机会。我的眼睛一直盯着汤丽欣,她把头抬起来过两次,一次是咳嗽了几声,还有一次是跟同桌要什么东西,同桌递给她,她把东西往自己包里一塞就继续趴了下来。下晚自习的铃声终于响了起来,我长吁了一口气。同学们陆续离开教室,同桌季海坡招呼了一声也走了,教室里一下子空了下来,只剩下褚燕来、汤丽欣和我。褚燕来的座位在最西边,我的座位在后面的中间,褚燕来看了我一眼就朝汤丽欣走去。汤丽欣仍像刚才一样趴着,褚燕来过去想把汤丽欣拽起来,我也凑上前想继续向汤丽欣道歉。

褚燕来终于把汤丽欣拽了起来，汤丽欣直起身子见我站在面前，立马就又要往课桌上趴。褚燕来急了，赶紧拖住她说："你有什么事说什么事不行吗，别这么肉！"我也趁势说："都是我不好，对不起了。本来是闹着玩的事情，没想到汤丽欣同学会这么在意。"

褚燕来见我插进来，立刻转移了战场，朝向我抢白说："知道不好还干！有这么闹着玩的吗？还不赶快向我们的汤丽欣同学道歉。"说着她指了指刚刚又趴在桌子上的汤丽欣，还朝我扮了个鬼脸。我立刻明白了褚燕来的意思，心里对她充满了感激，赶紧说："我道歉！我道歉！请求汤丽欣同学原谅！我有罪！我罪该万死！我遗臭万年！"

褚燕来被我逗笑了，汤丽欣也明显有了反应，先是弯曲的右胳膊往前伸了一下，接着身子就开始往后抻着抖动起来。我有些害怕了，以为自己言辞不当又触碰了她的某个禁忌，求救般地看着褚燕来，褚燕来却用眼神示意我离开。走出教室我忽然明白，只有我离开了，汤丽欣才能起来。汤丽欣已经趴了一个晚上了，但只要我这个罪魁祸首还在，她是不好意思起来的，即使在心里原谅了我也不会起来。褚燕来显然是看明白了其中的玄机。

到了第二天，汤丽欣恢复了正常，我的心也踏实下来，更让我踏实的是褚燕来把那篇文章的底稿也还给了我。我有些意外，原本已经没了把文章要回来的奢望，不知道她用什么办法从汤丽欣手里抠了出来。文章是褚燕来利用课间悄悄给我的，我问她是怎么要出来的，她笑了一下说："这你就不要打听了，你只需完成我交给你的任务就行。"

褚燕来说的任务是指上星期学校团委发了一个通知，要在全校范围搞一次征文比赛。通知在校刊上登出来之后，我们班却没多少动静。我们之所以这么麻木，是因为对征文这种事情都很陌生。想想吧，我们在初中读书的时候,每天面对的都是做不完的习题背不完的公式,一般的作文也都是从历届中考的试卷中找题目,哪有闲心搞什么征文比赛?过了几天一看没人参与,褚燕来就有些着急。团委当初召集他们开会是把征文比赛作为任务布置的,还重点要求广泛发动新入学的八六级,如果没有同学响应,她这个新任的宣传委员显然会脸上无光。后来她利用晚自习的时间又发动了几次,还是没有效果,再后来就专门给我下达了任务。

五

　　处理完我和汤丽欣这档子事没几天，褚燕来就又来找我了，说自己是来讨债的。我明白她是指征文的事情，就想打马虎眼，故意问："什么债？我又不欠你钱！"褚燕来有些急了，说："上次不是说得好好的，学校的征文比赛任务你来完成！"话题一明确我就不能再赖了，恍然大悟般地说："这个啊！我还没想好，你再发动发动其他同学吧，人多力量大！"褚燕来的脸红了，大大的眼睛里发出来的光有些发烫，声音也不自觉地高了起来："你这人怎么能这样！明明答应得好好的，现在又赖账。马上就要到截稿时间了，让我再怎么发动其他同学？"她显然是生气了，说完也不待我回答就气呼呼地离开了。

　　我心里感到好笑。实际上，这是我跟褚燕来耍的心眼儿，暗地里我早就做好了参加征文比赛的准备。《校园生活》的投稿信箱就在团委办公室门口，我是熟门熟路。文章也早就写好了，题目叫《乡音》。我发现这几年我们的家乡在急剧变化，乡村发出的声音越来越丰富，上次回家我们村有了第一台电视机，很多大姑娘小伙子也都穿起了皮鞋面包服。我一个本家的姑姑本来已定好了人家，却又跟一个外地男人自由恋爱，后来不顾家人的反对跟着这个男人走了。这些都让我很有感触。征文的截止时间我早就刻在了心里——还有一个星期左右。我想在快到截止时间的时候，趁晚自习没人注意把稿子投进信箱，这样获了奖自然脸上有光，没获奖也不至于丢人现眼。

可我并没从这个如意算盘中获得持久的快感。我发现褚燕来似乎真生气了，过去她对我总是笑脸相迎，现在打个照面也不看我。我心中渐渐涌出沮丧和懊恼，开始后悔不该这样对待褚燕来。想想自己也真是不地道，褚燕来刚帮了我这么大一个忙，之前我也答应得好好的，但为了自己那点小小的虚荣心就一推六二五，这不是过河拆桥吗？有了这样的反思，我也不敢把自己的计划付诸行动了，盼望着褚燕来能再来向我讨债，以便我借坡下驴。

褚燕来的座位在第一排，我和她隔着一排，前后在一条直线上。我在后面暗暗观察她，发现这几天她还是有些异样的，似乎跟同桌交流得也少了。过去从她教室前门进来的时候偶尔会往后看一眼，而现在连头也不抬。又过了几天，我彻底失望了，看褚燕来那个状态，再来主动找我的可能性已经不大。眼看征文的截稿时间就要到了，我想主动为自己创造机会，可又拉不下脸来，先前拒绝了人家，怎么好意思再回头。

后来我想到了一个借口，这个借口就是校刊主编姜师兄。之前我在《校园生活》上发表了一篇叫《小草》的小文，由此认识了姜师兄。姜师兄是我们学校的大才子，据说他的诗歌登上过国家级大刊。盘算好了之后，我就开始寻找下手的时机。那天是星期五，下午两节音乐课考琴法，我的琴弹得一塌糊涂，考了两次都没过关，最后音乐老师有些生气了，撵我赶紧找地方去练。我去琴房找了一圈没发现闲着的风琴，干脆回了教室，想着离下次音乐课还有三四天的时间，这期间再找机会练练。教室里零星坐着几个同学，都是考完琴法回来的，褚燕来也在其中。我一看机会来了，从桌洞里把写好的稿子拿出来又看了一遍，还特意在下面注明了当天的日期。褚燕来正坐在自己座位上很专注地看书，好长时间也没抬头，从后面看，摊在她面前的应该是小说之类的课外读物。我犹豫着，想等她转身或者放松的时候再过去，可她迟迟不给我这样的机会，我耐不住，拿着稿子就过去了。

褚燕来仍然没抬头，只是眼皮往上翻了一下，手不自觉地往后捋了一下头发。她应该已经感觉到了我过来。我喊了一声她的名字，她把头抬了起来，有些意外地看着我。我突然感到了莫名的紧张，语速很快地说："昨天下午我碰见《校园生活》主编了，他向我问起咱们班征文的情况，我想别完不成任务，就连夜写了一篇。你交上去吧。"说着我把稿子一放，就急匆匆地转身往回走。

重新坐回到自己的座位上，我的心仍然在怦怦直跳，觉得自己刚才太失败了，本来盘算好的步骤竟都省掉了，刚才那番话说得太快，而且还自相矛盾，显得有些语无伦次。明明最后写着今天上午急就，还说连夜写了一篇，这不是自己打自己的脸吗？稳了一会儿神，我仔细回想了自己刚才的表现，觉得也不算太失败，毕竟找了个合适的台阶下来了。因为校刊主编的催问才萌发了集体荣誉感，为了班级的征文任务连夜赶稿，后面注明的时间也不是大问题，今天上午又修改了一遍也是说得过去的。可是不该写"急就"，这两个字是我刚刚从一本散文集上看到的，作者原本是想表示自己在极短的时间内把稿子写完，我用在这个本来不是急就的稿子末尾，有显摆的意思。写上就写上吧，想必褚燕来也不会猜到我这阴暗的心理。这样一分析，我心里就坦然了许多。见褚燕来已经开始看我刚刚交给她的稿子，我心里又忐忑起来，她会怎么评价这篇文章？本来我还有些自信，现在却感到没底了，于是开始反复回忆稿子的内容。过了一会儿，褚燕来站了起来，我不知道她要干什么，眼睛紧紧地盯着她，见她向后转身，我忽然又紧张了起来。

我们的座位都在课桌走道里面，她站在走道上，手里拿着我的稿子，笑着说："这不是蛮快的吗！我正愁没法交差，没想到你一下子就解决了。"我有些兴奋，但故作平静地说："快什么，昨天整整一个晚自习都没动弹。"她说："那也够快的了，给我两个晚自习也憋不出这样的文章来！《乡音》很有感触，写得也很生动，现在乡村的变化确实越来越大了。怪不得她们叫你文豪！"

这当然是赞誉，"她们"显然是指我们班的那些女生，应该也包括褚燕来自己。"文豪"应该是她们在宿舍私下闲聊的产物。能进入她们的话题既让我感到高兴又有些莫名担心，因为我知道我们男同学聊天时的状态，我怕她们把我"加工"得过于不堪，好在"文豪"这个戏谑的称呼也不是太差，只是不要再往下引申。

这天晚自习，褚燕来似乎很高兴，我心里一块石头落了地，情绪也出奇地好。冷静下来之后我暗暗吃惊，觉得自己变了，不知从什么时候开始，我的情绪开始随着褚燕来的变化而变化。我在密切关注着褚燕来，她高兴我也高兴，她消沉我就会不断地自省。这个发现让我感到了惶惑。

征文比赛很快就有了结果，《乡音》居然获了二等奖，获奖名单不但在《校园生活》上刊登了，还在学校最显眼的位置用大红纸贴了出来。我自然感到高兴，当天晚上就来到《校园生活》编辑部，想跟姜师兄聊聊。

没想到姜师兄一见面就给我泼了冷水，说他感到《乡音》没有《小草》好，《小草》有股清新之风，就像生长在田野里的一株嫩芽，鲜活而有朝气，而《乡音》却丢失了这种风格，世俗了很多。我心里不服气，又不好跟他争辩，默默听他说完就找了个借口要离开。临出门，姜师兄把一本崭新的《巴黎圣母院》交给我，见我用不解的目光看着他，就说："这是征文比赛二等奖的奖品，本来想开宣传委员会的时候一块儿发的，现在见着你了，你就先拿走吧。好好看看雨果的作品，人家是浪漫主义大师，在他身上有我们最缺乏的东西。"

手上拿着厚厚的《巴黎圣母院》，一走出编辑部，我就开始后悔，后悔自己不该抱着热罐子来找姜师兄，更后悔现在就把奖品带走。多好的机会呀！姜师兄在会上把奖品发给宣传委员褚燕来，然后褚燕来再回教室发给我，这是一个带着号角的流程，完美而光鲜。我手上这本雨果的小说，是一件奖品，更是一份荣誉，是荣誉就应该闹出大动静，让更多的人知道，尤其是褚燕来，可现在我却悄无声息地把它带了回来。从三楼到四楼这几十个台阶我迈得异常艰难，快迈上四楼的时候我不再犹豫，转身快速折回了编辑部。姜师兄有些吃惊，我把书交还给他，跟他解释说："我不敢把书带进教室，因为最近我们教室老丢东西。书先放你这里，等有机会我再来取。"

这个理由也不完全是我编造出来的，最近班里确实有同学丢了东西。我想最近最好不要再见姜师兄，这样他就没有机会给我奖品了。过了不到一个星期，褚燕来果然拿回了奖品。她仍然像上次一样站在走道上，手中托着那本厚厚的《巴黎圣母院》，弓着身子跟我说话。这几天我一直期待着这一刻，我本来希望她能像过去安排工作一样，站在讲台上，当着全班同学的面把这次征文比赛的情况说一下，然后把奖品发给我，可她却选择了课间。尽管这样我还是有些激动，但是竭力让自己镇定了下来。她先说这是征文比赛的奖品，又征询般地问能不能"假公济私"一下，让她先留下看看。

她重新拿着我的奖品回到了自己的座位。我有些失望，她看起来并没表现出我所期望的那种热情。本来是为她这个宣传委员争得了荣誉，她却没有什么特别的表示。我还没从这种情绪中挣脱出来，她又返身回来了，还是像刚才那样站着说："差点忘了，刚才在团委开会，又给布置了任务，让每个班推荐一位同学做校刊通讯员，我推荐了你，你没什么意见吧？"

　　褚燕来说这话的时候语气仍然是征询式的，却暗含了某种自以为是。我心中陡然产生了反感，没有经过我同意就直接推荐了我，你怎么知道我没意见？还有那句"差点忘了"，对我这么重要的事情怎么会差点忘了？说明她心里根本就没有我。再加上我对通讯员这个差事本来就没有好印象，在很多有关战争的电影里通讯员连姓名都不出现，连长需要的时候一嗓子就喊出来。

　　"通讯员是干什么的？"我反问道，口气有些不友好。褚燕来似乎没注意到我的态度，解释说："就是把班里的一些新闻动态、好人好事反映到校刊上。"一个小小的班级能有什么新闻动态和好人好事？我心里感到好笑，不自觉地冷笑了一下，说："这么大的责任我可担不起，你还是另请高明吧。"褚燕来没想到我会这样，脸马上就红了，转身就要往回走，一边走一边还说："你再考虑考虑！"

　　看着褚燕来恼羞成怒地离去，这次我没后悔，反而有种解恨般的畅快感。

　　过了一天，褚燕来突然又来找我，说："学校团委刚给我通知，说这次校刊招通讯员要求必须是团员。你怎么还不是团员呢？"当时虽然也是在课间，可天气已经转凉，教室里的同学很多，褚燕来对着我说这番话的时候不少同学都听到了。我感到褚燕来这是在故意报复我。上次我的态度已经很明确了，我不稀罕当什么通讯员，现在她却又跑来告知我不具备成为通讯员的条件。我脸上有些发热，心里也跟着紧张起来。褚燕来的话戳到了我的痛处，我确实没入团。

我在墨镇中学读初中的时候，一开始不知道学习，老师也不重视，后来知道学习了，成绩也上来了，就觉得入不入团也无所谓。直到师范学校录取通知书上强调新生报到时要带着团关系，又听说升入中专的学生不是团员的已经很少了，这才感到问题有点严重。好在这时我大哥被招聘到墨镇下属的管区当了团支部书记，这就给我带来了机会。我快要入学的时候，我大哥已经在管区上了一个多月的班了，对我入团已经很有把握，得知学校需要转团关系，就大包大揽地说这个问题由他来解决，等到每年发展团员的时候给我弄张表填填。有了这个底气，我报到时就在表格上填了团员，然后跟负责报到的老师解释，自己来的时候没来得及办团关系，家里人办好后会直接邮寄过来。

这些情况当然不能跟褚燕来说，也不能过多辩解，还不能丢掉面子，我只能梗着脖子硬撑着说："我怎么会不是团员！只是入学的时候团关系没来得及转过来。"褚燕来应该看出了我的气恼，没有生气，大度地笑了笑说："那你就抓紧办理，只有团员才能参加团委的活动。"

我想让大哥赶紧把团关系寄过来，悄悄去门口传达室给他打了几次电话都没打通，最后还利用周末去邮局给他拍了电报。发完电报又等了一个星期，见没有回音，我只好在周六下午回了一趟家。回家之后才知道大哥早把团关系准备好了，正准备往学校寄挂号信。把这份团关系拿到手，我立刻就理直气壮起来。

下午，在返校的公共汽车上，我就开始琢磨怎么把团关系交上去。按照程序，我直接交给班里的团支部书记就可以了，可那样就太没有动静了，我需要向同学们证明我是团员，更需要让褚燕来知道我的团关系带回来了。可怎么才能达到这个目的呢？一路上我都没想到好办法。回到宿舍，我没有见到班里的团支部书记，问了他的老乡，说他坐最晚一班车回来，我的心一下子就敞亮起来。团支部书记的家在莱城下里镇，离悦城比较远，坐公共汽车要两三个小时才能到，这也就是说上晚自习的时候他是回不来的，这真是天赐良机！

星期天下午的晚自习是最沉闷的，大多数同学都会利用白天的时间外出，到了晚上就有些累了。我却有些兴奋，算计着去前面找褚燕来的时机。太早了不行，班主任杜老师有时会来教室看看，赶上他过来就不好了；太晚了也不行，万一团支部书记赶回来我就前功尽弃了。这天晚上也是巧了，杜老师来得很早，学生会和团委的干部也没来教室找麻烦。杜老师走了之后，教室里就安静了下来，同学们都在做自己的事情。褚燕来好像正在画画，这是上节美术课老师留下来的作业。课上美术老师拿来个陶罐让我们画，还要体现立体的感觉。大体轮廓我们都在课堂上画好了，褚燕来现在好像是在做后期修改，从后面看，她的两个胳膊肘撑在课桌上，右胳膊的动作幅度明显要大一些。我走到最前排，站在她的座位前面。她太过专注，应该是真没发现我，手里拿着2B铅笔在认真地描画陶罐的中部，那是一个高光部分，周围需要较深的颜色来衬托。她手中的铅笔在快速滑动，右胳膊织布般上下摆动。她似乎刚在宿舍洗过头发，前面的头发全部都拢到了后面，发出微微的光泽。我叫了声："褚燕来。"她似乎被吓着了，身子哆嗦了一下，手中的铅笔也脱离了原来的轨道，直接戳向了需要留白的高光部分。她抬起头，见我站在前面，有些气恼地问："有事吗？"

此时，手中的档案袋把我的信心鼓得足足的，我并没有在乎她的情绪，直愣愣地说："我把团关系带来了。本来是要交给书记的，可书记不在，只好把它交给你这个宣传委员了。"说着我把手里的档案袋放在了她的课桌上。我说这番话的时候很多同学都抬起了头，这正是我想要的效果。

褚燕来看了看面前的档案袋，说："你还是交给书记比较合适，团关系一直由他来管。"我听了心中有气，既然团关系由书记管，当初我是不是团员，你操的哪门子心？还当着这么多人面说我不是团员，现在想撒手不管了？没门！可她毕竟是个女生，这个火还不能发出来，我只好强忍着说："我不是不想交给书记，可他不在，你是团宣传委员，我只能交给你了。你看着办吧！"撂下这话，我转身就走。回到自己的座位，我感到浑身畅快，觉得自己打了一场完美的大胜仗。

第二天上午，我一到教室就发现自己课桌上多了一样东西，是那本厚厚的《巴黎圣母院》，我的征文比赛奖品。我还没坐下，比我先到教室的季海坡说："这是褚燕来刚刚给你送来的。"我当然知道这是褚燕来送过来的，心里怪季海坡多嘴，情绪也有些低落。实际上我的这种情绪不是来源于季海坡，而是觉得褚燕来在斩断我们之间的联系。我打开书，不想就看到了一张折叠得整整齐齐的纸片。我一阵惊喜，背着季海坡小心地把纸片展开，只见上面写着：

王秋声同学：

　　你好。

　　《巴黎圣母院》前段时间我就读完了，只是没找到机会还给你，耽误你看了，对不起。

　　之所以写这封短信，也是想借还书的机会向你解释一下：上次团委开会让每个班级推选一位校刊通讯员，也怪我太自以为是，没怎么考虑就把你报上了，因为我觉得你爱写作，咱们班只有你最合适。没想到他们在审核的时候没发现你的团员档案，马上就把这个情况通知了我。我当时很吃惊，也不相信你不是团员，就直接找你去核实。希望你不要多想，我没有恶意。

另，你的团关系我今早已经送到了团委，他们马上就放进你的学籍档案里了，请放心！

同学：褚燕来

一九八六年十一月三日早

看完这封短信，我内心涌动着一种说不清的情绪，有高兴，有失望，还有一丝内疚。高兴的是褚燕来通过这种形式给我们架构了一个私下交流的渠道；失望的是她通过这个渠道输送过来的信息没有任何温度和倾向，完全是个解释说明，既冠冕堂皇又合情合理；面对这样的情况我不想内疚也是不行的，自己在内心把褚燕来当成了敌人，没想到人家是这么坦率这么光明正大，相比她的态度，我是不是太小家子气了？不过我内心的高兴还是多了一点，褚燕来能给我"递纸条"，就说明她没把我当成一般同学，这个行为本身应该就是某种意味的开始。

六

■ 除了个别同学，我们进入师范时的年龄大都是十六七岁，拽着青春期的尾巴，还没真正加入成年人行列。当时远没有现在这么多诱惑，我们对爱情的感觉基本上都是朦朦胧胧的，但这却是一股咆哮而出不可遏制的力量，强大到足以冲垮我们原本的那种状态。

后来，我坚信《晚自习三部曲》之所以落入汤丽欣之手就是余亮光捣的鬼。这不仅因为文中多少涉及余亮光，更重要的是当时的余亮光对汤丽欣，就像我对褚燕来一样，都有了那种特别的感觉，这一点在一年级下学期的春季运动会上得到了验证。

上学期的秋季运动会已经颠覆了我们过去对运动会的认知，师范里的运动会更像一个大家期盼已久的重大节日。在这个节日里，整个学校都充满了燃烧的激情和狂欢的热潮。同时，它还是一个造梦造星工厂，许多本来默默无闻的同学会凭借运动会迅速蹿红，成为整个学校的明星，排队买饭有人让位，去锅炉房打水有人给提暖瓶。更夸张的是，学校门口小卖部里的信纸在每次运动会之后都会脱销一阵子，大都是被那些怀春的女生买走了。随后传达室门口的信件通知栏也会跟着繁忙起来，收信人的名字（有很多是新晋的体育明星）有时会写满整个黑板，那些密密麻麻的字迹无言地指示着信纸的流向。

说到这里就不能不提到老尤。当时的老尤表面上还是板板正正的尤奋进同学，内心意念的指向却单调得可怕，全部心思都用在怎么泡妞上，目标就锁定在师范的女生中间。如果深究起来，老尤这个现实理想的形成不是偶然的，其背后有着简单的生物背景和复杂的家庭社会背景，在这样的双重背景下，男性荷尔蒙的分泌并不是主要因素，将来能像真正的城里人一样过上体面的生活，这种看得见摸得着的实际利益才是强大的原始驱动力。

老尤的这一远见有后天的自悟成分，但更多的是来自他父亲老老尤的"不幸"婚姻。老老尤是"文革"之前的师范毕业生，那时候的学生远没现在这么多想法，老老尤回乡不久就遵照父母之命媒妁之言娶妻生子，从此过上了"一半木头一半铁"的生活（老老尤后来的总结语）。当然，当时的老老尤还没有这番感悟。在老尤十多岁的时候，老老尤得到一个机会，他的师范同学成了教育局局长，老老尤时来运转，调到了教育局下属的少工委办公室工作，从此过上了脸热心跳幸福无比的美好生活。少工委属于改革开放之后恢复的部门，再加上那几年上面的大力支持，重生之后焕发出了强大活力。老老尤几乎天天都在各个乡镇转悠，到哪里都是坐在充满鲜花和掌声的主席台上，弓着身子由祖国的花朵们把鲜艳的红领巾系在脖颈上，然后接见各个乡镇的头头脑脑。遗憾的是，老老尤很快就被这种如梦似幻的生活冲昏了头脑，跟一位乡镇教委办的女辅导员发生了不该发生的事，被这位女辅导员的丈夫逮了个正着，老老尤的幸福生活也随之结束。

重新被贬回乡下教书的老老尤产生了强烈的不平衡感，最直接的表现就是开始嫌弃自己老实本分的妻子。老老尤的理论是：如果当初找个吃国库粮的老婆，自己就不会出轨；如果不出轨，鲜花和掌声相伴的生活就不会离他而去。所以，老老尤的下半辈子都沉浸在这种痛悔和埋怨里，唯一的希望就是自己的儿子。怎奈老尤兄弟两个都不是那块材料，老尤的弟弟上到五年级还不会写自己的名字，老老尤只好把全部的希望都寄托在老尤身上。老老尤先是想让老尤考高中，后来见老尤实在太吃力，就把目标锁定为中专。没想到，通往中专的道路更不平坦，老尤复读了两年，连镇上的预选都没进。到了第三年，墨镇中学不再办复读班，但老老尤并没灰心，他坚信水多泡倒墙的道理，想方设法把老尤送到了附近的五七联中继续复读，还托人把老尤户口上的年龄改小了好几岁，摆出一副要打持久战的架势。我就是在这一年从村里的小学考进了墨镇中学，老尤也在这一年开始了他复读的第三个年头。说起来我们到底还是有些缘分的，虽然这一次擦肩而过，但三年之后却同时考过了中专录取分数线。

当时，中专学校的志愿选择还是很多的，但其他门类大都招生量很小，只有师范学校的大门敞开得最大。老老尤以过来人的经验坚决不让自己的儿子报师范，他给老尤挑选的都是容易留城的专业，可那年老尤的中考成绩仅仅是撞线，老老尤费了很大的劲也没能把儿子送进自己心仪的学校。老尤被悦城师范学校录取之后，老老尤只好退而求其次地让儿子做最后一搏。入学之前，老老尤语重心长地对老尤说："爹的生活就是活生生的反面教材，希望你能吸取爹的教训，抓住机会在师范里谈个对象。一旦分回来就难了，僧多粥少啊！乡下就那几个吃国库粮的丫头，还都瞪着眼睛要往城里钻，找个农村娘们儿，你这一辈子就完了。"

老尤带着爹的嘱托上路，开启了一段艰难的"猎艳"旅程。一开始他还自信满满，觉得自己出身知识分子家庭，又比我们多吃了几碗干饭，自然比我们这些纯农村孩子有优势，可现实却并不像他想象的那样丰满。

进入师范之前，我只是听说过老尤这个人。第一次见面，老尤给我的印象很好。他身材瘦高，看起来整个身子有些往前倾，走起路来两只手总是不自觉地插在裤兜里，还不是把手全部放进去，而是把大拇指挂在裤兜边沿，其余四根手指像金鱼的尾鳍一样在外面招摇，看起来羞赧而局促，根本看不出他是个闷骚型人才。由于都来自墨镇，我们很快就熟了起来。那时的悦城师范学校没有餐厅，我们都是在食堂买好饭回宿舍吃。宿舍里也没有专门的餐桌，有些下铺的同学是借着床头的小柜子吃饭，我睡在上铺，自然就没有这样的便利。开学后的很长一段时间，我都是坐在下铺的床上端着饭盒凑合，这样往往就会弄得手忙脚乱，不是洒了汤就是把馒头掉在地上。老尤虽然是下铺，但并没有享受到小柜子的实惠。不过下铺毕竟方便一些，他一般会坐在自己铺位的一头，把床垫子掀起来，饭盒放在床板上吃饭。后来他邀请我加入，我们开始一起在他的床板上吃饭。再后来，我们在原来黑板的位置发现了一块废弃的水泥板，在老尤的提议下，我们找了几块砖头把它支起来，这样就有了真正的餐桌。

由于有了这样的渊源，我和老尤不久就建立起了同志加兄弟般的感情。我们之间几乎没有什么隐私可言，他想追哪个女孩子，都会事先跟我通报一下，我对褚燕来的感觉他也早就觉察到了。老尤一开始瞄准的是我们的两个老乡，后来又对幼师班的一位女生痴迷了一阵，手段无非是那个年代所惯用的，借助纸条、电影票、笔记本之类的简单媒介。但这些媒介发出去之后都没搜索到回应的电波，老尤那滴滴作响的发报机，在看似辽阔的空间中漫无目的地划拉了一番，最终不得不沉默了下来。

接二连三的恋爱未遂对老尤刺激挺大，痛定思痛之后老尤变得清醒多了，开始重新定位自己。这时老尤才认识到，原本他自认为的那些优势根本就不算什么，再加上他感到自己还算是个有品位的人，不像有的男同学一样剜到篮子里就是菜，这样一"挑食"，就把自己置于一个尴尬境地。如果不想委屈自己就只能改变自己了，但这同样有很大的难度。学习成绩一直是老尤的短板，要出头只能想其他办法。

一筹莫展的老尤很快就从第一次运动会中得到了启发。眼看那些体育尖子在校园里蹿红，老尤对此悲喜交加感慨万千，似乎一下子就看到了胜利的曙光，感到自己想要的好日子就要来了。

不光是老尤，由于在上次运动会上开了眼，我们全班上下对这次运动会的积极性都非常高。杜老师知道一年级新生很难在竞技比赛中取得好名次，他想为班级争取一个精神文明奖，而这个奖唯一的指标就是运动会上被采用的广播稿数量。离运动会正式开始还有一周多的时候，他就和宣传委员褚燕来把我们几个能写稿的同学召集在一起开会，重点研究给大会供稿的问题。

这是我寒假后第一次坐下来面对褚燕来。在家过了个春节，她似乎瘦了一些，头发也剪了，样式有些怪，前面的刘海留得很长，还做了一个很夸张的中分，后面却剪得很短，像男生那样从后颈齐着耳朵剪了上去。不过，这样就显得更精神了。会上杜老师先讲，讲得很"大"也很有针对性，要求我们要有全局意识，树立良好的集体荣誉感，提前下手收集资料做好准备，尽最大努力多写稿。杜老师讲完了褚燕来讲，她讲得实在了很多，直接就说："这次能不能拿奖，就看你们几位的了。尤其是王秋声，上次征文比赛就为咱们班争得了荣誉，这次就更要担负起重任。"

运动会前一天的晚自习时间，姜师兄突然来教室找我，问我愿不愿意去大会宣传组帮忙。我一听就有些兴奋。宣传组是运动会上最重要的一个部门,负责播音和编辑稿件,是整个大会的喉舌。近水楼台,我如果能去帮忙就太好了,可以把褚燕来交付的"重任"更好地担负起来。

送走姜师兄回到教室,我心里有股压抑不住的兴奋,但也有着小小的担心,总感到这事还有些不踏实。姜师兄并没有在学校团委任职,仅仅是校刊主编,他的意见就这么权威?此时,坐在前面的褚燕来好像正在翻一本剪报,剪报是自己装订的那种,铺展开来很占地方,边角都跨过她身体的宽度伸到了课桌下面。显然她是在为运动会上的稿子做准备。我渐渐冷静了下来,觉得还是要沉稳一些,到时候给褚燕来一个惊喜,效果会更好。

运动会开幕式之后,运动员退场,领导也退场,接着正式比赛就开始了。我眼巴巴地看着主席台边上的宣传组,看工作人员开始拿话筒音响、重新排列桌子,忙成了一团。姜师兄也在里面忙活着,我想主动上去帮忙,又担心这样做太鲁莽了。看主席台上安顿得差不多了,我就找了把凳子坐在最边上——我们班的位置离主席台有些远,坐在边上的原因就是想让姜师兄看到我。我不错眼珠儿地看着主席台上忙忙碌碌的姜师兄,内心充满焦急地等待着。终于,我看到他坐了下来,开始往下打量。这一刻,我想抓住机会站起来,可最终还是忍住了。他开始晃动着身子往台下张望,像是在搜寻什么的样子。他是在寻找我吗?我一边这样问着自己,一边伸长了脖子直勾勾地看着他。他最终在正对着我的方向停了下来,我内心感到一阵激动,他应该是看到我了。我看到他起身来到话筒前,把头低下,伸手往上握了一下话筒柄,对着话筒喂了两声,然后喊道:"八六级二班的王秋声同学,八六级二班的王秋声同学,请到大会宣传组来,请到大会宣传组来。"

我一下就从座位上弹了起来，想一步就冲到宣传组，还没迈开步子忽然感到这样不对，回身看了一下，好多同学都睁大眼睛看着我，褚燕来的眼睛睁得似乎比所有人的都大。我心中暗暗得意，但竭力让自己平静了下来，对褚燕来说："他们让我去宣传组帮忙。"褚燕来高兴地说："那太好了！还不快去！"

宣传组有四位同学看稿子，分别是姜师兄、跟姜师兄同班的一位姓贾的女生，还有八五级一班的一个男生，再加上我。可姜师兄待了一会儿就走了，说自己回编辑部有事。临走前私下里跟我嘀咕，他走的真正原因是不愿意看这些稿子，觉得这些稿子污染眼睛，都是些应景的文字，只是一些粗俗的顺口溜和四六句子，它们的存在就是对文学的玷污。本来姜师兄是要最后把关的，他走了之后就有些乱了。由于贾同学是我们的师姐，很自然的，稿子来了之后我们先拿给她看。可她很有自己的想法，我们递给她的稿子都被她批得一无是处，而他们班所有送上来的稿子，她连我们的意见也不征求，就直接拿给播音员去播。八五级的那个男生看起来是个性格很沉稳的人，说话四平八稳的，轻易不发表自己的意见。我初来乍到资历浅，说话都是看他们的脸色。所以，这一上午我们班颗粒无收，送过来几次稿子都没能入贾同学的法眼。褚燕来有些着急，后来就亲自来送，还瞅准机会悄悄对我说要加油。

我何尝不想加油，可目前这个局面我的油根本就加不上。这时我开始羡慕那些赛场上的运动员，他们用用力气就可以争得好名次，而我面临的工作却无从下手。到了下午我有了一个机会，这个机会是贾同学创造的。八四级一班的一位同学送过来一篇稿子，贾同学一看是自己班的，没怎么看就给了播音员，播音员也没动脑子就照着稿子直接播，结果就闹出了笑话。那是一首小短诗，里面有一句应该是"矫健的身姿"，扩音器送出来的却是:"你那矫正的身姿,就是扯起的风帆……"笑声最先是由八四级一班的观众席上传出来的,很快就波及了全场,把校长都惊动了。

后来,正在其他地方忙活的学校团委书记来到宣传组,他派人去找姜师兄却没找到,最后给我们立了规矩:所有的来稿都要经过三位编辑的共同审阅,觉得稿子能用就签上自己的名字,播音员只有见到三个编辑都签字的稿件才能播送,签名不全的稿子播了白播,不计入优秀班级的考核依据。这样一来我们相互之间就有了制约,贾同学也不敢那么猖狂了,他们班的来稿她也会小心翼翼地递过来,我也能把我们班的来稿让她看了。这样一来,我们班下午实现了零的突破,运动场上也有了八六级二班的声音。

尽管这样,我们还是没有取得很好的成果。这一天下来,我们班的用稿量只有三篇,这个数字是全校二十多个班中最低的,跟同年级的一班持平,三班四班都跑在了我们前头,跟高年级的班级就更没法比了,用稿量最高的八四级一班是二十七篇。照这样的发展趋势,我们班显然会与精神文明奖无缘。下午,所有的比赛项目一结束,杜老师和褚燕来就来找我商量。我把下午宣传组的情况说了一下:我跟贾同学现在基本上达成了默契,他们班的稿子我连看也不看就签名,她对待我们班的稿子也是这样,八五级的那个同学一般也不会设置什么障碍。这样看来应该没问题了,可问题还是有的,那就是我们班写的稿太少了。三班四班的班主任都是中文系毕业,可以指导学生写稿,再加上去年的底子,稿件的量很大,有些稿子确实写得不错,不签字说不过去。褚燕来显然也看到了问题所在,忧心忡忡地说:"我在下面也没少发动,同学们的积极性也很高,但就是憋不出稿子来。"接着她的目光就转到了我身上,说,

"你在宣传组不是也能写稿子吗?"

褚燕来说得不错,我虽然在宣传组,但也是能写稿子的,团委书记给我们定规矩时也没有提到要回避。下午看到贾同学有时也趴在那里悄悄地写稿子,我也萌生过这样的想法,之所以没有真正实践,倒不是因为懒,而是因为实在写不出精彩的稿子来。很多比喻都被同学们用滥了,运动场应该是限制了同学们的想象力,跳高运动员就是飞翔的雄鹰,短跑运动员就是离弦的箭矢,长跑运动员就是下山的猛虎……现在至少褚燕来认为我写稿的能力还是不错的,那写出来的稿子就不能让她失望。所以,今天我私下里也写了好几篇稿子,但自己看了都不满意,就没拿出来。

我不能直接把这些想法袒露出来,就回答褚燕来说:"我是能写稿子,但是来稿量太多了,有点忙不过来。"褚燕来说:"再忙也不能忘了自己的集体吧,同样是做编辑,人家那位贾同学就把自己班里的成绩给搞上去了。"

这话明显有了批评的意思,看来明天我无论如何都要出手了。

运动会期间,学校"特赦"不上晚自习,我吃过晚饭就来到《校园生活》编辑部找姜师兄。我记得上次在编辑部翻到过一份去年出的《校园生活》,那是一期运动会专刊,精选了运动会上的优秀稿件,现在我想找出来借鉴一下。可编辑部铁将军把门。下星期姜师兄他们就要去实习了,实习回来就要毕业离校走上工作岗位,这段时间是他们最躁动不安的时候。我们的宿舍紧挨着,几乎每天晚上都能听到从他们宿舍里传出醉酒喧闹的嘈杂声。姜师兄似乎比其他人更忙一些,这学期一开学他就让我参与了一些《校园生活》的编辑工作,为了让我进出方便,他还把编辑部放钥匙的地方告诉了我,可我从来没自己开过门。现在我抱着试试看的心态踮脚在门框上摸了一下，居然真摸到了一把钥匙。把钥匙拿在手上，我却有些犹豫了。虽然姜师兄说编辑部可以对我开放，可我从来就没有单独在里面待过，更何况这个不大的房间尽管叫《校园生活》编辑部，里面却只有一张桌子，上面堆满了姜师兄的书和笔记本，说起来这基本上就是姜师兄的私人空间。我犹豫再三，最终没能忍住自己的好奇心，打开了房间的门。

那份去年的校刊就堆在一进门的桌子上，我很快就找到了，果然是秋季运动会专版，很多当时的优秀稿件都登在上面。本来该离开了，我却对着姜师兄的办公桌打量起来。办公桌的格局就和别人的不一样，到处都堆着书，看起来乱七八糟，可仔细一看，又能感觉到是精心排列的。所有的书都是有关文学的，靠北墙堆着的是古典文学作品，正对面的是外国文学作品，上面还摆着自学考试教材和有关的参考资料。

桌上放着姜师兄的笔记本，还有他白天带到宣传组的那本托马斯·哈代的小说《德伯家的苔丝》。我打开笔记本，没想到这是姜师兄的日记，意识到这一点，我马上就把本子合上了，可是过了一会儿又忍不住打开来。这是别人送给姜师兄的一个笔记本，扉页上写着"与姜新喜同学共勉"的字样（姜新喜是姜师兄的本名）。第一页就写了对一位叫鹿儿的女孩子的思念，我立刻有了兴趣，开始往下看。关于鹿儿，姜师兄在日记里的叙述有些混乱，一会儿称呼鹿儿妹妹，一会儿又称呼人家是爱人。看样子鹿儿似乎没考学出来，还在农村务农，是姜师兄青梅竹马的玩伴，他每次回家最想见到的是鹿儿，可他又怕见到鹿儿。对待鹿儿他似乎非常矛盾也非常痛苦，他对鹿儿的感情也一直没有表露出来。看到这里我有些疑惑，姜师兄马上就要成为吃皇粮的人民教师，鹿儿不过是个农村女孩，他对鹿儿的爱情还能有什么障碍？再往下，姜师兄一直用"下不了决心"这几个字来为自己找借口,这五个字在一篇日记中竟然出现了三四次。我仔细咂摸这种表述,渐渐就明白了:姜师兄也并不像他的外表那样脱俗,他之所以不敢跟鹿儿表白,最大的顾忌还是鹿儿的农民身份。再往下看,在最近的一段文字中他提到了另一位女性,他没有点出这位女性的名字,而是用人称代词"她"来称呼。在这段文字中,他向鹿儿和"她"同时表达了忏悔,说自己无耻又卑鄙,不该迈出那一步,背叛了自己的感情也玷污了纯洁的爱。可是后面他又开始为自己辩解,说自己确实没有办法,要实现自己的伟大梦想只能这样走下去,只能愧对鹿儿也委屈"她"了。这个"她"是谁?又翻过了一页,他在日记中再次提到了"她",说他自己有些害怕,但看到"她"像什么事情都没有发生一样,他也就放松了……

　　看到这里,我忽然就不愿意再看下去了。我内心有了深深的失望,觉得我们的生存状态太趋于一致了。我们的人生已失去了大部分趣味,为了生活我们宁愿违背自己的心,这样的人生还有什么意思?可我还是不想离去,就开始到处搜寻起来。正中间抽屉是满满的一大抽屉各个杂志社的退稿。打开左边的抽屉,我看到了半包香烟,还看到了一个扁长方形的纸盒子,翻过来一看,原来是一盒避孕套。这个东西让我一下子紧张起来,那时候这样的东西在街上基本上还找不到卖的,不知道姜师兄是从哪里淘换来的。

　　扁纸盒上的图例说明看得我耳热心跳,我打开盒子,发现本来十二只装的避孕套里面却只剩下八个了,这肯定是被用过了,和谁用的?联想到日记中那一段忏悔文字,肯定是和那个"她"了。我有些吃惊,没想到看起来文质彬彬的姜师兄会这么大胆!学校明文规定禁止谈恋爱,他不仅谈了,还偷吃了禁果,真是无法无天!这样的事情对我来说是不可想象的，是非常非常遥远的。我心里有些慌乱，赶紧把那盒避孕套放回抽屉。可过了一会儿，我又忍不住拉开抽屉重新把它拿出来，贪婪地看着。我的身体有了明显的反应，几乎不能自制，赶紧逃了出来。

  我从编辑部出来就直接去了教室，根据那期运动会专刊上的稿子来炮制明天的供稿。有了现成的蓝本，这个工作就简单了很多，无非是改头换面把个别词语动一下。天下文章一大抄，很多词句都是可以直接拿来用的，再说这样的即兴广播稿，篇幅都非常短，操作起来就更容易了。我很快在稿纸上写下了二十来篇稿子，根据白天一天的经验，我觉得这些稿子足够用了，班里的其他同学多少再写点，这样就能保证我们班的供稿在一年级中拔得头筹。整理好稿件，那期去年的《校园生活》也就用不着了。我想给姜师兄送回去，又一想，他本来就是把它当成垃圾来处理的，送不送回去对他来说无所谓。可放在教室也不能让其他人看到，尤其是褚燕来，要让她认为这些稿子都是我自己创作的。于是我把当晚炮制出来的稿子留了份底稿，然后直接把那期校刊揉成一团，下楼回宿舍的时候顺手扔进了垃圾箱。

  第二天一早，我把前一晚准备好的稿子交给褚燕来。褚燕来看了一下，立刻露出惊喜的表情："你真厉害，一晚上就写了这么多！昨晚没睡觉吧？"我故意轻描淡写地说："睡得挺好。"褚燕来拿着稿子一篇一篇往下看，一边看一边赞叹。我有些兴奋，提醒她："这些稿子要分开来送，不能一次送上去。"褚燕来抬起头说："这还用你说？！大文豪，我知道要细水长流。"说着她龇了一下牙，露出了一个很俏皮的神情。

七

　　运动会的第二天，我们班进入了全面丰收阶段。上午一开始，八六级二班就用广播稿占得先机，之后稿子就源源不断了。紧接着，尤奋进在百米比赛中取得了第二名的好成绩，虽没夺冠，但也算不错。一般而言，运动员的成绩是跟着年级往上递进的，冠军就像地里的韭菜，是一茬一茬长起来的。按照这种规律，老尤弄个季军就已经具备了将来成为冠军的条件，现在居然弄了个亚军，就算意外收获了。

　　高潮出现在下午的八百米赛跑上，是由余亮光创造的。余亮光选择这个项目明显是要挑战自己，因为在田径比赛中，中长跑项目是比较难的，原因在于人体耐受力的极限。短跑可以在短时间里用爆发力，还没达到极限就完事了；长跑在冲破了极限之后，只要善于调整奔跑的速度和气息，就会很快进入一个良好的状态；只有中长跑好像正卡在人体的极限上。老尤急于成功，上来就选了百米短跑，而余亮光却知难而进，毫不犹豫地选择了八百米和一千五百米这两个中长跑项目。我们对此都有些不理解。余亮光给我分析说，报项目就要独辟蹊径，中长跑难度大，自然报的人就少，竞争也就没那么激烈。更何况在这个项目上他也有优势：他们那个地方都是山坡，独轮车根本就进不了地里，要往地里运东西都是用担子来挑。你想想,每天挑着这么重的东西上山下山,这脚力能差了吗?进入训练阶段,余亮光似乎更有把握,一直说同时训练的另外几个一看就不行,跑几步就气喘吁吁,而他跑到终点都没有感觉。他这么一说,我们对他也有了很高的期望,期待他能在运动会上一展身手,一年级新生如果拿了冠军,那就真的爆了冷门。

八百米赛跑下午三点钟才开始,检录之后余亮光第一个站在跑道上,他穿着新运动服、白色运动鞋,胸前挂着运动员号牌,看起来英姿飒爽。运动员都在起跑线上站好,裁判开始发令:"各就位,预备——跑!"随着号令枪发声,运动员们同时跃起,像旋风一样席卷着往前冲。我们的目光锁定在余亮光身上,他一开始起跑很猛,一下子就蹿到了最前面,我们正要给他鼓掌,但此时发生了意外,在过第一个弯道的时候余亮光突然摔倒了。那一刻,热闹的运动场瞬间就安静了,很多同学都大大张开了嘴巴,心猛地被揪紧了,眼睛一眨也不眨地盯着余亮光。余亮光跌倒的位置离一班的观众席近,一班的两位同学最先回过神,急忙跑过去想把他扶起来,谁知还没伸手,余亮光就慢慢站了起来。那两位同学继续上前要扶着他往回走,刚抓住他的胳膊就被他甩开了,然后我们就看到余亮光直起身子开始继续往前跑。他的右脚似乎严重扭伤了,往地上点了一下就立刻抬了起来,但他仍然挺直了身子向前跑,把全身的力量都集中在左脚上,右脚只是轻轻地点着地,一瘸一拐地朝终点奔去。

掌声先从操场上我们班聚集的位置发出来,然后就如同爆豆一样响遍了整个运动场。这掌声给了余亮光莫大鼓励,他顾不得脚上的伤痛,奔跑的速度越来越快。这时我们班的好几位同学也都跑了上去,陪着他往前跑。此时的余亮光脸色蜡黄,额头冒出了豆粒大的汗珠,可他仍然在坚持着。全场的人都被余亮光感动了,我身边的播音员更是激动万分,对着麦克风不断地为余亮光大声加油，最后嗓子都喊破了。

在为余亮光喝彩的雷鸣掌声中，我站在主席台上浑身战栗，看着余亮光那艰难移动的身影，竟然有种想哭的感觉。很快就有稿子送了过来，都是赞扬余亮光的，我和另外两个编辑都来不及细看，连忙签上自己的名字，直接送给播音员。伴随着下面的掌声和播音员那激越的声音，余亮光终于跑到了终点，我的眼泪也下来了。余亮光最后被等在终点的老师和同学们搀了起来，我擦了一下眼泪，扭头对正在热烈鼓掌的那两位编辑自豪地说："他是我们班的，是我们的班长！"

这次运动会我们班收获很大，不但把精神文明奖收入囊中，还有老尤那意想不到的百米比赛成绩。当然最大的亮点还是余亮光，这次运动会给他带来了出人意料的效果，更重要的是把他的自信重新建立了起来。快乐的日子似乎已经来临，运动会结束没几天他就专门找到我，对着我啰里啰唆地说了一番感谢的话，说得我有些晕。我疑惑地问："为什么感谢我？"他煞有介事地说："如果你们不在大会宣传组编发那些稿子，我就不会坚持下去。你知道吗，我那一跤跌得很厉害，爬起来眼前都发黑了，是因为听到那些鼓励的声音我才坚持了下来。"他这么一说，我有些得意，谁知他随后又说："能不能让我看看那些稿子？"

我很想帮他，但这事却有些难度。运动会结束当天，稿子数量就统计了出来，接着就被封存了。学校团委书记说，由于关系到评奖，这些东西要入档。我把这个情况向余亮光解释了一下，他却并不想放弃，缠着我说："这个又不是很重要的文件，入档也就是在团委存一下，根本就不会进学校档案室。我看你在会上跟团委书记混得很熟，你找他说说准行！"他这么一吹捧，我就不好拒绝了，只好答应试试看。事情答应了下来，我心里却没底，实际上那几天在宣传组我和团委书记只打了几次照面，握了两次手，他连我的名字都记不全，更别说混得熟了。

后来，我找到了姜师兄。姜师兄明白我的意思之后，有些不屑地说："那些稿子还有什么看头，不过是些应景唱和之作。"一开始我只说是同学要，见他这么个态度就不好再往下说了。我准备离开时，他突然说："是不是给女同学要？"我一开始没明白什么意思，见他脸上露出了不怀好意的笑，才咂摸出了其中的味道。我低下头想要装傻，他却笑了出来，说："要是给女同学要，我倒乐意帮忙。兄弟，这种事情要早下手。"说着还拍了拍我的肩膀。

我把所有署名为八六级二班的稿子都带给了余亮光，有三十多篇。从一开始我就发现投往运动会宣传组的稿子大都只署班级，很少有个人署名的，究其原因，大概是因为这些稿子的来源比较复杂。一个班级写稿的就那几个，老是念他们的名字就显得这个班级整体素质不高，再就是有些班级的稿子也有老师代笔的。余亮光接过这些稿子一篇篇地看下去，最终目光在一张红色方格的信纸上定格，一边把最上面那篇又重新拿给我，一边兴奋地说："我找的就是它！"我拿过来仔细一看，是一首写给余亮光的小诗：

给余亮光同学

你跌倒了
就像被搭在弯弓内的箭镞
你又站起来
箭镞瞬间飞升
奔向的不是终点

  而是一个美丽的梦
  梦里　你是雄鹰
  可以撷取任何一朵云彩
  今天　你是英雄
  整个世界都被你踩在脚下

  下面的署名是八六级二班。当时我被整个运动场上的气氛所感染，急于把稿子发出去，没来得及仔细看，现在这么一看，这首诗还是写得不错的。别忘了这是短时间内的急就章，完全是有感而发。余亮光显然是在跑道上艰难跋涉时听到了这首诗，因此才执着地要找到它，在那种情况下他还能有如此心境，也真是难得！余亮光凑上来说："你说这会是谁写的呢？"经他这么一说，我忽然觉得这字体有些熟悉，很像褚燕来的字。褚燕来的字很有特点，很遒劲，不像女孩子写的。但这怎么可能呢？褚燕来会给余亮光写诗？我从心里不愿意承认，就故意反问道："你说是谁写的？"余亮光似乎就等着我问这话，脱口说道："我猜是汤丽欣写的。"我松了一口气。余亮光继续说："这是很明显的，你看这诗写的：'……你是雄鹰，可以撷取任何一朵云彩；你是英雄，整个世界都被你踩在脚下。'这是不是对我的一种暗示？"

  当时我感到这纯粹是无稽之谈，汤丽欣怎么可能为余亮光写出这样的诗句来？但看到余亮光那痴迷的样子，我也不便说破，谁知余亮光居然当了真。

  这天晚自习时间，我一进教室就发现有些异样，只见黑板上写着一段话：

招领启事

  本人余亮光，偶然得到一份运动会上的诗稿，读之，感到文采斐然，激情澎湃。当时在运动场上之所以能忍痛坚持到终点，就是从这首诗中汲取了力量，感受到了莫大鼓舞，但却不知道作者是谁。本人特拟此招领启事寻找诗稿主人，希望诗作者能挺身而出，以慰本人喁喁之望。

余亮光

一九八七年四月十一日

  这段话右边用胶水贴着一张稿纸，正是他下午从我这里拿走的那份诗稿。我有些发蒙，下午专门对他交代不要外传，稿子还要交回，没想到他居然在这里大张旗鼓地贴出什么招领启事来。我心中有气，回头朝余亮光座位的方向看，余亮光也正有些紧张地看着我。我不明白余亮光为什么要这样做，想发火，又一想，如果我站出来，全班同学就都知道稿子是我提供给余亮光的了，这叫不打自招，对我更为不利。

  我默默回到自己的座位坐下。已经到教室的同学都在兴致勃勃地讨论这则招领启事，还有的同学直接对着余亮光开玩笑。余亮光此时已恢复了常态，对所有的问话都不理不睬，似乎这事根本就与他无关。此时，我已有些明白余亮光这么做的缘由：他在心里认定了这份诗稿是汤丽欣写的，想以此来验证他对汤丽欣不是单相思。可他没有想过，如果这首诗不是汤丽欣写的呢？我偷眼看了一下褚燕来，从后面看她坐得很端正，两个肩膀微微向上耸起，整个身子看起来有种放不开的拘谨。

  上课铃响了，同学们刚安静下来，褚燕来就站了起来，走到黑板前面，把贴在黑板上的稿纸扯下来，然后走下讲台对着余亮光说："余亮光同学，这诗稿是我写的，我在运动会上被你那种顽强拼搏的精神感动，才写下了这首诗，现在要物归原主了，谢谢你替我找到它。"说完就拿着诗稿回到了自己的座位。我们都傻了，我原本以为她会置之不理，没想到她能站出来。更傻的是余亮光，他做梦也没想到是褚燕来写了这首诗。深深的失望让他看起来有些惊慌，他也站了起来，有些结巴地问："这首诗……怎么……怎么会是你写的？"褚燕来刚走到自己座位前，很果断地回身说道："就是我写的。你当时把全场人都感动了，再加上我们班要争取精神文明奖，有供稿任务，我就随手写了这首诗。原本没有存底稿，没想到你把原稿送来了，真的很感谢你。"

面对褚燕来的义正词严，余亮光那失魂落魄的样子看起来有些好笑。他完全沉浸在自己的失落中，对褚燕来的感谢也没有回应，叹了口气坐回自己的座位。

这时杜老师气冲冲地从前门闯了进来，我们有些意外，杜老师晚自习来"视察"从来就没这么早过。我听到后面有动静，回头一看，见聂世兰正在往自己座位上走，显然他刚从后门进来，杜老师应该就是他找来的。

看到杜老师那个样子，我们都噤声了，等待杜老师的训话。杜老师先是背起手对着黑板看了一会儿，一边看还一边绕着讲台走动。看完了，他走上讲台，双手摁在面前的讲桌上，眼睛直瞪着下面。我们也瞪大眼睛看着他，期待着他下一步的动作。果然之后就是狂风暴雨，这狂风暴雨是冲余亮光来的。杜老师说："余亮光，这是你写的吗？你要知道，这是教室，不是你们家，你能想怎么写就怎么写吗？再说这是上课时间，你怎么能占用这个时间来达到你个人的目的呢？这首诗是写给你的没错，但是在那个特定的环境之下写的，你没有必要在这里大张旗鼓地宣传！你这样做简直就是不知好歹……"杜老师说得越来越急，情绪越来越激动，我们可以明显感到他真的很生气。

一开始，我们都不明白杜老师为什么发这么大的火。余亮光的行为虽然有些过分，可也不是什么大错，不至于把杜老师气成这样。难道是聂世兰在背后递了什么谗言？抑或要为褚燕来出头？又一想也不对，杜老师刚进来，怎么会知道这诗是褚燕来写的。不过这也说不准，运动会那两天杜老师和聂世兰一直都在，班里的同学干点什么都逃不过他们的眼睛，他们有可能在运动场上就知道这首诗是褚燕来写的了，只有余亮光还沉浸在自己的美梦中。

余亮光的心理承受能力让人佩服，刚遭遇一次失落，又受到了杜老师的严厉批评，竟然还能泰然自若地坐在座位上。说泰然自若是相对的，他情绪上的变化还是有的。待杜老师的火发得差不多了，余亮光慢慢站起来说："杜老师，是我错了。"说着就走上讲台，拿起讲桌上的黑板擦，开始擦他写的那些粉笔字。看余亮光这样，杜老师的脸色逐渐缓和了，刚才的酱紫色慢慢转成了本来的酱色。余亮光擦得极慢，先从自己的署名和日期擦起，然后往上擦正文，再然后是最上面的"招领启事"。我这时才注意到那四个大字写的是美术体，隶书稍微变形的那种，是我们在美术课上刚学的。看得出余亮光写这几个字用了些功夫。字是踩着凳子写上去的，现在凳子不在脚下，他要擦到那些字就只能跳起来，于是他的所有动作就变得有些虚幻，往上一蹿一蹿的，就像一只飞在空中扑腾着翅膀拼命要去采撷白云的孤雁。

八

　　至于余亮光是什么时候从我们中间脱颖而出，把自己发展成对汤丽欣的单相思，我们已无从知道，但后来的事情就跟以前有了明确的分界线。尤其是那次运动会之后，我们真真切切地感受到余亮光变了，跟之前的余亮光简直判若两人，变成了一个陷在感情泥沼里的病人。

　　"招领启事"事件发生后不久，余亮光穿起了皮鞋。穿皮鞋当然不算什么新鲜事，上学期我们班就已有好几位同学都买了皮鞋，但发生在余亮光身上就成了新闻。之前，余亮光应该是我们班着装最没变化的男生，当我们都穿上夹克衫面包服的时候，余亮光仍然坚守着他的国防服和老棉袄。这次他穿上皮鞋显然是想改变一下形象，可却并没有显现出他想要的效果。余亮光的皮鞋不是聂世兰那种三接头的时尚款，而是像老布棉鞋那样的浑圆式，再仔细一看，里面还有绒毛露出来，可不就是棉鞋吗！现在已到了春天的尾巴，余亮光居然还买皮棉鞋穿？再一想就不感到奇怪了，这个季节正是处理冬季服装的时间，本来要十多块钱的皮棉鞋现在三五块钱就能买，余亮光显然觉得捡到了便宜。可他不知道这便宜是不能随便捡的，路边的树叶都肥硕了再穿棉鞋就有些离谱了。再说皮鞋需要合适的裤子来搭配，余亮光穿上皮鞋却仍然配了那条灰不溜秋的吊吊裤，整个脚踝都裸露在外面，走起路来裤脚一伸一缩的，就像一面没扎好的破旗帜。

过了几天，我们发现余亮光又有了变化，这次是头发。也不知道他从哪里淘换来一瓶摩丝，每天早上洗完脸就可着劲往头发上抹，抹完也不知道梳开。摩丝的泡沫消失之后，就开始忠实地履行自己的职责，把余亮光那本来就为数不多的头发各个击破，聚拢成一坨一坨的硬痂。那些平滑的硬痂被阳光一照，反射着亮亮的光泽，余亮光的脑壳瞬间就变成了一个碎光四溅的玻璃球。

人反常态必有所谋。余亮光打破自己以往的着装风格开始向时尚和流行靠拢，显然是为了汤丽欣。殊不知他在这方面没有一点天分，他的所有努力都产生了东施效颦的效果。对这一切他却茫然不知，仍然以这种极端的手段来糟践自己，以至于他那本来优良的形象在我们心中荡然无存。

汤丽欣对他的态度就更可想而知了。原来淳朴的余亮光似乎从来就不会掩饰自己的感情，此时我们在他身上也看不到自卑，盲目和无知反而给了他莫名其妙的自信，他不觉得自己和汤丽欣有差距，只从自身感情需要出发，用原始而笨拙的方式来接近汤丽欣。他用自己本就不多的零花钱给汤丽欣买过电影票、笔记本，甚至还跑到悦城最大的百货商场买过一次巧克力……多次碰壁之后他仍没发现症结所在，反而在对方身上找原因：他认为汤丽欣之所以拒绝，不是因为他自身条件不行，而是出于汤丽欣作为女孩子的矜持和羞涩，所以他还需继续诱导。这年暑假他又实施了一次超出常人所想的行动，这次行动延续了他的一贯风格，取得的仍然是与初衷反向的效果，这让他和汤丽欣之间的距离越来越远，至此他才有所醒悟，不得不终止了这场本来就无望的爱情之旅。

那年农历七月初七，正是一年中最为炎热的日子，余亮光和他的一个本家二叔打听着找到了汤丽欣家。他们不是空手而来，带着乡间颇为隆重的四生礼，这四样礼物分别是一块足有十五斤重的猪肉、两只大红公鸡、两条三四斤重的大鲤鱼、一捆十斤重的挂面。这年汤丽欣家恰好发生了两件大喜事，年初汤丽欣的父亲老汤从副处长提拔成了正处长，年中他们一家又分到了三室一厅的处长楼。也就是说，这两个不速之客从天而降的时候，汤丽欣家刚乔迁新居。老汤一看女儿的同学远道而来，还带来了这么多的礼物，感到很高兴，用最高规格来招待，不但从饭店里叫来了一桌子菜，还特意开了一瓶自己珍藏多年的好酒。主人的盛情给了余亮光和他二叔莫大的信心，刚进门时的自卑和惶恐荡然无存。还没开席，二叔就拿出一张早就准备好的红纸，问汤丽欣的生辰八字，老汤当时也没多想就随口说了。二叔认真地把八字写在红纸上，然后就眯着眼睛在那里推算，算了一阵猛地睁开眼睛说："太好了！这真是天作之合！小亮命里多水，你家闺女正好缺水，两人一结合，金木水火土这就齐了。另外，你家闺女比小亮大两岁，女大两抱金块，这样的好姻缘真是打着灯笼都难找。亲家，咱们可真是有缘！"

　　老汤一听这话傻了眼，本来还以为女儿的同学是来庆贺乔迁之喜的，没想到居然是在算计自己的闺女。看着面前觍着脸强笑的这叔侄俩，老汤的火气腾地涌了上来，但他毕竟还是有些涵养的，当时没表现出来，而是先把自己的闺女叫到了里屋。

　　过了一会儿老汤走出来，心平气和地对余亮光说："我已问过汤丽欣了，你们只是一般同学关系，她对你没半点想法。你们这样大张旗鼓地来我们家，不觉得有些不合适吗？另外，你们还都在读书，还是学生，谈这些事情为时尚早。我女儿是不会在上学期间谈恋爱的，我希望你也能自重。"这番话一下子把余亮光说傻了。二叔在旁边着急，结结巴巴地说："怎么会这样？不是都说好了吗？"见余亮光低下头不说话，他又眼巴巴地看着老汤说："亲家……亲家，你看这话是咋说的呢？孩子愿意咱就别挡着了。再说我当了大半辈子媒人，还从来没失过手，我们又是这么老远地来了，你可不能让我出不去门！"

老汤一听这话，刚刚摁下去的火气立马又上来了，摆着手生气地说："谁是你的亲家？本来还想留你们吃了饭再走，现在看来是不能留了。你不是怕出不去门吗，现在就带上你们的礼物出门！"

余亮光和他二叔就这样被汤丽欣父亲给赶了出来。重新回到日头毒花花的大街上，二叔猛抽了自己一个大嘴巴说："都怪我这张臭嘴！眼看能吃上一桌子好菜，都被这张嘴给毁了。"接着又对余亮光说，"刚才桌上那虾子可真是大！这要是……"看余亮光脸色不对，他才把话头截住，顺势咕咚咽下去一大口口水。

此时的余亮光正处于极度懊恼和沮丧中，汤丽欣那冷若冰霜的目光和老汤那火气十足的话语让他彻底清醒了，即使在这炎热的正午他也感到了一丝丝寒气。他一刻也不想停留了，拉着有些恋恋不舍的二叔，带着已经开始发臭的鱼肉和那两只已经奄奄一息的公鸡，朝车站方向走去。

余亮光去汤丽欣家提亲的盛况来自聂世兰后来的转述。那时我们已毕业四年，我刚刚调到悦西区宣传部，老尤和聂世兰设宴给我接风，聂世兰当时把这事当成笑话讲给我们听。同时，为了彰显自己作为胜利者的荣耀，他还极力渲染了余亮光和他二叔返程的狼狈状况。莱城矿务局离余亮光所在的冀石镇本来就很远，再加上冀石镇在山窝窝里，有很多山路连自行车都不能骑，只能步行。那天余亮光叔侄二人辗转到达悦城，已无回冀石镇的公共汽车，两人又舍不得住店，只好重演余亮光来学校报到时的一幕——步行回家。叔侄二人穿林海，越山岭，饿着肚子前行，耳边还不时传来鸟兽在暗夜里发出的叫声，幸亏他们从小生活在这种环境里，心里没有太大的恐惧。后来实在是太累太饿了，两人只好像原始人那样找了个山洞歇了一会儿，又想钻木取火，把那些鱼肉烤来充饥，可最终也没找到合适的钻木材料。鱼肉经过长途跋涉已发出很大的味道，两人又担心引来贪食的野兽，在山洞也不敢多作停留，只好强咽着口水忍受着饥饿，像两个逃难者一样仓皇地继续赶路。

不管怎么说，这次经历对余亮光的身心都应该是一次炼狱般的考验，从此余亮光彻底调整了自己的人生方向，现实的发展也很配合余亮光的这种转变。暑假一过，班委进行了改选，余亮光的班长被刷了下来，聂世兰成了我们的班长。卸任后的余亮光从此彻底沉静下来，专心于学业，过起了无关风月心无旁骛的日子。他的成绩一直在班里名列前茅，尤其是数学，几乎从来没考过第二名。二年级下学期，他代表悦城师范学校参加了全市高中组数学竞赛，又取得了不错的成绩，尤其是对一道竞赛题的解法，得到了数学老师的赞赏。那天数学老师在课堂上分析余亮光对这道题的解法时，说了很多专业术语，说本题的解题方法中融入了无穷小极限思想、组合数学中的同结构循环性构造思想及对应染色法，并巧妙地将它们融为一体，将连续和集散联系了起来。余亮光的这个解法提醒我们数学是一种发明，是一种模式的创造，很值得数学研究者借鉴和学习。

我们虽然听得云里雾里，但至少能感受到数学老师的那种兴奋和激动。这让我想到了两年前坐在墨镇中学教室里的情景，当时的数学老师对余亮光也有着如此的赞誉。那时候的余亮光远在天边，而现在的余亮光却近在眼前，现在和过去是如此相近却又如此不同！

数学老师最后说，像余亮光这样的人只读了中专真是可惜了，他应该在数学这条无限辽阔的道路上走下去，继续去高一级的学府深造。相信只要有合适的机遇，余亮光就一定会走进数学王国的最高殿堂。

可当年我们再次升学的机会非常渺小，每届师范毕业生只有百分之一的升学指标，升入的学校还都只是对口师范大学的相关院系。就这几个有限的名额还要经过学校推荐，然后再参加全国统一的成人高考，成绩合格才能被录取。我们那一届学生，若论成绩，余亮光应该是最有希望再次升学的，但他却在学校推荐这一关被刷了下来。学校推荐有一个硬性指标，必须每年都是三好学生，而余亮光却就差那么一次。为此一向欣赏他的数学老师专门去找学校领导商量，但最终也没协调下来，余亮光就这样和幸运之神失之交臂，最后跟我们大多数人一样分回了原籍。

九

老尤来到云霓饭店已是深夜，带着浑身的酒气。

他在电话里跟我说的市长召见是假，村主任召见才是真，但此村主任却不是一般的村主任。那村子位置靠近城区，市里要在这里建设规模最大的蔬菜批发市场，老尤早就盯上了这个项目，此时被村主任紧急召见，应该是奔着这块肥肉而去。

老尤是少数有家不用回的男人之一。之所以有这样的权利不是因为"背后有个成功的女人"，而是因为两个人的婚姻已没有了内容，形式也就只剩下那本已经陈旧的大红证书。

说起来，老尤的婚姻生活最后出现这种结果不是偶然的，而是沉疴已久，与他长期以来扭曲的婚姻观有直接关系。

之前老尤的漫天撒网就不说了，现在重点要说的是老尤"爆红"后的恋爱史。在二年级上学期的运动会上，老尤居然夺得了百米冠军，这让他一下子趾高气扬了很多，荣誉和地位也接踵而至，到二年级下学期，他已经成为我们班的体育委员并兼任学生会体育部副部长。体育部长是比我们高一级的老生，在校时间已屈指可数，我们一升入三年级老尤就会顺理成章地接棒。这年的春季运动会老尤再爆冷门，不但在百米赛跑中夺冠，还顺带着把二百米冠军也收入囊中。老尤的短跑也在此时形成了自己的风格，不但动如脱兔，而且还咆哮如下山猛虎，一路狂奔一路呐喊，那凌厉的气势让对手无不感到胆战心惊。至此，老尤的"星途"达到了巅峰。那段时间，我们八六级二班的教室前走廊变得分外热闹，尤其是晚自习时间，很多不熟悉老尤的同学像现在的追星族一样，对明星的生活状态充满着好奇，总会有意无意地到我们教室前，隔着玻璃窗往里面张望，踅摸那个快若闪电声嘶力竭的体育健将。

"一剪梅"就是在这个时候向老尤靠拢的。一剪梅姓洒，这是一个有些奇怪的姓氏，我们一直不太习惯，觉得还是叫一剪梅更合适一些。一剪梅是我们学校的文艺明星，比我们高一级，我们一入校就见识了她的风采。那是在庆祝第二个教师节的大会上，就是余亮光做典型发言的那次，在庆祝活动中，一剪梅就唱了歌曲《一剪梅》。当时，我们都是第一次听她唱歌，感到那就是天籁之音，及至后来，我们听到了费玉清演唱的《一剪梅》，总觉得没有她唱得好。一开始，我们都以为她是专业演员，后来在校园里捕捉到了她的身影，才知道她是我们的学姐，为此甚至还激动了好几天。

一剪梅追求爱情的方式有些另类，不像有的女生那样羞羞答答地半推半就，而是大胆而热烈，在某种程度上还有些霸道，正应了那句从她嘴里唱出来的歌词："真情像草原广阔，层层风雨不能阻隔。"她来教室找老尤，不是像其他人那样先敲门然后再让边上的同学传信，而是直接进来喊他。来宿舍也是这样，隔着宿舍门就大声喊尤奋进。我们分析，这一方面源于一剪梅的性格，另一方面还因为一剪梅身上自带的那种优越感。首先，她是我们的学姐，自然就比我们见识多一些；其次是因为她才貌俱佳，有着夺人心魄的魅力，让她在众多女生中脱颖而出。

此时的老尤无论在思想还是情感上都经历了大起大落，一下子由卖方市场变成了买方市场，这个台阶迈得太大，简直是从地狱直接到了天堂。乍一来到这样的高处，老尤显然有些晕眩，时常拿捏不好分寸。每次一剪梅这样张扬地过来找他，他内心都万分狂热，表面上却装得像个无辜的受害者，竭力压抑着已经在心中泛滥起来的激情，一边迈着看似镇静的步子往外走，一边嘴上言不由衷地嘟囔着"真烦人！""又来了！"之类的假言假语，显得既虚伪又猥琐。那段时间，本来五音不全的他，每天晚上约会回来都会哼着小曲进宿舍，不是《三月里的小雨》就是《害羞的女孩》，那声音甜腻得几乎要把一个健康的人变成糖尿病患者。

一剪梅是个做事痛快的女孩，两人热恋不久她就提出要到老尤家看看。这也不怪一剪梅心急，而是现实情况所致——她马上要面临毕业，想在毕业前把和老尤的关系定下来。老尤回家跟老老尤商量，老老尤一听儿子找了这么出色的女朋友，一下子就乐开了怀，但一听到一剪梅家是东篱县的，老老尤乐不起来了。老尤察觉到了父亲脸上的变化，赶紧问："怎么了？"老老尤叹了口气说："你也别让她来了，这门亲事我不同意。"

老尤感到很吃惊，忙问为什么。老老尤说："你只图现在一时痛快，考虑过以后的生活吗？我让你在师范找对象是为了你以后生活幸福，如果现在找个远在东篱的女人你就幸福不了了。你知道东篱穷到什么程度吗？你肯定在课本上学过周立波的《分马》，里面有个穷得穿不起裤子的赵光腚。课文里的赵光腚也许是虚构的，但把这事放在东篱县就变成现实了。我师范有个同学就是东篱的，前几年来找我，说他们那个地方那叫一个穷啊！工资都用红薯来抵，堂堂一个公办教师得推着胶轮车满大街叫卖红薯。你也不想想，如果你变成这个样子，你爹心里是什么滋味?"

老尤还真没想到这一层,就嘟着嘴说:"我也没说一定要去东篱。"

老老尤说:"你不去东篱,咱们现在也没本事把她落在悦城,她分回东篱你们就得两地分居。根据我五十多年的人生经验,夫妻两地分居,最后都不会有什么好结果,不是丈夫有了外遇就是老婆找了情人,反正到末了都会落个鸡飞蛋打,人财两空。"

经老老尤这么一说,老尤想到自己父亲早年间的桃色事件,觉得这还真成了问题。老老尤见老尤低了头,就趁热打铁地说:"还是散了吧,在这些人生大事上,爹比你看得明白。她就是仙女下凡,不合适也白搭,女人说起来都一样……"

在这个问题上老老尤本想有所阐发,但想到这是在自己的亲生儿子说话,不能把"关了灯"之后的经验拿出来共享,就把下面的话咽了回去。不想这却说到了老尤的痛处,因为他感受到的女人是不一样的。现在一剪梅已经常驻在他心里,每次一想到这个名字就会有一种过电般的感觉,这是老尤过去从来没有感受过的。但老老尤说的现实困境又不能不考虑,老尤这样想着,不禁悲从中来,眼泪渐渐从眼眶里涌了出来。

老老尤一看儿子掉了泪,突然意识到了什么,有些紧张地问:"你们是不是已经'那个'了?"

老尤一愣,见老老尤正张着嘴巴,满脸的好奇与期待,顿时明白"那个"是指什么了,赶紧慌乱地摇了摇头。

老老尤松了一口气,说:"那就好!那就好!那咱们就更没亏欠了。"

老老尤话音刚落,老尤却爆发了,抑制不住的哭声从喉咙深处一下子喷了出来,一边还含混不清地念叨着:"可是……可是……我已经摸过她了……呜呜……"

老老尤心里感到好笑，但表面上却安慰着自己的儿子："仅仅是摸了，没事。有些东西是越摸越好，比如玉石，不摸还不行，越摸越光滑。这个你不用内疚，男女之间如果没这点事还算谈恋爱吗？"

老尤真正的初恋就这样在老老尤动之以情晓之以理的劝解下结束了。那段时间老尤强忍着心中的煎熬，每天晚上都去操场拼命跑步，把自己跑得大汗淋漓、喊得声嘶力竭才肯罢休。早晨起来，他睁开眼睛就拿着脸盆去冲冷水澡，随着一阵阵哗哗的水声，老尤想到自己那已经远去的爱情，眼泪就会不由自主地流下来。好在一剪梅不久之后就离校实习，然后又悄无声息地分回了东篱，老尤那颗受伤的心才渐渐平复了下来。

老尤和打字员的相识有一定的偶然性。打字员本来是先跟我熟悉起来的。打字员的父亲原来是我们学校的中层领导，后来调到了悦城教育局，打字员高中毕业待业在家，父亲就把她先安排在了学校打字室。那时候，我已接替姜师兄成为校刊主编，校刊都是由打字员打出来的，所以她会经常来校刊编辑部送稿子。老尤就是来编辑部找我闲聊时认识打字员的。他们初次见面，我就看出打字员对老尤有些意思，那天她看老尤的目光一直水汪汪的，带着撩人的钩子。也不怪打字员多情，当时老尤已成为我们学校名副其实的名人，不但顺利接棒成为学校体育部长，而且在运动会上的表现越来越耀眼，他自创的尤氏跑法已成为赛场上最美好的景观。更重要的是通过这两年的体育锻炼，老尤已没有了当初入校时的单薄，无论形体上还是气质上都发生了很大的变化。更难能可贵的是，老尤无师自通地把赛场上的飒爽英姿扎实地嵌入了日常生活中，这使他几乎发生了脱胎换骨的变化，彻底变成了一个内外兼修的帅哥。

至于老尤和打字员什么时候私下建立起了联系，我不得而知，反正那次见面后不久，老尤就重新哼起了《三月里的小雨》那样甜腻的歌曲。

最直接的表现是他来编辑部的次数明显增多，在多次失望之后就干脆直接去了打字室。那时候，打字室只有一台老式四通打字机，工作人员只有打字员一个，这就为他们把好感迅速发酵成感情提供了极大的便利。老尤晚上回宿舍的时间越来越晚，有天晚上，他竟然彻夜未归。第二天，他邻铺的李万祥悄悄把这一情况告诉了我，下午我瞅了个机会开始审老尤。

老尤对自己待在打字室一夜未归的事实供认不讳，但说到跟打字员干了些什么，他却吞吞吐吐。这时我已经有了某种预感，孤男寡女整晚都在一起，就算是傻子也能联想到些什么。意识到这点，我就不想再审下去了，转而开始规劝他好自为之。因为我们刚刚送走的那届毕业生里就发生过一起事件，一对鸳鸯在校园的某个角落正"那个"时被人发现，结果临毕业了，两人还背了警告处分。

谁知我的规劝反而激起了老尤的倾诉欲望，他表现得就像一个意志薄弱的软骨头，还没看见刑具就急于坦白交代，口无遮拦地把知道的全都秃噜了出来，所透露的信息量之大超出了我的想象，有些细节甚至让我瞠目结舌面红耳赤。在老尤的"供词"中，打字员非常老到，非常狂野，是她引诱着老尤一步一步向前的。老尤沉浸在其中既迷茫又新奇，既拘谨又开放，既压抑又销魂，有着说不出来的感觉。或者说，他不知道怎么来表达这种从未有过的兴奋体验，就像吃到了独特糖果的孩子，感到了醉人的味道，并迫不及待地要跟人分享。在肆无忌惮的讲述中，老尤没有一丝叛徒的沮丧，反而如同一只好斗的公鸡，一直处于极度的亢奋状态。我当时就被老尤这种不怀好意的招认给带了进去，很快产生了一种百爪挠心的感觉，开始后悔自己做这样的探究，同时也在心里埋怨老尤不够朋友，这种事情自己做过也就罢了，还饱汉子不知饿汉子饥地张扬，一点也不知道体谅一个饥渴者的心情。

我认为老尤这次搞出的事情有些大，这种事情对一个女孩子来说就是分水岭，作为男人应该主动担负起责任来。经我提醒，老尤也意识到了兹事体大，周末就回家向老老尤做了汇报。老老尤一听打字员的情况顿时心花怒放，高兴地对老尤说："儿啊，你这是真开窍了，我尤家的祖坟上也该着冒青烟了。这孩子的父亲在教育局，而且还是市教育局，你的分配还用发愁吗？你这是搂草打兔子——歪打正着了，曲线救国正中要害呀。你分在了城里，将来你的孩子也会在城里生活，尤家的子子孙孙就能彻底脱离农村这个泥巴窝了。"

老老尤兴奋得像个孩子，激动得都有些语无伦次了。老尤没想到父亲的反应会如此强烈，起初察觉到打字员对自己有意，他只想当一只偷腥的猫，贪图的是打字员作为城里姑娘的洋气和时尚，不想却一下子逮着了这么一条大鱼。老尤本想把跟打字员已经"那个"的事情也说出来，后来看老老尤的那个样子就忍住了，担心父亲听了会乐得背过气去。

老尤问接下来该怎么办，老老尤说："这还用问吗！坐实，把这事坐实。你也不笨，你们两个的交往就不用我教了，总之一句话，就是要抓住不放，把鸭子煮熟，让它想跑也跑不掉。接下来光你们两个孩子交往还不成，两家的大人也要见面。你可以把我的情况也告诉她，我也是从正门里出来的堂堂公办教师，不比她父亲差，你也算出身书香门第，你找她也不算辱没她的家庭。尽量争取我们两亲家早日见面，要尽早把你们的关系确定下来。"

老尤对老老尤话里的暗示了然于胸，心中窃喜自己已经提前把鸭子煮熟了，所以对老老尤急于求成的想法不是太理解，回答得有些敷衍。老老尤及时察觉到了儿子的漫不经心，再次强调说："这事你千万不要掉以轻心,要抓住毕业前这个关键时机,把你们的关系定下来。你想啊,她父亲要想找关系给你办留城,对外怎么介绍?总不能说这是我女儿的同学吧?要说是自己的女婿或者是女儿的男朋友,这样分量才足,人家才会给办。所以这事宜早不宜迟。"

经老老尤这么一说,老尤终于明白了过来,也真正体会到"姜是老的辣"这话不是瞎说的。回到学校,他立马找打字员商量两边家长见面的事情。打字员听了,先是嘻嘻笑了一阵,然后就开始支支吾吾地不点正题。当时老尤也没多想,以为女孩子对这样的事情总是有些害羞。过了两天老尤又跟打字员提起此事,没想到打字员还是那个态度。不但如此,后来老尤发现打字员开始躲他了,有时老尤去打字室,还没坐一会儿打字员就往外撵,不是说有人来校对就是说自己要外出。至此老尤才感到有些不对劲,不知哪里出了问题,想想自己在学校的地位并没有下降,体育明星的头衔仍然很稳当,在打字员身上也很卖力,所以对打字员的变脸是百思不得其解。又过了一段时间,打字员彻底从学校消失了,听说被招到了悦城市林业局,成了一名正式的机关干部。老尤这时才意识到了问题的严重性,马上去林业局找,谁知连打字员的面都没见上。

从林业局回来的那天晚上,老尤拉我到门口的小饭店喝酒。那段时间我们已进入了三年级最后一个学期,马上面临去乡下实习,学校对我们的管理也相对松懈了一些,对我们假以毕业之名的狂欢睁一只眼闭一只眼。几杯酒下肚,老尤的眼圈儿红了。我看着有些心疼,就安慰他说:"有道是天涯何处无芳草,男子汉大丈夫何患无妻!打起精神挺起腰板,勇敢地去开启你的下一段旅程吧。"

对我这些口号式的安慰,老尤起初没什么反应,只是闷头喝酒。一斤二锅头很快见了底,老尤还想要,我站起来阻止,老尤也想起身,不料腿一软一下瘫倒在了地上。我赶过去想把老尤扶起来,他却摆着手挣脱了。我说:"起来吧,咱不喝了。"老尤听了突然号啕大哭起来,一边还说着:"你就别拦着了,让我再喝一点吧,我心里难受。我是一个傻瓜!被一个女人白白给玩了,我不甘心啊!她不是第一次我可是第一次啊……"老尤当时的哭声很响,周围的人都以为我们两个打起来了。正在厨房帮忙的老板赶紧从后面蹿了出来,见坐在地上的是老尤才放下心来,有些同情地问:"这是怎么了?"我犹豫了一下,看了看悲伤得都快散了架的老尤,然后说:"没事,他把他的第一次弄丢了。"

十

■ 总结老尤三年的师范生活，他几乎把全部的心思都用在了对所谓爱情的追求上，到头来却是竹篮打水一场空。在我们学生时代的最后一段日子，眼看老尤将要跟我一样颗粒无收，不可避免地回到那个"生我养我的地方"，去那片大有作为的广阔天地寻找自己的位置，重蹈其父老老尤那"一半木头一半铁"的覆辙，但毕业前夕的一次出游改变了他的命运。

毕业前夕的那段时间，我们比以往任何时候都无所事事，尤其是像我和老尤这种万念俱灰的人。分配方案虽还没公布，但我们对自己的去向都已有了基本判断。我们被爱情和事业同时抛弃，此时的状态就像已收购完成的鸡鸭被小贩装进了笼子里，只等着厨师拿着菜刀向我们奔来。我们不想要这样的结果，我们对悦城有着无比的留恋，但把握不了自己的命运。

老尤是个身体力行的人，那次出游就是他提议的。老尤的意思是，可以利用这段时间转遍与悦城相关的所有地方，让悦城的角角落落都留下我们深深的脚印，让悦城记住我们，这样也不枉来此地一遭。尽管我从心里不认同他这种一厢情愿的做法，但那段时间实在无聊，闲着也是闲着，跟着老尤到处转转也好，就当是下雨天打孩子了。

现在位于悦城西部的悦西湖那时还叫刘家岭水库，那里水面阔大，沿岸红花绿树垂柳繁密，很早就成了周围居民消夏的好去处。那天我们赶到那里的时候已是正午，正是一天中最热的时候，人不太多，零零散散地在岸边树荫下乘凉，有几个干脆就躺在石板上呼呼大睡。我们沿着堤坝的台阶往下走，发现下面明显比岸上热闹很多，有一大群人正在戏水。老尤眼尖，很快就发现旁边有几个穿泳衣的女孩子。我们的眼睛当时就亮了，但还不能表现得太过焦渴。如何隐藏自己，这是个问题，一直盯着那些鲜活的胴体显然很容易被当作花痴。老尤鼓动着我们下水，在水里应该更容易创造接近她们的机会。我那天里面穿了一条老式的大棉裤衩，裆里还缝了一块丑陋的补丁，自然不敢暴露隐私，按着裤腰带捍卫着自己的下半身。老尤见我这么固执也就不再勉强，三下五除二地脱去自己的长裤，露出了里面的紧身弹力内裤。我有些羡慕地看着老尤，对"机会只留给有准备的人"这句话有了新的认识。

那天，老尤的行为并没有很过分，他先是在人堆里混了一阵，然后又迂回着向那几个女孩子接近。她们显然跟我们不是一个阶层，游泳的姿势非常标准，曼妙的身姿在清澈的水中滑过，就像仙女升腾在蔚蓝的天空。我和老尤刚才就猜想，她们不会是悦城当地的女孩子，应该是附近矿业学院的女大学生，那是一所省级重点大学，里面的学生来自全国各地。

那几个女孩子向水库深处游去，老尤眼睁睁地看着她们远去，心情非常矛盾。老尤的水性很好，但只会些狗刨式的土把式，和这些时尚女孩子标准的泳姿没法比。老尤此时比以往任何时候都自卑，担心被她们笑话，因此只好缩手缩脚地站在浅水处傻等。等了一阵没见她们游回来，就叹了一口气准备打道回府。这时，我们忽然听到一阵求救声。老尤回身一看，刚才还在边上跑来跑去的一个男孩此时陷在了不远处的深水中，双手扑腾着正在竭力往上挣扎。老尤顾不得多想，立刻展开自己的狗刨式游了过去。

老尤把那孩子拖上岸，孩子的父亲跑过来千恩万谢，周围的人也都夸赞老尤的英雄壮举。老尤表面上笑呵呵地应付着，内心却依然充满沮丧，心里在说：我怎么这么倒霉！难得一遇的英雄壮举偏偏发生在那些女孩子远离的时候，被这些人称赞能有屁用？孩子的父亲问我们是哪个单位的，老尤犹豫了一下才说："我们是悦城师范学校的学生。"

老尤之所以犹豫是因为之前我们遭受了太多的轻慢。入校不久我们就发现了自己处境的尴尬。我们读完初中直接升入中等师范学校，这里是专门培养小学教师的，也就是说，一踏进这个校门就决定了我们将来的职业。我们怎么会安于这样的安排呢？那时候的中考制度跟现在不同，先选拔最出色的学生考中专，因为当时考上中专就可以马上转户口成为国家干部。我们这批农村孩子就这样懵懵懂懂地入了学，但心里其实是不甘的。更何况，那个时期教师的地位很低，尤其是小学教师。

返回头来再说那次老尤的运气。他救的那孩子恰巧是百流乡党委书记的儿子，孩子的父亲听说老尤即将毕业就留了心，几天以后，专门坐着吉普车来学校找老尤。那天宿舍里人挺多，书记就把老尤叫出去谈，问老尤愿不愿分到百流乡工作。老尤一听就激动起来，大热天牙齿咯咯地发出声响，浑身打起了摆子。他太想去了，百流乡就在城边上，跟分到城里小学没什么两样。老尤竭力让自己镇定下来，用手托了一下抖动着的下巴说："这应该很难，学校已经开过会了，说今年要严格执行哪里来哪里去的原则。"书记笑了一下说："这不用你管，你就说愿不愿意吧。"老尤按捺住心中的狂喜，假意皱了一下眉头，说："我听你的。"书记看着老尤，再次意味深长地笑了："好！那就好！"

没过几天，分配方案就下来了，老尤被派去悦东区教育局报到。这就意味着老尤成功了，因为悦东区是悦城的城区，百流乡就在悦东区治下。而我则毫无悬念地被分配回了原籍。这个结果让我内心颇为不平，老尤他凭什么呀！就因为提前穿了一条弹力内裤？如果换作是我，当时也会冲上去，那完全是一种本能反应。

老尤的好运气并没有就此止步。他拿着悦东区教育局开出的报到证来到百流乡，马上就被安排在百流乡成教中心。这是乡教委办的特设机构，一个清闲又油水十足的部门。这个分配结果让聂世兰也感到了不公。聂世兰家就在百流乡，却被分到了这个乡最边远的王瓜店小学，而且还是教体育，平时闲得要命，没人愿意上课的时候他就带着一群孩子到操场上疯跑一阵。

我猜想，刚毕业的那段时间老尤常常会在睡梦中笑醒，他的路太顺了，狗屎运一个接一个。在成教中心没待几个月他又被调到了乡团委，先任乡团委副书记，然后是团委书记。小尚就是在这个时候来到了老尤身边，是他好运气的副产品。那时候小尚是百流乡广播站的播音员，普通话说得一般，但人长得比较出色，身材高挑，眼睛明亮，尤其爱穿紧紧包裹住臀部的牛仔裤，走起路来一扭一扭的，凸显着超出其实际年龄的风情。团委办公室在二楼，广播站在三楼。乡镇级的办公楼大都附属设施不完善，厕所和锅炉房都在外面，小尚为了日常所需，每天都会为大家制造悦耳的声音，这自然也吸引了老尤这位潜在的猎手。每当高跟鞋当当地开始弹奏水泥台阶，老尤总有想蹿出来的冲动。但此时的老尤刚刚来到乡政府机关，又是一个"后备军"的角色，隐隐约约地感到这是一个有着远大前程的岗位，因此才极力压抑着，硬生生把那些活蹦乱跳的想法重新摁进了充满骚动的躯体里。

应该说百流乡的书记还是很有慧眼的，把老尤从教委办抽调到团委也不仅仅是为了报恩。老尤年轻有活力，在学校时表现优异，是学生会体育部长，有组织文体活动的经验，这些都让他在百流乡团委书记的任上有了很好的发挥。老尤干得很出色，组织了很多有影响的活动，而这些活动的主持人大都是广播员小尚。这样一来二去两人就熟络了，男女之间的事情一般是这样，看着很般配的一对往往不会让人失望，总会闹出些事情来。而老尤和小尚却没急于成事，关键是老尤这次比以往任何时候都沉得住气。此时的老尤正志得意满，在事业上渐露峥嵘，这份自信本身就让他从容了很多，再加上他自认为在爱情上已经有过灵与肉的历练，是一个过来人，所以面对如花似玉的小尚，他把自己藏了起来，硬硬产生了过去从未有过的定力，心里烈火烹油春情荡漾，面上压抑矜持风平浪静，只在河边走就是不湿鞋。

他们之间这种胶着状态并没持续多久，关键时候书记出马了，一下就捅破了那层"窗户纸"。老尤本想让自己和小尚之间的感情正常发育，发育到一定程度就会水到渠成瓜熟蒂落，没想到书记会来催熟。书记的介入让老尤再也淡定不下来了，日理万机的书记难得这么关心下属的个人问题，这也验证了之前的传言。来乡政府之前，老尤就听说广播员是书记的外甥女，这也是老尤暗暗接近小尚的动力之一。他清楚地知道，自己目前的良好发展都依赖书记，主要动能就是那次水上救人事件。可这并不能持续太久，到了现在这一步书记对他已经仁至义尽，他和书记的人情矿脉已被挖掘得所剩无几，资源枯竭必将使他以后的仕途缺乏动能。在这种状态之下，书记亲自来为外甥女提亲，显然就是雪中送炭了。

这次老尤甚至没征求老老尤的意见就直接把小尚带回了家。老老尤非但没怪罪儿子鲁莽草率，反而再次夸赞他开窍，全家人对这个容貌姣好背景深厚的准儿媳非常满意。接下来两人很快就走进了婚姻殿堂，并在书记的关照下争取到了一套两室一厅的住房。这一年老尤双喜临门，年底县乡换届，老尤作为差额候选人进入了拟提拔为副乡长人选名单。又加了层亲戚关系的书记从幕后走到了台前，亲自找老尤谈，暗示他不妨做做工作，只要用心这世上就没有做不成的事情。老尤心领神会，自然明白书记的用心。之前，老尤早就听到了某些传闻，本来内定的那位副乡长是区里某个主要领导的亲戚，是一个典型的纨绔子弟。书记实在挡不住才把他纳入副乡长人选，但从心里不想让这人上，因此才让老尤"做做工作"。有了书记的支持，这个"工作"就很好做了，全乡六个代表团很快就转换了调子，由原来支持那个纨绔子弟变成了支持老尤。之后的乡人代会开得热烈而隆重。老尤——尤奋进同志在这次会议上高票当选为百流乡副乡长，分管整个百流乡的文教卫生和计划生育，此时老尤只有二十五岁。

至此，老尤的幸福感达到了峰值，连睡觉都背着手，沉浸在美好时光中，错误地以为这样的好日子不会有尽头，没想到生活的风帆却脆弱至极。

老尤在副乡长的位置上坐了一年多就被人举报了下来，起因是老尤的弟弟结婚，老尤利用职权找了很多公车来摆阔。纪委一级一级追查下来，责令百流乡党委对老尤做出处理。书记起初还想保一下老尤，专门召开党委会讨论老尤的问题，但会上没有一个党委成员站出来替老尤说话。书记无奈，最后只得通过了对老尤的撤职决定。

老尤真正感到有问题是在从副乡长的位子上下来不久。那段时间，老尤开启了另外一种生活模式，不但丢了官而且丢了魂。一天下午，老尤丢了家门钥匙，小尚在应该回家的时间还没回来，老尤便去小尚办公室找人，敲了半天也没把门敲开。这是从来没有过的情况，平时小尚如果出门总是先跟老尤请假，尤其是最近老尤情绪不佳，小尚更是谨小慎微，今天怎么会如此反常？找不到小尚，老尤只好从三楼下来。此时太阳已经西沉，远处的彩霞也已淡去，灰色的暮霭渐渐弥漫开来，整个办公楼显得更加寂然无声。老尤坐在办公楼前的台阶上，看着眼前朦朦胧胧若隐若现的绿化带，突然有了一种很奇妙的感觉。想想不久之前自己还是这个大院里最为志得意满的人，瞬间就变成了现在这个样子，像一只过街老鼠，只有在人群都散去的大楼前才有难得的放松机会。

　　书记就是在这个时候出现的。楼梯上起初传来的脚步声节制而小心，不像书记惯常的那种气魄，这让老尤错误地以为是某个晚走的同事，直到那个肥硕的身影突兀地立在面前才把老尤吓了一跳。书记看到老尤多少有些意外，破例主动上前跟他握了一下手，然后就急匆匆地走掉了。书记摇晃着的背影很快就被越来越深的暮色所隐蔽，老尤这时突然有了一种莫名的紧张，他开始有些害怕，想迅速逃掉可怎么也挪不动腿脚。过了一会儿，那当当的高跟鞋声终于响了起来，但也只是几下，就像一个拘谨的鼓手在试鼓，后来脚步就变成了蹑手蹑脚的噗噗声。老尤咬紧牙关静静地听着，汗水啪嗒啪嗒地从额头上落下来，拳头不由自主地紧紧攥起，几乎要把指甲深深地嵌入掌心的纹理中。

　　当天晚上，老尤用尽手段才从小尚那里得到那个他不愿相信的真相，他的世界顿时坍塌了。之前仕途的挫折并没有让老尤彻底消沉，对未来他仍然抱有很大期望，他自信目前他仍然走在同学的最前列，而且有他和书记通过小尚建立起来的关系做后盾，他还会东山再起。没想到这一切都是假象，生活已经彻彻底底地欺骗了他，难怪这个书记"舅舅"一直面目不清，岳父岳母对这个所谓的舅舅也含糊其词。原来这个从没进过尚家门的舅舅是个放长线钓大鱼的色狼，他先帮小尚搞到了广播员的工作，然后再一步步把她诱上床，舅舅不过是隐藏自己情夫身份的借口，不想却歪打正着地收获了老尤。说起来，老尤只是他们不正当关系的掩护，是他们床笫之欢的下脚料。"舅舅"是只游走在俗世间的狐狸，早已洞察老尤的小心思，而且直到现在还想继续把老尤玩弄于股掌。

　　此时的老尤已无法冷静，当夜就骑着摩托车回了墨镇老家。他刚满八个月的儿子就住在奶奶家，老尤怀疑那小王八蛋也是个孽种，他要先掐死这个孽种然后再去找那个老流氓拼命。老尤把摩托车骑得飞快，深夜的马路寂然而辽阔，老尤感到了一种从未有过的孤独与绝望，眼泪渐渐遮蔽了双眼，他的面前全是黑暗。

　　快到家的时候老尤的速度慢了下来。他们家在村子的最西头，离最近的邻居家也有几百米。他家过去成分不好，老爷爷那一辈被划成了富农，致使老爷爷到了三十多岁才娶到媳妇，娶来的老奶奶还多少差些心眼儿，不过倒也符合老爷爷当初央求媒人时提出的标准：只要下雨知道往屋里跑就行。老奶奶生下老尤的爷爷之后就彻底疯了，整天光着身子往外跑，老爷爷万般无奈之下只好远远躲开，在西边自己的菜园里盖了几间茅草屋。这样，他们一家就在这个远离村庄的地方定居了下来，直到后来老老尤成为人民教师，他们才跟村里的住户重新有了来往。老尤这几年和他弟弟都在外面混得不错，更是给这个本来被人瞧不起的家庭带来了荣耀。今年大年初一，村里的书记亲自来给老老尤拜年，这开天辟地的头一回让老老尤激动得半天没回过神儿来，总以为是在梦里，让老尤他娘不停地掐他的大腿，掐完了还不相信，又抽自己耳光，直到两个腮帮子都肿起来才罢手。

老尤绕着自己的村子转悠到了天亮。村子这两年往西边扩展了不少，原本他们家就像游离于村外的一个孤岛，现在与整个村子已经有了连在一起的趋势，他们家的房子经过几代人的努力也成了村里最好的。后来老尤推开了自己的家门，老老尤看到他，满脸的惊喜，八个月大的儿子也咧着嘴对着他咯咯地笑，然后就张着手让他抱。老尤心头一热，不由自主地伸手把儿子抱了过来。

老尤暂且压下心中复仇的怒火，想先给儿子做个亲子鉴定再说，可那时候亲子鉴定技术还很尖端，悦城这种城市根本就做不了。后来老尤觉得不用做了，因为儿子的长相就说明了一切，尤其是那尖尖的下巴，几乎拴得住一头老牛，带有明显的家族印记。这就让老尤作了难：离婚，儿子会失去妈妈；不离婚，如鲠在喉。至于那位"舅舅"，老尤也一直没放下，可他不久就得到了提升，交流到外地做了副县长。说起来还是时光救了老尤也救了那位书记，年复一年，时光冲淡了老尤身上的戾气，也冲淡了深藏在他心里的仇恨。

可他却一直不能原谅小尚。有一阵子他曾想跟小尚重归于好，还给儿子一个完整的家庭，可怎么也不能说服自己。尤其是当他怀有冲动的时候，他总感到将要趴上去的那具躯体就像一个不洁的马桶，被人用过还不是关键，关键是用的人还没冲水。意识到这一点之后，他便兴致全无，欲望顿消。

当然，这一切的变化与老尤生活状态的改变有很大关系。在发现小尚出轨的第二年，老尤主动请缨去了金星石棉瓦厂。这是百流乡亏损最为严重的一家企业，换了好几任厂长都无济于事，最后竟然没人愿意去干厂长了。老尤瞅准了这个机会，要求下企业锻炼，乡领导乐得把这个包袱甩出去，就痛快地答应了。没想到在老尤的治理下，这个厂很快就有了起色，不但补发了拖欠九个月的工人工资，还第一次给乡财政贡献了一定的利润。

又过了几年，上面似乎感觉到了乡镇企业发展的弊端，村村点火户户冒烟的策略有些太过超前，于是对乡镇企业进行了大刀阔斧的改制，金星石棉瓦厂被改制成了股份制企业。老尤此时面临着两种选择：一是继续留在厂里当厂长，改制后可占总股份的百分之五十一，成为控股的法人；也可以选择回乡机关，继续做朝九晚五的一般干部。老尤几乎没有犹豫就选择了前者，借此彻底从体制中脱离出来。这种角色的转换跟他真实的身体需求相当合拍，没有了起码的职业规范约束，同时也失去了道德底线，从此他可以以所谓的商业名义来掩盖自己行为上的病态，冠冕堂皇地从事那些既亲近金钱又抚慰身体的地下交易，并以此来填补合法妻子所不能带给他的身体欲望空缺。

十一

　　我和老尤已有一阵子没见，但自认为对老尤的情况了如指掌。这并不是因为我有顺风耳和千里眼，而是这么多年老尤对我已经有了一定的依赖，每当失意到极点或者酒喝到一定程度，他就会拨通我的电话，向我倾诉他在现世的挣扎以及对人性的失望。那一瞬间我会感到他已经没有了活路，但第二天太阳照常升起，老尤仍然不是正在应酬就是在去应酬的路上。有时，他还在酒后肆意释放自己的情绪，站在深夜的大街上对着手机干号。在那个场景之中，从他胸腔里发出的声音应该有着惊天地泣鬼神的力量，可隔着千山万水传到我的耳朵里就淡了很多，甚至不再像悲声，更像是从某个森然的寺院里传出的梵呗之音。

　　我不知道自己怎么会有如此联想，也许是由于在省城的日子过得并不如意，在压抑而凄凉的境遇之中容易产生这样的臆断。逃离悦城来到省城，本是奔着自由而行，不想反而陷入了更大的藩篱。现在，我每时每刻都想着再次逃离，所以对佛家那种清净自由的日子更加向往。在潜意识里，我可能希望自己的朋友也能产生此念。但这只是我的一厢情愿，人到中年，我越来越感到了自己的微不足道，眼睁睁地看着自己在生活的泥潭中下沉，时常会痛心疾首却又无能为力。此时，我如同偏离了航线的孤舟，在茫茫大海上漫无目的地漂浮着，自身已然难保，怎么还有能力来影响其他人？更何况，每个人都还应该有一个他永远也绕不开的宿命。

　　岁月冲走了许多东西，却把最纯净的留了下来。那因为缺憾造成的纯净成了我心中独有的空间，而占有这个具有生命烙印之空间的，则是曾经与我相亲相爱的褚燕来。

　　二十多年前，我们在悦城相识、相爱，然后分手，许多的第一次都发生在那里，一切刻骨铭心的记忆都与那个城市密切相连。那份最初的关于爱的记忆写满了悦城的每个角落，花前月下、灯影深处都明明白白地确证了它们来过。但这些实证并没有解决我的问题，我似乎变成了一个强迫症患者，仍然一遍一遍地在脑海中搜寻着，总是怀疑自己把最重要的东西给遗失了。悦城，由于初恋的原因，从某种程度上说，已变成了我用来反刍自己青春岁月的胃囊。

　　　　初恋是雾
　　　　你是雾里的花卉
　　　　揭开轻纱看你
　　　　你是花卉里的玫瑰

　　人和人的相遇肯定是命定的缘分，不然茫茫人海中怎么会只有她向我走来。褚燕来是我的第一个春梦。那时我们都刚刚入校，我和她并不熟悉，甚至还没有搭过话，只是感到她跟其他女生不一样，跟汤丽欣也不一样。那晚的梦境不知缘何而起，她莫名就出现在了梦里，而且还是裸着身子，这是第一个以这种姿态闯入我梦中的女人……醒来之后，我却感到沮丧，觉得有些匪夷所思。这当然不是我的第一次梦遗，但之前似乎都没有这次具象。后来当我把她真正搂抱在怀中的时候，一直强烈地压制着自己的欲望，这让我有时会感到很难为情，以为自己会玷污这美好的爱情。但爱情本身应该就源于形而下，完全发自动物本能，是人类用可控的理智和独特的感受把它上升为一种伟大的情感。

我们真正的爱情开始于升入二年级后。在第一个漫长的暑假里，我被种种想法所缠绕，剪不断理还乱，只有一种意识是明确的，那就是对褚燕来的思念。我第一次品尝到了思念一个人的滋味，复杂而单纯，甜美而苦涩。开学的前几天，我一直在暗暗下决心，见到她要第一时间向她表白，要告诉她我的自卑和思念。可等到真正重新坐进同一间教室，面对近在咫尺的她我却又犹豫了，原来的种种决心像正经历着高温的冰块一样迅速地融化了。

开学后第一次上作文课，我的作文很优秀，文选老师在课堂上表扬了我。作文本本来是准备课后马上发的，由于这是上午的最后一节课，同学们下课都忙着去食堂打饭，所以学习委员没顾上发，任那一大摞本子堆积在讲桌上。吃过午饭，我去教室比较早，意外地发现褚燕来也在。褚燕来看到我走进教室，有些不自然地看了我一眼，然后就埋头看桌子上一个摊开的本子，像是我们的作文本。我有些奇怪，从来也没有见过她用那种眼神来看我，于是格外注意她的举动。过了一会儿，她把头抬了起来，合上作文本犹豫了一下，又扭头朝我这边看了一眼。我也在盯着她，见她的目光扫过来，赶紧把脑袋低下，但余光仍向上搜寻追逐着她。她起身走上了讲台，把作文本放回讲桌上的那一大摞里。这时我就有了某种感觉。稍过了一会儿，我佯装走上讲台擦黑板，回身瞥了一眼褚燕来放本子的位置，很容易就看到了自己的名字——褚燕来刚才看的应该是我的作文本。

还有她的目光，我明显感到那束光亮是经常扫向我的，我们的目光常常交汇在一起，旋即又怕疼般地分开。在路上，在教室，在琴房……在任何的角落，我们撞在一起，从各自的神态中，我们都应该能读到对方的慌乱和欣喜。可我还是在犹豫，有时我在脑子里已经确定她对我是有感觉的，转念又觉得不可能，我不相信这是真的。她在我眼中太出色了，我本来的目标不是像她这样的。起初我和老尤是一丘之貉，只想找这个阶层中的普通女孩，将来能够过上老婆孩子热炕头的双职工生活。

说到底，我在褚燕来面前还是不自信。那个时候，恰好有位刚刚考上卫校的初中同学给我写信。上初中时，我对这位女同学几乎没有什么印象，只记得她学习很刻苦，家就在墨镇街上的七一或五一大队，反正离学校很近，她却中午不回家吃饭，腾出时间来复习功课。我进入师范后，我们从没联系过，直到收到她的来信才知道，她复读一年后考上了卫校。

看到这封来信，我忽然觉得有些文章可做了。此时我已接替姜师兄，越过八五级，直接成了《校园生活》主编，进驻了那个位于三楼楼梯间的编辑部。编辑部里有不少文学书籍，其中有一部分是姜师兄给我留下的，这一年多我也又买了一些，家里的经济状况虽然不是太好，但对我花钱买书还是非常支持的。这些书就为褚燕来借书提供了先决条件，那一阵子恰好是刚开学不久，学校没什么活动，学习负担又不重，所以褚燕来从我这里借书的频率很高。

虽然从卫校女同学的来信中没有看出更多的感情色彩，但能下决心给一位男同学写信，这本身就有某种意味，我想当然地把这理解为一段恋爱历程的开始。这种超前的认识当然不能直接与这位女同学对接，我要把这种自己推想出来的超前自恋透露给褚燕来。因此，在收到这个女同学来信之后我写了两封回信。一封是正常回复这位女同学的，承接她来信中的基调，我在信中讲了悦城师范的情况，也写了自己当时的困惑和迷茫，展示的是真实的自己。进师范一年多了，我虽然在不停地挣扎，爱上了文学，开始大量阅读，还参加了自学考试，可这一切都没能让我的心灵安静下来，我几乎每天都活在焦虑与忧郁中，看不清眼前的道路，不知道风的方向，不知道我应该沿着哪条路前进。

另外一封回信就不这样写了。我先是委婉地拒绝了对方的"爱慕"，然后就开始谈那些连我自己都感到遥远的野心，还有为了实现野心，当下自己所做的努力，结论是好男儿应该志在四方，不应过早地沉迷儿女情长。这是一封不用寄出的信，可它的作用对我来说却很重要。我要让褚燕来看到，以自己的刻意让别人当成无意，这显然是个难题。一开始我想直接把信夹在褚燕来所要借阅的书中——现在褚燕来向我借书一般不直接说书名了，在这方面她增加了对我的信任，会让我给她推荐，所以把信夹在我要给她的书中是极为方便的，让她以为我是写了回信忘记拿出来了。可这样做有一定风险，目的太明确了，容易把狐狸尾巴露出来。如果能让她主动一些就更好了。有了这个想法，我就不忙着出击了，而是静待出手的时机。

每天我的目光都在热切地追逐着褚燕来，所以也逐渐掌握了她的一些生活规律。一般周末只要不回家，她通常会在教室里度过。周末这个时间最好，大部分学生都会选择回家或者出门上街，教学楼没有往日的喧闹，人少更利于单独接触。于是我想选在这个时间节点上"偶遇"褚燕来。

那天时机把握得很好。我草草吃过晚饭就拿着脸盆来到宿舍前的水池旁，这个位置是我早就选好的，站在这里能看到女生宿舍的大门，所有进出那个大门的人我都能尽收眼底。水池旁站着几位洗衣服的同学，我挤在边上，不错眼珠儿地盯着大门。看了一会儿觉得光这样站着也不好，就顺手拧开了面前的水龙头，水哗哗地往下流，脸盆满了我也没意识到。旁边的同学提醒我，我刚关了水龙头就看到褚燕来走了出来，于是顾不得拿脸盆，甩了一下满手的水珠就跟了上去。

我尽量从容地跟着她，她一直没有发觉我在后面。快到一楼楼梯口的时候，我加快了脚步，褚燕来听到了我的脚步声，回身看了我一眼，笑了笑说："正要找你借书呢！最近有什么书可看？"我有些兴奋，这正是我所期望的，可我还是竭力让自己镇定下来。

"上周买了一套《追忆似水年华》七卷本，正在看，感到普鲁斯特真是一个伟大的作家。"我回答说。这是一句假话，我确实有一套普鲁斯特的书，不过不是上周买的，是姜师兄留下的。都说是名著，可我试了几次都没读进去，之所以这样回答，无非是为了提高自己的身价。普鲁斯特、卡夫卡、乔伊斯等等这些西方现代派作家的作品此时刚刚进入中国，正被一些喜欢先锋的作家吹捧得神乎其神。我想读普鲁斯特的作品纯粹是为了赶这个时髦以标榜自己的与众不同，实际上骨子里我还是比较喜欢托尔斯泰、巴尔扎克和屠格涅夫这类作家。

褚燕来显然是第一次听说普鲁斯特这个名字。我介绍说，普鲁斯特一八七一年出生在法国一个非常富有的家庭，自幼体质孱弱，性格敏感，喜欢幻想，是意识流文学的先驱与大师。普鲁斯特的这些资料出自那套书的前言，这段通俗易懂的前言现在就是我显摆自己的资本。这样说着，眼看就快到三楼了，我适时发出了邀请："最近买的书不少，要不进来看看？"

再往上走就该到四楼进教室了，而往前迈几步就是位于楼梯间的编辑部。同学们都知道我现在是校刊主编，但还很少有人走进这间斗室。褚燕来停下了脚步，伸手不自然地抓着楼梯的绿色扶手，看得出她此时的犹豫和疑虑。诱惑是足够了，但褚燕来还没有完全放下矜持。我心里渴望她赶紧下决心，嘴上却说："里面很小也很乱，不愿进来就再找机会。"我这样一说反而卸下了褚燕来的包袱，她径直随我走进了编辑部。

编辑部很小，里面却一点也不乱。我早已把靠窗的那张桌子掉转方向推到了里面，和靠墙的那张办公桌连在了一起，把那些杂物也都处理掉了，整个办公区域就变成了"厂"字形。以前堆放着的那些书籍，我专门进行了分类，国外的文学名著放在靠近西墙的位置，对面竖排的是古代文学作品，上面横排的是自学考试教材。褚燕来一迈进这间斗室就发出一声惊呼，说没想到里面还有这样一片书的天地。我压抑着心中的兴奋，把边上的凳子放在她的身后。她客气地说："不坐了，站一会儿吧。"我没有勉强，转身从那堆书中给她找书，嘴里还念叨着："《基督山伯爵》你看过了，屠格涅夫的《猎人笔记》你也看了，这边还有巴尔扎克的……"实际上我最想让褚燕来带走的书就放在那个"厂"字的尾巴上，那封永远不会贴邮票的回信就夹在其中。那是一本叫《早恋》的小说，刚刚上市，是作家肖复兴的作品，当时比较流行。

现在这本流行小说就在褚燕来的面前，我相信她一定看到了，可是她并没有什么反应。这时我已经意识到自己失算了，这本书的名字太敏感，即使她很想看，就因为《早恋》这个名字她也不会主动拿走的。我漫不经心地翻动着眼前的书，心中暗暗着急。机会难得，褚燕来好不容易进来，我一定要让她带走这本书。于是我转身对褚燕来说："这里的很多书你都看过了，要不你先看这本吧。"说着我就把放在边角上的《早恋》拿了起来。我注意到在我抬手的瞬间，褚燕来的目光一直在追逐着这本书，说明她早就留意它了。

"我买这本书纯粹是因为有些好奇,根本就没看,你先拿去看吧。很多人都追着要看这本书。"这是实话。我那时尽管非常无知,但心里还是很有些自命不凡的,更无知的是,有了这种盲目的自命不凡还非要大张旗鼓地把它表现出来,抗拒流行就是手段之一。

星期一一早,褚燕来就把这本书还了回来。我有些意外,这才过了仅仅一天的时间。还书的方式也不对,过去褚燕来还书总是当面交给我,而且还彬彬有礼地说声谢谢,而这次她是在我还没到教室的时候放在我课桌上的。我急忙打开书,那封回信还在,而且还是夹在原来的页码。可是我明显感到褚燕来已经看过里面的内容了,否则她不会这么慌张地把这书还回来。尽管我的表演有些漏洞,但能让这封自己炮制出来的"回信"找到真正的主人,我的目的也就达到了。

这之后,我就准备开始真正的行动了,因为我觉得前奏已经足够。真正开始着手给褚燕来写求爱信,我却感到了无比艰难,这种艰难是之前没有想到的,想说的话很多却不知道从什么地方开始,不知道怎么表白自己。更大的困惑还在于:我准备对褚燕来袒露的是不是自己真实的内心?我开始反思自己跟褚燕来接触以来的整个过程。一开始我的目的是有些不纯洁,可后来就发生了变化,我已经不能控制自己,现在在我心里她是唯一。这让我安静了下来,我觉得找回了自己。我对褚燕来的所有想法都是真实的,那就不需要有什么顾忌了,只要把那种真实的感觉、真实的思念写给她就好。

于是我就开始写了。我回避了以往那些假大空的用词习惯,直接从自己的真实内心出发,写了自己的自卑、挣扎、犹疑,还有自己的思念。尤其是在前不久的那个假期,我甚至萌生了去找她的念头。写好之后我并没有马上交给她，我已经对这个行为下定了决心，但现在犹豫的是信的内容，总感到自己没有把对她的那种感情全部表达出来。在强烈的感情面前，我第一次感到文字的苍白与无力。那几天我被这封信纠缠得寝食难安，晚上躺在床上还反复咀嚼里面的那些话语，有时猛然感到哪句话不合时宜，就会惊出一身冷汗。

一个星期之后，我终于决定要把它交出去了。信已被我改得乱七八糟，我自己都理不清头绪，也不想理了，反正褚燕来会明白其中的意思，这才是问题的关键。接下来的问题是，我没有更好的办法把这封信传递出去，只能仍然通过书这个媒介。我是利用晚自习的课间把信夹在书里交给褚燕来的。当时整个环境比较嘈杂——随着我们升入二年级，同学们比以前更放得开了，有了更多的话题交流，有了更多的玩笑要开，课间是最好的时机了。褚燕来下课铃一响就走出教室去了走廊，一开始是跟汤丽欣说着什么，后来汤丽欣下楼去了。我隔着窗子一看，觉得这是个好时机，就赶紧拿着书走了出去。还是那本叫《早恋》的小说，这是我特意选的，我把这本厚厚的书当成信封再次交给她，是让她意识到这不仅仅是一本书，里面肯定有别的意思。

有了这种心思，我又在脑子里操练了好几遍要说的话——就说知道她读过这本书，觉得她还应该再看一看。这话有一语双关的意思，表面说的是《早恋》这本小说，实际上是指里面的信。但交给她的时候我却没发挥好。当时她正趴在走廊栏杆上，朝向云霓饭店楼前那闪耀着的灯火。我叫了声褚燕来，她把身子扭转过来，用带有疑问的目光看着我，我紧张到了极点，匆匆把书往她怀里一搡，就仓皇地跑回了教室。

在自己的座位坐下，我的心还在怦怦直跳。我清楚地知道自己在干什么，我在向一位女孩子求爱，这件事情对于我十七年的人生来说太重大了，我原以为这一刻会很遥远，没想到倏然就来了。上课铃响了，褚燕来拿着那本书回到了教室，我以为她会看我一眼，谁知她竟然径直坐在了自己的座位上。整个晚上，我的眼睛几乎就没有离开过褚燕来，从后面看，她一直端坐着。我那封信是用信纸写的，而且折成了小四方块，一共两张，她如果看信需要把信纸抻开，这个动作就需要胳膊有很大的活动幅度，但这天晚上，到晚自习结束我也没看到她有这样的动作。

难道褚燕来没有发现书里面的信？我仔细梳理了当天晚上的整个过程：早早吃完晚饭就来到编辑部准备，先是把昨天就认真誊抄好的信又看了几遍，越看越感到陌生，突然觉得这一切有些荒谬。我担心早就下定的决心会猛然垮塌，急匆匆地打开那本书，翻到中间把那两张折叠好了的信纸使劲往里插。这一切都做停当了我才来到教室等待时机，中间又不放心，反复检查那两页折叠好的纸片。每一步过程都是清晰的，褚燕来不会不翻那本书，这是一本她已经读过的书，我再送给她肯定是有原因的，意图是明显的，她不可能看不到信。她既然看到了，为什么没有马上就读呢？这样一分析，我心里一下就恐慌起来，看来自己之前的种种预测也许都是一厢情愿。

当天晚上我失眠了。我发现失眠也不像很多文章中描写的那样痛苦难耐，失眠也会让人沉浸在另一个世界中，在这个寂静的世界里，人的感受力会更强，会变得更加敏感。我静静地躺在床上，竭力想卸下心头的重负，我似乎已背着它走了很久，它已让我身心俱疲，我想把自己转移出来。同学们都睡着了，发出千差万别的鼾声。我让自己的听觉深入到每一个角落，想给每一个鼾声找到主人。可我很快就感到这项工作很难完成，这些声音是在最自然的状态下发出来的，跟我熟悉的那些脸孔并不相符。

我唯一能分辨的就是余亮光的鼾声，因为他离我太近了。余亮光的鼾声很响，不像是从他这么瘦弱的身体里发出来的。不仅仅是鼾声，有时他还磨牙说梦话。"亮光，你怎么不来了？"这是他刚刚冒出来的梦话。原谅我用了双引号，因为这话有出处，我听着很耳熟，应该来自奥斯特洛夫斯基的《钢铁是怎样炼成的》。保尔和冬妮娅的第一次，缠绵之际保尔忽然停了下来，冬妮娅不解，重新依偎上来问："保尔，你怎么不来了？"那一年我刚上六年级，开始明白男女是怎么一回事，看到这个情节就深深地印在了脑海里。我不知道余亮光是否知道这个情节，可我敢断定这句梦话肯定与爱情有关，与汤丽欣有关。

脑子转了一圈，我最终又回来了。这个时间，褚燕来肯定已经读过那封信了，此时她是不是也跟我一样躺在床上辗转反侧？我们的问题应该是一致的，可指向却截然相反，她在考虑怎么回答我，我在考虑会得到怎样的答案。我第一次意识到关乎心灵和情感的事情是这么熬人。我庆幸自己有先见之明，在信的末尾注明了让她答复的日期。在写这几句话的时候我是犹豫的，向人求爱还规定何时何地答复，这合适吗？可最后我还是写上了，我不想要无期徒刑，只想斩立决。想想当时自己是多么幼稚，又是多么自以为是，竟然异想天开地想给情感安装开关，可以随心所欲地打开或关闭。

我给褚燕来规定的答复时间是第二天午饭后，地点就在《校园生活》编辑部。这应该是整个教学楼最为安静的时候了，同学们午饭后都有午休的习惯，一般没事是不来教学楼的。

午饭我没有吃几口，老是担心错过了与褚燕来见面的时间，饭盒里的菜没吃完就往教学楼跑。在路上我还想着，如果正巧碰到褚燕来该怎么办，是主动上前打招呼还是自己先悄悄往楼上跑？来到编辑部，我也是一副六神无主的样子,站也不是坐也不是。我想让自己安静下来,便随手从桌子前立着的那一排书中抽出一本摊在面前,心思却一点也没在书上。那些密密麻麻的方块字蚂蚁一般在眼前蠕动着,但仅仅是与我的目光擦肩而过,我不知道它们的来处也不想探究它们的去处,所有的注意力都集中到耳朵上,认真地听着外面的动静。

外面静极了,空气都似乎不流动了。现在的时间是十二点半,褚燕来应该已经吃完了饭,把饭盒也刷好了,女生一般都比男生仔细,男生有时会不刷饭盒,女生应该不会,尤其是褚燕来。那么这个时间她应该在往外走,从她们宿舍到编辑部也就是五分钟,然后再用五分钟上楼,十分钟就应该到了。但十分钟过去了,褚燕来没有来。可能她出门的时候还要梳洗打扮一番,这个"工程"就相对复杂一些……我就这样在希望与失望之中不断为褚燕来寻找着借口,一直到一点多钟,褚燕来仍然没有出现。直到这时我还没死心,觉得她应该会来的,不论答应不答应都应该给个答复。就在这时,楼道里响起了脚步声。褚燕来来了!这个想法一冒出来,我的心怦怦直跳,我想把自己埋在书本里,做出一副认真读书的样子,但突然意识到门是闩着的,她不可能破门而入,又赶紧起身把门打开,再重新坐回来,轻轻舒了一口气,想竭力让自己平静下来,但这怎么可能呢!楼下的脚步声却渐行渐远了,随后又有比较纷乱的脚步声传来,我看了一下腕上的手表,马上就要两点了,正是同学们午睡醒来要去教室上课的时间。

褚燕来不会来了。直到此时,我才不得不承认这个事实。我心里感到一阵阵难受,是我亲手把自己推到这般难堪的境地,我后悔写了那封信,更后悔还给褚燕来规定了答复的时间,接下来我该怎么面对她?下午是两节作文自习,是可以逃课的,但也只能逃一时,以后该怎么办?

在杂乱的脚步声中有一个明确的声音上楼来了,不可能是褚燕来,马上就要上课了,她是不会上来的。我耐住性子,坐在座位上没动。那脚步声越来越近了,我屏住呼吸,心里却有个狂放的声音在喊叫:是她!是褚燕来,她来了!

门是开着的,却响起了刺耳的敲门声。我遽然回身,看到褚燕来用叠起来的指头在敲那扇打开的门。

"给你的信,马上上课了,下课以后再看吧。"褚燕来说着就把手上的信封递了过来。

我本能地伸手接了,抬头再看褚燕来,她已经转身走了。

手上是个普通的信封,这样的信封邮局卖五分钱一个,封口是用胶水粘住的,看不到里面的信纸上写了些什么。此时我已经有了某种预感,原本鼓胀着的信心早已经干瘪了。褚燕来根本就没有给我们预留单独在一起的时间,所以才借上课的工夫把信送上来,说不定她把封口封死是原本自己不想来,想让别人代转的。通过这种形式传递到我手上的信能有什么好结果?还嘱咐我下课后再看,我为什么要听你的指令?你以为我向你示爱,你就可以主宰我吗?我的内心忽然就不平起来,抬手撕开了手上的信封。

褚燕来拒绝了我,拒绝的理由是因为校规。学校规定师范生是不允许谈恋爱的,但长久以来都没有人把这条校规当回事,就连有的老师跟我们私下里聊起来,知道我们分配到农村后不好找对象,也鼓励我们可以悄悄地谈。有了这样的现实,学校对此也抱着宽容的态度,对谈恋爱的学生睁一只眼闭一只眼,我们入校都一年多了,还没听说有同学因为谈恋爱受过什么处分。褚燕来居然用这样的理由来拒绝我,显然就太可笑了,这说明她根本就没有把我放在心上,连个让人信服的理由都懒得找。

接下来的几天,我没有自己预想的那样难过,正常得不能再正常了。我竭力让自己平静下来,甚至表现得比以往都要高兴。我想,不能让褚燕来看轻了我,我理解的爱情不是靠乞求或者装可怜能得到的,爱情应该是平等的,因为它对于每个人都有不平凡的意义。可是这种情绪毕竟带有一定的表演成分,一个人的时候我还是会感到痛苦感到难受。

星期天我感到头疼,意识到自己可能感冒了,星期一症状就更明显了,不停地流鼻涕,还伴有轻微的咳嗽。我们学校是有卫生室的,但我一次也没去过。我从小就不习惯找医生,我们那个村看病不是太方便,一般像感冒这样的小病都是用土办法解决,不习惯吃那些装在瓶瓶罐罐里的药丸子。晚自习的时候,我走出教室去走廊里擤鼻涕,回身就看到有个人影从教室里闪了出来。我当时没在意,以为是来班里下通知的学生会干部,刚要推开教室的后门,就听到对方轻轻叫了声我的名字。这时,我才注意到是褚燕来。我怔住了。她走过来,从口袋里掏出了两个白色的小纸袋,快速递到我手上说:"感冒了就得抓紧吃药,你能抗得过它吗!"

事情来得有些突然,直到褚燕来的身影从教室前门消失我才反应过来。手上的两个小纸袋里是治疗感冒的药片,我紧紧把它们握在手中,然后又小心地展开。两个小纸袋已经被我攥成了两个纸团,透过从教室窗子透出来的光,可以明显地看到纸团上有圆形的药片撑胀出来的痕迹,这些痕迹或明或暗地晃动在我眼前,犹如跳跃在夏夜田野中的萤火虫。

上课铃声还没响,同学们仍然在教室里嬉闹。我的内心被兴奋充斥着,很想找个人诉说,可谁又能与我分享喜悦?我没有再进教室,而是悄悄走了出来。我来到操场,这个时间操场上空无一人,边上的琴房星星点点地亮着灯,有琴声不时传出。我想奔向那些亮光,可走到半道又折返回来;我想奔向竖着篮球架的球场,可转了一个圈又返回了原地。最终,我沿着操场上的跑道跑了起来,一边跑还一边喊着:"加油!加油……"我跑过开运动会时设立主席台的位置,跑过当时我们班集合的地方,想象褚燕来那时为运动员加油的样子,自己也不自觉地把双手向上举起,把头高高地昂起来,张大嘴巴一次又一次地使劲喊着"加油"。这两个带着巨大力道的字,像礼花一样在夜空中次第炸开,瞬间就在我眼前闪烁出炫目而诱人的光晕。

十二

　　那几片感冒药治疗的显然不仅仅是我身体的疾病，它们让我整个心灵都飞了起来。我感到自己跟过去不一样了，我感到我和褚燕来的关系跟过去不一样了。从表面看起来，我们像过去一样坐在同一间教室里，和众多的同学一起听同一位老师讲课，做一样的作业，回答相同的问题。可我们之间又有了只有两个人才知道的秘密，我们享受着这独有的秘密，每天都在期待着更多的心灵默契。我的内心开始明确，变得踏实了。我知道，她在像我关注她一样关注着我，我们心照不宣，我们已经彼此认可。可我们还没真正进入恋爱，还不是彼此的恋人，这应该是黎明前的黑暗，眼前的黑暗是暂时的，接下来的黎明注定就要到来。

　　我日思夜盼的"黎明"在一个秋日的下午骤然降临了。这天中午，我难得睡了一个酣畅淋漓的午觉。下午是两节作文课，上午文选老师就已经把题目讲好了，所以下午这两节课就等于自习。一进教室我就感到了异样，可眼前的一切却明明跟过去没有不同。我在自己的座位上坐下来。文章上午就开始写了，探讨的是"十年树木百年树人"这样的大课题，我想找回上午的思路顺着写下去，却怎么也不能集中精力，找不到来时的路径。这是怎么了？我不停地问着自己，心中渐渐生出焦躁的情绪，顺手掀开桌洞，然后就看到了那张纸条。

第一眼我就有了明显感觉，这纸条应该来自褚燕来。这个意识一冒出来，我感到血猛地往上涌，心脏怦怦直跳。我赶紧又把桌板合上，偷眼看了一下旁边的季海坡，他正认真地写字，根本就没注意我。我稍微安心了一些，再次悄悄掀开桌洞。那张纸条就放在一个缎面笔记本上，仿佛是关于笔记本的一个说明标签。我不再犹豫，快速把它拿起来攥在手中，然后轻轻合上桌板，快步离开了教室。

来到编辑部，我把那张纸条展开，只见上面写着：

王秋声同学：

  你好。

  最近一直想找你聊聊，只是看你一副不食人间烟火的样子，让人不敢接近。今天晚饭后我在学校大门口等你。当然你也可以不来。

同学：褚燕来
即日

这张纸条带给我的岂止是兴奋，我觉得自己简直就要飞起来了。在编辑部那间斗室内我一下子变得无所适从，想要坐下却怎么也安静不下来，只好在那狭窄的空间内走来走去。我已不能控制自己，内心被一股强大的气流冲击着，感到整个身体都在抖动。我下意识地挥舞着手臂，为这种强烈的情绪寻找出口，还不时翻看手里拿着的那张纸条。可是它太短了，加上称呼才不足一百个字，我心里渐渐就有了某种怨气，埋怨这个写字条的人也太懒了，怎么可以这么轻易地打发我呢？

过了好一会儿我才逐渐冷静下来。我想，这纸条还是写得太过正式了,"王秋声同学",多么冠冕堂皇又是多么冰冷的称呼!第一次给我写纸条的时候就是这么称呼的,那时我们还在一年级上学期,穿越了整整一年的岁月,我们之间还停留在起步阶段,这无论如何都会让人感到沮丧。"不食人间烟火",我在她眼中就这么另类?难道这就是她"最近一直想找你聊聊"的缘由?还有最后的落款,"同学:褚燕来",为什么要特意注明同学,是不是在进一步为这张纸条正名——虽然递纸条这种行为带有一定的私密性,可我们之间只是普通的同学关系。这样一分析,我刚刚沸腾起来的血液渐渐冷却了下来,也许褚燕来只是想找我"聊聊"。

可这里面又有让人浮想联翩的空间。首先,"聊聊"用不着去学校大门口吧?我们能正式聊聊的地方很多,趁同学们不在的时候,可以在教室,也可以在操场,还可以在编辑部。还有她选的时间也是容易让人产生遐想的,"今天晚饭后",今天是周末,不用上自习,一般情人们的约会都会选在这个时间。最重要的是里面还包含着一种个人情绪,"你也可以不来",现在这些带有怨恨意味的字句反而让我感到了温暖。爱和恨的距离最近,它们是对立的也是相统一的。

在内心里,我把这次见面认定为第一次约会,可在理智上,我又在排斥这种认定。我确实有隐隐的担忧,担心褚燕来真的仅仅是因为一开始拒绝了我,现在为了安慰我而"聊聊",那我会遭受到更大的伤害。这种想法是多么的自私!人有时候真是拿自己的天性没办法,还没进入战场,首先想到的就是怎么保护自己。后面的担忧让我想随便一些,放松地对待这次见面,而前面的认定却让我的神经绷得紧紧的。认定本身就是一股不可阻挡的洪流,而那所谓的担心只是一脉涓涓细水,瞬间就被那巨大的浪涛吞噬了。我看了一下手表,离见面只有不到三个小时了,紧迫的时间似乎给了我下定决心的借口，我不再犹豫，起身离开编辑部，飞奔回了宿舍。

我想先去洗澡。学校没有澡堂，平时我们洗澡要到隔着两条街的省林业学校。可是走过去需要半个小时，来回就是一个小时，这样算下来剩下的机动时间就不多了。如果借辆自行车，来回倒是能节省不少时间，但那样就得再回教室找同学拿钥匙，我不想再回教室。进入二年级以来学校对我们的管理好像放松了，杜老师也不像过去那样经常来查岗了，更何况听说杜老师现在正处于热恋之中，根本就无暇顾及我们，所以我们的胆子也大了起来。我不去教室借自行车的主要原因还是为了晚上的活动，我不想让褚燕来知道我的行踪，我想表现得神秘一些，想给褚燕来造成我并没有太重视晚上约会的假象。

学校规定的晚饭开始时间是六点，一般五点半左右卖饭的窗口外面就挤满了人。我从林校赶回学校的时候是六点多一点，这个时间是食堂最拥挤最混乱的时候，有些五点半就打上饭的同学已经吃完了。所谓"晚饭后"本身就是个笼统的概念，是可以从这个时间节点算起的，那么我再有条不紊地去食堂打饭就有可能迟到。最终我还是决定不吃饭了，这个下午我虽然跑了很远的路，却不觉得饿。

"学校大门口"也同样模糊，没有一个精确的指向。我们学校大门朝东，正对着一条比较繁华的马路，对面就是灯火辉煌的云霓饭店，这样的地方显然不适合约会。我简单整理了一下就来到学校大门口，内心其实还有些挣扎。我本来用不着这么积极，她说了要等我的，可我已管不住自己。由于今天晚上不上晚自习，不时有已吃过晚饭的同学零星从门口进出。我在大门口站了一会儿，向四周搜寻着，原本就没指望她会在此刻出现，因为我出来得显然太早了，可我脑海中还是渴望奇迹出现。

结果正如我所料，她应该还没出来。杵在这里傻等显然不合适，我观察了一下地形，很快就决定去马路对面。云霓饭店门口此时非常热闹，霓虹灯已经亮了起来，但还没有发出应有的力量，在不停地闪烁着。这里有很多进进出出的车辆和来来往往的行人，这样就更便于我隐藏自己，既可以避开那些熟悉的面孔，也能观察到大门口的动静。

天色渐渐有些暗了，进出校园的身影越来越多，而且开始变得模糊。我不敢有丝毫松懈，眼睛一眨不眨地盯着大门，唯恐错过褚燕来。足足等了半个多小时，还不见褚燕来的身影，我心中焦急又不敢离开，脑海中不断打着问号，难道是自己记错了时间？那张纸条我留在了编辑部，但我已经看了无数遍，那不到一百字组成的几句话早就烂熟于心。"今天晚饭后我在学校大门口等你。"本来是她要等我的，现在却让我在这里傻等！难道是她忘了？还是要故意放我的鸽子？可她没道理也没理由这么做啊！

褚燕来的身影是六点五十五出现在学校大门口的。在焦躁的等待中溜走的光阴和迎来的时间总是精确的，而情绪却混乱复杂。最初的兴奋一直持续着，怨尤和不平时而在心中掠过，可暗地里却还为她不断寻找着迟到的借口，内心在跟自己较着劲。我感觉时间过得特别慢，克制着自己不去看表，可最终总忍不住低头。此时大门口的灯光已经亮了起来，云霓饭店里的彩灯也在闪烁，我隔着老远就看到这天晚上的褚燕来格外动人。她的头发发着亮光，整齐地向后拢着，有一种刚刚洗过的熨帖，头上戴着一条色彩艳丽的发带，脸庞光洁红润。她的衣服也换过了，上身穿着一件紫罗兰色的夹克。这件衣服我以前从来没见她穿过，应该是新买的，这个颜色非常别致，符合我对她的一贯认识。我们第一次坐进同一间教室，我就感到了她的不同，那时候其他女同学的服饰都非常单调，不是大红就是大紫，只有她穿着一件淡蓝色的泡泡纱短袖衫，宽边的领口不是像普通衬衣那样硬挺挺地竖着，而是从洁白的脖颈下面，荷叶一样舒缓地铺展开来，显得特别有味道。这种味道是从幽暗的深处逐渐渗透出来的，就像开在僻静处的花朵一般内敛而低沉。我就是在那天晚上，有了那个以她为主角的春梦。

所有的阴霾顿时消散，我激动得浑身发抖。褚燕来站在大门口向四周张望，我从树影中跑出来，褚燕来看到了我，径直朝这边走来。我使劲攥着拳头，手心都沁出了汗水，眼睛一刻也不放松地盯着褚燕来。在确定了我的位置之后，她的目光就不再朝向我，她在横穿马路，小心地躲闪着来往的车辆，直到走到安全的人行道，才完全对着我迎面走来。

"你早来了！"这是她的第一句话。她的神态是安静的，说得很随意，我却无论如何也安静不下来，身体里好像有一台无法控制的发动机在肆意地颤动，好像还有隆隆的声响。我想说我刚刚到，这是我心里瞬间冒出来的答案。我还是清醒的，褚燕来一亮相就把我之前所有的怨尤驱散了，她没有迟到，更没有我刚才猜想的故意，她出来的这个时间刚刚好，就是在晚饭后，她严格遵守了我们之间的契约。对，就是契约！她对这个契约是重视的，为此她还洗了头换了衣服，还认真地打扮过了。有了这个认识，我开始为之前的焦躁而内疚，同时我也感到了从未有过的欣慰与踏实。她是认真的，这是一个良好的开端，这个开端绝不仅仅是"聊聊"。所以，我的那个答案就是要减轻她的心理负担，不是用来表示自己忽视这次约会。

可我的嘴巴似乎不属于自己了，怎么也说不出话来，只是傻傻地看着褚燕来。褚燕来似乎感到了我的紧张，随即又问："你冷吗？"我确实有些冷，时序已经进入了深秋，法国梧桐的叶子都微微发了黄。这天晚上我穿上了最好的衣服，是一件乳白色的夹克，上面还带着一些横七竖八的装饰。这件夹克是从附近市场上买的，一开始一点儿也没觉得它好，后来在一本杂志上看到有个挺红的歌星似乎就穿了这么一件，从此我才开始珍爱这件上衣，专门买了一个衣服撑子，不穿的时候总是把它挂在床头。

顺着褚燕来的这两句问话，我们的第一次约会开始了。我庆幸没把那两个言不由衷的答案说出来，因为我此时的感觉是如此纯洁。我们绕过那个繁华的所在，沿着人行道往北走，路线没有约定，只是随心所欲。离学校大门越来越远，我渐渐放松了下来。我们的话题随意而自然，我们是同班同学，身边都是些相同的面孔，我们的谈话就从他们身上切入，所有的交谈内容似乎都没有目的，可我们这种交流状态本身就是目的，这应该是一种仪式的开端。

说实话，此时对恋爱这个概念我仍然不敢明确，不敢相信人生这么重大的命题会轻易出现。在此之前，我把它想象得非常遥远，觉得那是一种梦想，梦想总是不可能实现的。有了这个先入为主的念头，当它来到眼前的时候，我就会有一种不真实的感觉。可从此，我真的跟过去不一样了，褚燕来已经真真切切地走进了我的生活。以前，我对她是雾里看花的状态，而现在这花朵只属于我。我已不满足于惯常的思念，而是想每时每刻都见到她。

那天晚上，我们走了很久，一直是并肩而行。我早已没有了起初的那种陌生与羞涩，也没有了冷的感觉，更不觉得饿了。我们的交谈越来越流畅，在谈遍了身边的人和事之后，我开始滔滔不绝地谈理想。站在人生的起点上，我的理想当然很大也很遥远，不过那时我的作家梦还没开始。在那个时代，作家身上有着很美好的光环。伤痕文学的硝烟还没有散去，先锋文学方兴未艾，文学是整个社会最为关注的热点和亮点，作家史无前例地成了时代的弄潮儿，那种耀眼的色彩足以让我连做梦也不敢想。我自以为，我谈的理想是切实可行的，要先参加自学考试，争取师范一毕业就拿到大专文凭，然后再报考研究生。那时候的研究生也很稀缺，我们学校几乎没有一个研究生毕业的老师，最多也就是大学本科。我的理想很大也很小：说大是指向了一个遥不可及的目标；说小是为了逃避那确定的未来——乡村教师。在这么大的语境之下，我不可能谈自身的感受，她更没有触及这方面的话题。我没有说出我对她的思念，她也没说为什么要约我见面。我们都在忽视现在，回避内心最为真实的向往、最为珍贵最为敏感的情思。我们把它藏在心底，似乎它是一件无比精美的超薄瓷器，任何触碰都会对它造成损伤。

后来，是她先止步了。我们再次走进一条小巷，我忽然感到身边空了，扭头一看，她已落在了后面，离我有十多米的距离，此时正把手揣在夹克的口袋里，定定地看着我。昏黄的路灯下，我看不清她的神态，却感到她是安静的，似乎还有一丝丝犹疑。"我们要走到天明吗？"她问。我看了一下手表，时针已经指向十一点，再有半个小时就到学校关大门的时间了。

虽不想分手却不得不往回走了，我这才注意到，我们此时所在的这条小巷直通悦城师范附属小学，往后不到三百米就是我们学校靠着的那条马路。这是一条我们都非常熟悉的道路，上学期见习期间我们每天都要走上三五趟，可现在我们身在其中，却感到分外陌生。在夜色的装点下它似乎变得俊美了，就连路两边随便搭建的那些平房也透着特有的韵致。今夜，这四个多小时的时间里，我们一直在漫无目的地行走，谁也没想到我们最终还是回到了起点。

学校大门还没有关，可门口一个人影也没有，只有门柱上方的路灯亮着惨兮兮的光。快到大门口的时候，她再次停下了脚步。我们靠得很近，我闻到了她头上洗发香波的味道。这味道让我意乱情迷，一瞬间我想有所动作，但很快就把这个念头摁了回去。我不敢贸然行动，我不敢冒犯她。她用亮亮的眼睛看着我，我起初还有所期待，幻想着她会主动一些，但她很快就把目光转向了大门。我有些明白了，我们是不能一起走进那扇大门的。

还是有话要说的，而且是在心里翻滚了一晚上的话。

"我们下周还能见面吗？"我壮着胆子问。

我注意到她迟疑了，心里蓦然有些紧张，担心她会拒绝。

"再下周吧。"她回答说。她的语气很急促，而且还带有商量的口吻，使这个不太坚定的回答变得柔软无比。我的心里一阵狂喜，这个答案对我是如此重要！这就意味着我们现在是在约会，以后还可以约会，约会将要成为我们之间情感交流的一种常态。这就意味着我们之间的关系被恋爱这枚图章给圈定了。

我想做得尽量善解人意，于是让她先回学校。她没有犹豫，转身向大门口走去，我在后面恋恋不舍地注视着她的背影，恨不得用目光把她抓回来。可她很快就转身回来了，对我说："我希望我们能够纯粹和专一一些。"我感到有些突兀，不知道她是指哪方面。她似乎也没有给我思考的余地，语速很快，说完就又马上转身走了，步子比刚才急促了很多，有些逃离的味道。

她很快就在学校大门后消失了，我却一直站在原地咂摸她刚才的那句话。"纯粹"和"专一"显然是两个定语，现在对我来说它们修饰的主体无比重要。可这两个定语之间又有一定的矛盾对立关系：纯粹应该是侧重同学关系，专一则更倾向于恋爱关系；同学是一个泛指对象，全校的学生都可以称为同学，它不存在专一，而恋爱对象则是唯一的，它必须要求专一。既然我们今晚已经开始约会，在这个语境之下这两个定语修饰的就应该是"恋爱"，她应该是在要求我们之间是更"纯粹"和"专一"的恋爱关系。这个结论让我欣喜，可她为什么要在今晚临分手时强调这一点呢？难道她也跟我一样在突如其来的兴奋中感到了恐慌吗？她也跟我一样对这种刚刚建立起来的关系没有把握吗？大概恋人之间起初都是这样的，先是相互试探着迈进一个全新领域，然后是小心翼翼地探索触摸对方，待熟悉了所有路径之后渐渐融合在一起，从而建立起一个强大磁场，最后才在强大的吸力之下义无反顾地奔向那火山爆发的熔岩。

有了这样的感觉，我怎能够忍受得了两个星期的煎熬？！最可怕的是我们每天都坐在同一间教室里，以另一种相处方式来面对彼此。我每天都有种魂不守舍的感觉，上课的时候她就坐在我前面，我时常盯着她的背影出神，她的一举一动都会惹来我无限的遐思。本来我就不太听课，现在老师在讲台上讲什么我就更听不进去了。课外书也不能读，刚看了几行文字就又忍不住抬头看她的背影，之后把目光再收回来，书上的文字已不知道看到了第几行。我渴望单独和她在一起，可是她已经给我们定好了下次见面的日子，我怎么能轻易更改……

后来我就发现了机会：她坐在教室的第一排，晚上下自习的铃声响起的时候，她有时是第一个从前门出来，这时我如果立刻跟上去，是能跟她说几句话的。有了这个发现，我就暗暗地期待着。有一次，居然成功了。看到她率先走出了教室，我也急忙跟上去，可刚搭上话，后面腿快的同学就跟了上来，随即紧挨楼梯口的一班的同学也出来了，机会很快就被这如潮的人流淹没。我们连一句完整的话都没有说完，可我心里还是很高兴，毕竟我再次走近了她。

只要善于把握，机会还是有的。下午的课外活动有两个多小时的时间，通过观察我发现，她跟我一样也不大参加体育活动，我一般会去编辑部看书，而她大多选择去教室。掌握了这个规律，我就想有意识地在楼梯口跟她"偶遇"，可这需要把握好时间节点。我注意到，下午最后一节课结束之后，她总是离开一会儿。我猜想她可能是回宿舍喝水，也可能是去了厕所。她们的宿舍和教学楼在一条线上并排着，没有直通的道路，到教室最近的路是转到教学楼后面的走道，我站在教室的后窗恰巧就能看到这条走道，这就给我提供了便利。星期四下午，发现这个秘密的第二天，我就在后窗那里看到了她。我眼前一亮，急忙往外走，走出教室才意识到自己的动作太快了，她要走到那条走道，还要爬三层楼的台阶，而我却只需往下走一层楼梯就到了。于是，我就让自己的脚步慢下来，在四楼往下拐弯的地方站住了。透过楼梯缝隙往下观察，零星有几位同学在上楼，我屏住呼吸仔细分辨着。稍稍过了一会儿，她的身影开始在缝隙里闪现，应该是从二楼开始上三楼了。时机刚刚好，我竭力镇定下来，步子尽量平稳地往下走，走到三楼的楼梯平台上，她也正好爬上了三楼的最后一个台阶。我故意把身子朝向楼梯拐角的编辑部，扭头装作刚发现她的样子。她看到我，笑了，笑容自然而透亮。这给了我莫大鼓励，我大胆地邀请她到编辑部来，她有些犹豫，我跑上去把门打开，然后站在门口做了一个请的姿势。她还在迟疑，是楼上的脚步声帮了我，她听到了动静，不再抗拒，疾步走了进来。

我们就这样开始了真正的恋爱，每次都约定下次见面的时间，可每次都等不到下次。在强大的感情面前我们没有任何诚信可言，我们似乎也不再计较自己的放纵，几乎把所有精力都用在了我们之间的秘密联系上。单纯递纸条已不能满足内心的需求，我们很快就拓展了更多的联系方式。她有时不在教室，我想见面就让她的同桌传话，这种方式虽然笨拙却非常安全。相比而言，褚燕来就比我含蓄和巧妙了很多，她很善于利用我们敏锐的感觉，善于利用我对她的关注。有天下午，最后一节课刚结束，周围的同学纷纷起身准备开始课外活动。我注意到她也站了起来，扭头朝我这边看了一眼，然后就对身边的同桌说下午她要出去，不要给她打饭了。我们从一年级开始就组成了很多不同的"买饭互助组"，由两位或几位平时走得比较近的同学自由组合在一起。她和同桌是一个互助组，她不在的时候自然由同桌给她买饭。问题是，当时教室里乱糟糟的，她对同桌的交代没必要让坐在后面隔着一排的我也听到，更没必要交代完了还要再次回头朝后看一眼。我自然心领神会，知道这就是个信号。我们一前一后随着人流从教学楼出来，她走在前面，然后往教学楼后面拐，看来她要先回宿舍。我不能跟着她往前走，只好站在那座古旧的二层实验楼边上朝大门口张望。不大一会儿，就看到她朝大门走去，我急忙率先跑出大门，故意躲在暗处不让她发现。她先是匆匆地从大门走出来，离开大门一段距离后就停下来开始左顾右盼，等了一会儿见没什么动静，眼睛里渐渐流露出失望的神情，然后就恨恨地转身往前走，走了几步还是不甘心，就又开始盯着学校大门。就在她的忍耐快接近极限的时候，我猛然从路边的冬青丛中蹦出来，她吓了一跳，发现是我，马上就笑了。

我很快就意识到这种恋爱的感觉就像是吸鸦片。一开始我感到了自己的欲罢不能，后来就更加不能自拔，犹如挣扎在深不见底的泥潭中，越陷越深。我每天睁开眼睛想到的就是她，晚上躺在床上闭上眼睛梦到的还是她，她成了驻扎在我心灵中的魔鬼，随时随地每时每刻都在影响着我的喜怒哀乐。

十三

  我们的初吻发生在学生时代的最后一个元旦。

那是一次吵架后的反弹,也是一种自然撞击。我们尝试着离开对方,这种毫无把握的试探反而让我们更加认清了自己,在感情的阵地上我们已彻底沦陷,唯有放弃抵抗,束手就擒。

临近元旦的一个晚上,不知为什么,晚自习提前结束了。那天,我的情绪有些低落,想找她聊聊却发现她很早就起身离开了教室。失望之余,我反而沉静了下来,待同学们彻底散去才失魂落魄地往回走。此时,正是夜晚校园难得的喧闹时刻,有零星的同学还在从教室往宿舍赶。已回宿舍的同学有的拿着脸盆去院子里的水池洗漱,有的去操场散步,还有的利用熄灯前有限的时间争分夺秒地去琴房练琴,不时有窃窃私语的声音和哼着小曲的身影从身旁掠过。天气虽然冷,可夜色很好,月亮正当头,围着大风圈,凉风挟带来的月色又新鲜又明亮。我低头看着自己月光下的影子,忽然就有了莫名的略带矫情的悲伤,一种从未有过的孤独感袭上心头。我羡慕从我身边走过的每一个人,他们,我的这些朝夕相处的同学们一定没有我这么多的烦恼!一定没有我这么多的茫然!在这种孤独难耐的心境下我更渴望见到她,我们离得这么近,可相见竟然这么困难!

走上实验楼前面的水泥路，我突然看到了她，她就在前面篮球场往上的水泥台阶上，正和同桌沿着台阶往上跳跃。她猛然看到我，脸上露出惊喜的神情。但我还被那种复杂的情绪缠绕着，阴阳怪气地说："你真有闲情逸致！"她没听出我话里的味道，浑然不觉地说："这么好的月光，不出来逛逛就浪费了。你不是也出来了吗？"是啊，这么好的月光，要是只有我们两个人就好了。这是我的心里话，但当着她的同桌我没说出来，还有来来往往的同学，有这么多外人，我们之间实在不能进行这样的交流。我希望她能让同桌走开，我们去大门外或者找一个相对幽静的地方，但她丝毫也没体会到我此时的心境，继续和同桌拉着手跳台阶，一边嘴里还喊着："一二三，跳！"我有种被冷落的感觉，那种不良情绪持续发酵，心中越来越气恼，那灼人的气息直接就迸发了出来。我往前走了两步，跟她们并排站在了一起，扭身对她同桌说："你能不能先回避一下？我找褚燕来有话说。"

她们大概是没想到我会这么唐突，先是都愣住了，随后同桌挣开被褚燕来抓着的手，头也不回地走了。眼看着同桌迈上最高的那一级台阶，褚燕来猛然就转过身来，月光下我看到她的五官都变形了，脸色像这个季节的天气一样冷。我有些紧张，一肚子的话都被封住了，刚才还燃烧着的怒火瞬间被面前的铁面浇灭。她一动也不动地盯着我足足看了十秒钟，然后才一字一顿地说："你有说话的自由，我也有不听的自由。我现在就明确告诉你，我不想听你说话。"说着转身就走，只把冷冰冰的背影留给了我。

我的脑袋一下子就蒙了，木然地站在那里，没想到自己一下就把事情搞糟了。过了一会儿，我才明白过来，想追上去向她解释，可哪里还有她的影子。

第二天，我想利用一切机会跟褚燕来见面，但都失败了。她好像在有意回避我，每次从宿舍去教室都和一大帮女同学一起，下课的时候也是结伴而行，而且都是有说有笑的，看起来要比平时高兴很多。一整天我都处于紧张状态，心情格外差，尤其是看到她还这么兴高采烈，我就更加感到不平衡了。下午，课外活动时间，我瞅了个机会往她抽屉里塞了张纸条，大意是说迫切想跟她谈谈。晚自习时她应该看到了那张纸条。我六神无主地坐在教室里，希望能找到接近她的机会，但居然一点缝隙都没找到。下晚自习的铃声一响，我就来到走廊上等她，可她过了好大一会儿才走出来，还是和三五位同学一起。我还不死心，又去篮球场台阶那边等了她一会儿，直到冻得双脚失去知觉也没见到她的影子。

她给我的信是元旦放假的前一天收到的，就放在我的桌面上，是一个封了口的完整的信封。可能是担心暴露字迹，信封上没有任何字。我一看这么郑重，马上就有了种不好的预感，急忙撕开信封打开信纸，只见上面写道：

王秋声同学：

　　你好。

　　最近我一直在考虑，我们之间的这种交往能带给我们什么。于我而言，首先是打破了过去单纯的生活，我感到了累和疲惫。所以，我目前处于极度矛盾和犹疑中，我怀疑自己是不是错了，后悔不该贸然约你见面。我不否认对你的好感，你勤奋上进，有文采，还从不说粗话，这些都是我欣赏的品质。可这些根本就不能支撑我们继续往下走，对于涉足爱情这个领域，我们还没有足够的心理准备。因此，我觉得我们目前最需要的就是冷静下来，先好好审视一下自己，观照一下自己的内心。在这件事情上，我特别希望你能正确对待。假如你有什么埋怨的话，就埋怨我吧，是我先约你出来的，我愿意为我的错误接受你的任何惩罚。

另有几句话一直想对你说：平时你也要在我们的课程上花点心思，走文学路做作家梦都没错，可我们目前是师范生，将来是要为人师表的，所有的梦想都应该立足于脚下。

也许说多了，希望你能原谅我的饶舌。祝你幸福！

同学：褚燕来

第二天就是新年，我却在岁末最后一天接到了这样一封冷冰冰的信。这天晚上，我怀里揣着这封信，一个人在外面走了很久，心中充满了怨气和恼怒。褚燕来把我当什么了？说来就来说走就走，来得旁若无人走得冠冕堂皇，所有主动权都被她掌握，所有理由都被她占据，我就是一条任人宰割的可怜虫！你不是感到累和疲惫吗，我也受够了！

但我最终还是感到了痛苦，这一夜我几乎没睡，天亮后我还赖在床上。和我不同的是其他同学，在这新年的第一天，他们似乎都非常兴奋，准备把早就盘算好的计划付诸行动，为此他们早早就起来收拾自己，有的还哼起了小曲。后来周围逐渐安静了下来，我知道他们都走了，心情放松了很多，但还是不想起身，继续蒙着头在床上躺着。此时，我喜欢自己营造的这个黑暗空间，里面单纯而宁静，没有让我烦恼的尘埃。我知道自己这是在逃避，可不逃避我又能做什么呢？宿舍里空了，偌大的空间里只剩下了我自己，这跟被子下面的空间是一样的，于是我掀开被子坐起来。眼前还是像平时一样凌乱，床架上乱七八糟地搭着一些衣服，脸盆鞋子零乱地堆放在地面上，这还不说，床与床之间也扯起了"万国旗"，把人的活动区域压到了最低限度。平时我在这间宿舍里经常有喘不过气来的感觉，而今天这种感觉没有了，我似乎很享受这种凌乱，没有人的动静只有物的沉默，我变成了自己的统治者，我变成了这个世界的统治者。这种虚妄的情绪让我暂时放松了下来。

可我很快就直接跌落回冰冷的现实中。我失恋了，被一个叫褚燕来的女孩子抛弃了，我年轻的心怎能忍受这样的失败！这又是一种决绝的情绪，在这种情绪支配下，我感到自己不应该在这里独自吞咽孤独和痛苦，我要振作起来。

下午，我从学校走出来，身体里塞满了痛苦，小如编辑部大如整个校园都不能将我安放。此时，雪花纷乱地从灰暗的天空中飘下来，很快就被微微的寒风吹散了。地面略显潮湿，泛起了薄薄的水汽，路边的冬青树经过雪花洗礼变得有些鲜亮了。我一直往北走，北面是悦山公园，原本是我们相约而往的地方，现在却变成了我一个人的约会。

悦山公园依山而建，山脚还有一处天然形成的湖泊，湖泊面积不大却非常别致。后面的山虽然不高，上面却树木茂密环境幽僻。我们第二次正式约会就选择了这里，此后这里就成了我们见面的"老地方"。刚踏上湖泊北岸我就有了某种预感，果然，山上的那块狮子形大石上依稀坐着一个女孩子。在这个季节，这么高的地方是寒冷的，一般没人会坐这么高。我不敢相信自己的眼睛，使劲揉了几下，没错，应该就是她！白色的面包服黑色的长裤，还有被风微微吹起的往后拢着的头发。这怎么可能呢？

天气忽然就晴朗了，一下子驱走了我心灵的阴霾。用惊喜已经不能形容我此时的心情，我赶紧往山上跑，恨不得一步就跃上去。石狮子的位置原本是块探出来的巨大石头，这里开辟成公园之后被雕刻成了一头昂首天外的狮子，同时也降低了它的高度。我很轻松地爬了上去，顺势把她揽在了怀里。

这是我们第一次靠得这么近，她的整个面部是那么白净，就连笔直的鼻梁周围那几颗浅浅的雀斑也规则均匀；还有那圆润的耳郭，有着通透的粉红色；一缕乌黑的头发绕过耳郭弯曲下来，遮掩着细长嫩白的脖颈；尤其是那嘴巴，小巧而精致，红润的双唇真的就像熟透了的樱桃。她顺从地在我怀里蜷曲着，眼睛微微闭合，一副陶醉而放松的样子。我有些忘情，抬手轻抚了一下她那头乌黑的秀发，头发丝滑柔顺，随着我的手掌在跳跃，如瀑布般冲击着我，一瞬间我的心在微微颤动，有了一种奇异的感觉。她慢慢睁开眼睛，双眸竟然闪烁着绮丽的亮点，还有泪在渐渐涌出来。我有些害怕，把她搂得更紧了，她娇嗔地挣扎着，发出轻微的喘息声。我慢慢俯下头，她那饱满的丰润的双唇正渴望地战栗着……一切都是那么美丽而迷蒙，我把自己的双唇贴了上去，她伸手挽住了我的脖颈。一开始我们是慌乱的迷茫的，我逐渐寻找到了她那柔软的唇，她似乎也在寻找。我们的牙齿碰在了一起，发出轻轻的撞击声，她躲闪着羞怯地笑了起来，这给了我极好的机会。我伸手拢住她的脖颈，她终于无处可逃了，我们的嘴唇终于滑在了一起，忘情地吻起来……她紧紧地、紧紧地贴着我，她丰盈的乳房挤压着我的前胸，仿佛两只小兔子在我怀里蠕动，我的血液跳荡着燃烧起来，我昏昏沉沉的，迷乱而不知所以，仿佛跌到了另一个世界……

对我来说这一天是神奇的，经历了情绪上的大起大落。我们本来是要分手的，却阴差阳错地迈进了爱情的一个新篇章。这是一个自然形成的世界，一个神奇的世界，我们都是初次踏入其中，带着兴奋而神圣的激情，欲罢不能地陷入痴狂而迷乱的泥潭里。

这一夜，我们在外面游荡了好久都舍不得分开，待我们意识到时间的时候已经无可挽回了。学校的大门紧闭，意味着这一夜我们将无家可归。后来，我们走进了学校附近的一家小旅馆。

值班的是位短发妇女，很没耐心，带着被人突然惊扰的恼怒和慵懒的倦意，这让她忽视了我们的紧张和胆怯。我报了一个假名字，顺利得到了一个房间。之后我们走在长长的走廊上，短发妇女拿着钥匙板子哗啦哗啦地在前面开道，我提心吊胆地跟在后面，褚燕来蹑手蹑脚地配合着，我们似乎在合谋一个极为秘密的事件。

短发妇女打开门，简单交代了一句就离开了。我们无声地滑入黑洞洞的房间，褚燕来摸索着抓住了晃动在门口的灯绳，啪的一声，眼前的物什清晰起来。房间里有四张床，分别在两边排列着，正中间是一张三抽桌，还有一把裸露着原木茬的椅子。床单是白色的，上面的被褥也是白色的。我们仍然有些紧张，不自然地看着对方，像是分别好久的样子，又像刚刚分手。

后来我们分别在里面那两张正对着的床上躺下来，房间里没有暖气，但床上的被子很厚，我们把被子抻开盖上，身上很快就暖和了起来。头顶上的灯泡很暗，发散出来的光晕是一种陈旧的黄色，看起来极为暧昧。

我们都沉默着，后来就觉得应该说点什么。是她先找到了话题，话题离我们很远，她想到了她在暑假里看过的那部电视剧，《射雕英雄传》。她说整个假期都在为这部电视剧着迷，每晚四集她几乎一集不落，然后就开始给我讲里面的故事。

我知道《射雕英雄传》，是一个叫金庸的作家写的一部武侠小说。之前，我曾经和姜师兄探讨过武侠小说，姜师兄说这种小说编造的痕迹太重，成不了文坛主流，受这种影响，我一直对武侠小说持有排斥态度。我也知道这部电视剧前一阵子很热,可我们家没电视,村里只有少数家庭有。今年刚刚成立的悦城电视台在暑假期间集中播放这部电视剧,引起了很大的轰动,达到了万人空巷的程度,一到播放时间,有电视机的那些人家的院子里都挤满了人。我没想到她会痴迷于这样的电视剧,可听着听着,我不禁也被里面的情节吸引了。

褚燕来给我讲的是杨康和穆念慈的故事,可据我所知里面最主要的两个人物是郭靖和黄蓉。我提出了自己的疑问,褚燕来说:"郭靖和黄蓉确实是里面的主要人物,他们是天生的一对,搭配得天衣无缝,一个憨厚一个机敏,一个有大英雄气概一个有小女人情怀。可是他们的爱情太理想化了,除了有限的几次误解之外基本上一帆风顺,在现实生活中这种爱情几乎是不存在的。相比而言,杨康和穆念慈的爱情更真实一些,更有烟火气息。"

在褚燕来的讲述中,杨康也不完全是个坏人。他原本和郭靖一样都是忠良之后,后来跟随母亲到了金国,成了皇家的世子,享尽荣华富贵。他与江湖女子穆念慈相识后,穆念慈对这个风度翩翩的皇室子弟一见倾心。随着金国进攻中原的步伐加快,杨康的真实身份也被揭开,原来一直被他称为父王的金国统帅竟然是自己的杀父仇人。得知这个消息,杨康一开始是激愤的,要报效国家为父报仇,可最终还是舍不得锦衣玉食的生活,继续认贼作父。穆念慈是个有气节有大义的女子,一直劝杨康要做光明磊落敢于担当的男子汉,杨康假意应承,暗地里却仍然助纣为虐,野心和强烈的权力欲几乎让他泯灭了人性,甚至连自己的亲生父亲都不放过。面对杨康的一次次欺骗,穆念慈伤心过绝望过,却从来都没真的放弃,有好几次杨康濒临绝境,都是她出手相救。

褚燕来说:"不知道为什么,我从心里理解穆念慈,也很喜欢这个人物。很显然，杨康的卖国求荣不择手段让她心寒让她不齿，可她在内心深处又深深爱着这个男人。她在爱情的泥潭中挣扎，有很多事情明知道是错误的，还不得不做下去。这个人物太真实了，人有时候是真的做不了自己的主。"

说完这话褚燕来沉默了，我感到她在讲述穆念慈的同时也是在说自己。我们之间原本是不应该走到这一步的，起初她肯定没想过我们会相爱。想想爱情真是神奇，它可以让一个人的心灵改道，它可以让人的心灵变得无限包容无限宽广，当然它也会让人恐慌和自卑。在褚燕来面前我一直都有这种感觉，在享受爱情的同时也会被时时惊醒，对褚燕来的爱会忽然模糊起来。她爱的不会是我，我根本就没资格也不配享受她的爱，她甚至爱的也许不是某个具体的人，而是从少女时代就幻化出来的偶像，这个偶像身上集合了她作为女人对于男性的所有梦想，而我只是她这种梦想中的一个小小寄托。

房间里静得可怕，走廊却突然传来轻轻的脚步声。我心里有些害怕，连气儿都不敢出，不知道接下来要发生什么。随着脚步声的接近，我犹豫着悄悄掀开身上的被子，然后蹑手蹑脚地下床，一下就拽住垂在门口的灯绳猛地往下一拉。那一瞬间，我瞥了一下褚燕来，见她正用奇怪的目光看着我，看到我要关灯急忙摇头，可为时已晚。随着吧嗒一声响，我们倏然就落入了黑暗之中。这时，我才意识到了自己的愚蠢，这不就等于告诉别人房间里面有人吗？脚步声就要来到近前，我们屏住呼吸，但它却越过了我们的门口，随后就越来越远了。

我们松了一口气，房间里仍然一片黑暗，只有门上那窄小的窗口透进来的微弱光亮在跳跃。我看着她，她那亮亮的眸子也在朝我闪动。我鼓足了勇气走到她床边，她没有任何反应，似乎也在犹豫。我稍微迟疑了一下，然后果断地掀开她身上的被子钻了进去。

她身上只穿着贴身秋衣，暖呼呼的，带有一股热烈的温馨，我很快就被席卷了，感到浑身燥热。我伸手揽住了她的脖颈，急不可耐地把嘴巴贴在了她唇上，我们在黑暗中尽情地吻着，很快就把这个尘世抛在了脑后。唇间的战栗在整个身体里发散，我们像失去控制的战车冲向对方，紧紧地抱在一起。我感到已找不到自己的载体，我的身体已无所依托，都融化在了这无限的柔情中。

她在我的身下呢喃，身体如漂浮在水中的树叶荡着微微的波澜。我被激荡着，更加不能自持，所有的牵绊和杂念都消失了，只剩下眼下这火热的激情。她像一个溺水者一般喘息，艰难地发出求救般的哀号："别这样，别这样，我求求你了……"这弱弱的声音似乎是从她身体最深处发出来的，好像用尽了她所有的力量。我在这孱弱而无助的哀求中醒来，及时刹住了自己，可身体的欲望依然泛滥，在这骤然遏止中一下子就喷发了……

我弄脏了她的衣服，羞得无地自容，把头深深埋在她胸前。她似乎流泪了，抚摸着我的头发，耳语般地说："对不起。"我不知道怎么回应，只任黑暗覆盖着我的身体。过了一会儿，我们都平静了下来，她重新躺在我怀里，把耳朵贴在我的胸脯上，喃喃地说："将来假如我嫁给了别的男人，第一夜我一定不让他动我，因为我要留给你，我要让你成为第一个走进我身心的男人……"

酒后的老尤有着持续的兴奋，把自己的事情发泄完之后，就又开始拿聂世兰消遣。他让我猜聂世兰现在在哪儿，我说："当然是在家了，都这个点儿了还能不回家？"老尤听完哈哈大笑起来，说："他肯定没回家！今天这么好的机会，他能不好好利用？"为了验证自己的话，老尤马上打了聂世兰的手机，结果提示对方已经关机。这应该是在老尤的预料中，他又胸有成竹地摁了另外的号码，这次是个座机号。电话很快响起了等待音，老尤对着我打开了手机扬声器，等待音响了好长时间才有个睡意蒙眬的女声接起来。我一下就听出了汤丽欣的声音，这时才知道这个座机号码是聂世兰家的，心里不禁为聂世兰捏了一把汗。老尤倒很镇静，上来就自报家门："我，是我，尤奋进。把你吵醒了吧？今天世兰喝多了，实在回不去了，就让他住这儿吧。"汤丽欣说："哦，我已经知道了，刚才他还没喝多的时候就已经给我打过电话，说你们如果闹到太晚就不回来了。"老尤说："这说明这小子还有自知之明。今天晚上到了好多同学，杜老师两口子也来了，世兰有些兴奋就多喝了几杯。你放心吧，他没事！"汤丽欣说："那就好！你也早些休息吧。"说着就率先把电话挂了。

老尤关了手机的扬声器，对我得意地说："怎么样，还是我了解他吧？"我没有搭理老尤，对这个洋洋得意的男人陡然产生了反感。成为一个偷情男人的同谋就这么自豪吗？还有那位善于跟女人"打游击"的聂世兰，他们本来是不应该这样对待汤丽欣的！

十四

当初汤丽欣喜欢的并不是聂世兰,而是我们班的"歌唱家"季海坡。季海坡性格比较怪,平时独来独往,很多时候我们都当他不存在。直到我们升入二年级,学校合唱团来我们班选人,他才显露出来,一下子成了我们班的"卧龙"。

初选的时候,教音乐的老师从我们班挑了五个人。合唱团团长是年轻的常老师,他刚从天津音乐学院毕业,是专门唱美声的,据说曾经在全国歌唱比赛中拿过名次。常老师一听季海坡的嗓音,立刻就兴奋了,连声说:"太棒了!太棒了!真没想到在这里还能发现这样的好嗓子。"

有了天生的好嗓子还需要后天训练,常老师的可贵之处就在于不满足于伯乐的角色,还对季海坡进行了深入挖掘与开发。不久之后,常老师就为季海坡单独开了"小灶"。在常老师的教导和鼓励下,季海坡一改过去的面貌,每天天不亮就外出跑步,按照常老师教授的方法练呼吸,然后再咿咿呀呀地练发声。一段时间下来,季海坡的唱歌水平有了很大提高,人也精神了很多。真正让他成名的是这年的元旦文艺汇演。季海坡唱了帕瓦罗蒂的《我的太阳》,那个年代流行歌曲正风靡校园,我们是第一次听到季海坡的这种唱法,立刻被他那高亢明亮又带点野性的声音吸引了。那天晚上，我们为他鼓了好长时间的掌。细心的聂世兰后来告诉我，当时最激动的要数汤丽欣，她不禁鼓掌最热烈，而且还悄悄地流了泪。

说不清汤丽欣是什么时候喜欢上季海坡的，我们有所察觉是在二年级下学期。那天晚自习，汤丽欣佯装给季海坡送书，结果夹在书里的饭票不小心抖搂了出来，被旁边的同学发现，我们这才意识到汤丽欣对季海坡有了那层意思。这也不怪我们迟钝，因为当时女生对男生主动示爱的例子太少，再加上我们从来就没把季海坡和汤丽欣联系在一起——且不说出身如何，单论性格他们就不合适，熟了以后我们发现汤丽欣有非常活泼的一面，而季海坡却一直沉重得像一座山。

后来，我们分析，汤丽欣之所以喜欢季海坡也不是没有一点道理。首先，出了季海坡这样的人才，汤丽欣作为我们班的文艺委员感到脸上有光，也就是说季海坡给汤丽欣长了面子，她应该感谢季海坡。其次，季海坡的年龄在我们班男生中偏大，实际年龄应该和老尤差不多，性格看起来也很沉稳。女孩子多少都有点恋父情结，年龄大一些的男人能给她们带来安全感。尽管有了这样的理解，我们心里仍然感到不平衡，觉得这才是一朵鲜花生生插在了牛粪上，这种感觉比当初对老尤和一剪梅的感觉还要强烈。

后来的事实证明，此牛粪还真不同于彼牛粪，季海坡这堆牛粪显然比老尤难插得多。面对汤丽欣的主动，季海坡表现得就像一截木头，看不出一点儿反应来，到后来甚至开始躲着汤丽欣。有次学校组织看电影，发票的时候，汤丽欣利用自己文艺委员的便利，把自己的座位和季海坡的安排在了一起。季海坡一走进影院，看到自己的座位旁边坐着汤丽欣，立刻就要跟走在身后的同学换。同学不愿意换，季海坡干脆就没去那个座位，在后面找了个偏座躲了起来，汤丽欣旁边的座位一直空着，弄得她很是下不来台。看到这种怪现象，我们都不理解，老尤有次就对我说："季海坡是不是有病？"这也不怪老尤多想，情况明摆着嘛，有女生硬往上贴哪有不接受的道理，更何况还是汤丽欣！直到后来发生了一起意外事件，才解开了我们心中的疙瘩。

上学期，校园里连续发生了几起恶性事件，最严重的一次是有人尾随上厕所的女生，企图实施强奸。虽在女生的极力反抗下强奸未遂，但也造成了很大恐慌，晚上女生不敢一个人外出，就是去教室也要成群结队。因此，学校开始安排男生晚上到传达室值班，两个人一个小组，在班级同学中间轮流安排。暑假后，返校不久就轮到了我和聂世兰。

按照规定，值班人员每隔半个小时就要巡逻一次校园，一开始我们都感到新鲜，能积极执行，后来就疲沓了，再加上已经快一年了也没再发现流氓，总感到这种值班有些多余。这天晚上快到十二点的时候，校园里基本安静了下来，我准备出去转一圈就回来睡觉。聂世兰那段时间突然热衷于看琼瑶的小说，一下子从图书馆借来了厚厚的一大摞，逮着机会就抱着看。

见聂世兰正在认真看书，我就没去打搅，想也不会有什么问题，还不如自己一个人在外面静一静，因此打了个招呼就走了出来。校园的夜色是凌乱的，远没有乡间的辽远与安详，是不时迸发出来的灯光把这黏稠的夜给撞碎了。

大门往后是一片宿舍区，都是平房，道路左边是男生宿舍，右边是女生宿舍。我向右边走去，这里已是一片黑暗，路灯的光芒伸展不到这里。再往后是单身教工宿舍，有几个窗户还亮着星星点点的灯光。我刚刚迈下实验楼右边的台阶，忽然看到前面闪过一个黑影。我骤然紧张起来，这是一条长长的胡同，四通八达，往前是教学楼，左右两边各有一些类似小巷的道路。黑影应该是进了左手边的一条小巷，我顾不得害怕，放轻了自己的脚步，悄悄摸到这条路旁边，以屋角做隐蔽，借着路灯的微光往里面观察，就看到那个黑影正趴在一个透着隐隐灯光的窗下，扒着窗台往里看。

我躲在暗处，看黑影那个状态心里就明白了，这应该就是那个所谓强奸未遂犯。我有些激动也有些紧张，想立刻冲上去，又一想不行，看那黑影的身形也不像个文弱的人，我一个人恐怕很难制服他。意识到这一点，我赶紧跑回传达室去叫聂世兰。

聂世兰还在看书，我跑得气喘吁吁，顾不得他的情绪，拉起他的胳膊就往外拽，一边还说着："去抓流氓，快！去抓流氓……"聂世兰一开始有些蒙，但很快就明白了，跟着我往外跑，临出门还拿上了放在门后面的棍子。

我们悄悄摸到刚才的位置，那黑影还在，而且身子贴着窗子更紧了。假如我们推测的位置正确，那个窗口应该属于刚刚分来的一位女老师。这位女老师姓庄，现在教我们心理学。庄老师很漂亮，皮肤非常好，烫过的头发高高地挽起来，经常穿紧身健美裤和很高很高的高跟鞋，走起路来灵动耀眼，绝对是我们校园里不可多得的一道风景。

我俩潜伏在旁边，看着流氓却有些不知所措了。这条小巷不是死胡同，我们俩就这样跑过去，如果流氓察觉，就会往对面跑掉。我俩悄声商量了一下，决定让聂世兰绕到小巷那头切断流氓的退路，关起门来打狗。

聂世兰悄无声息地过去了。过了五六分钟，我约莫着聂世兰已经就位，就开始行动。我慢慢向那个黑影靠近，好在那人正全神贯注偷窥，并未觉察。我走近了，从侧面看，里面窗户上应该落下来的窗帘被窗台上的物品挂住了，这才有了可偷窥的空隙，此时室内隐隐有水流的声音传出来。我想偷偷伸手抱住那流氓，没想到他突然一扭身就发现了我，那一瞬间我看到了一张无比熟悉的脸。

他显然也认出了我，扭身拼命往对面跑，我在后面奋起直追。很快前面就传来身体撞击的声音，随着遽然发出的一声"哎呀"，接着就是身体倒下的扑通声。我赶过去，见那黑影仍然在往前跑，我顾不得拉倒下的聂世兰，继续往前追，可黑影跑得太快了，眼看就要跑出小巷。情急之下，我脱口喊道："季海坡！"前面的黑影立刻像被施了定身术一样站住了。

倒下的聂世兰也从后面追了上来，有些摸不着头脑地重复着："季海坡？"我没有说话，开始往前走，那黑影如同雕塑一般站立着，一动也不动。我和聂世兰逐渐靠近了他，聂世兰这会儿也明白了，随口说："还真是季海坡。"话音未落，前面的黑影如断裂一般猛然跪了下来，随即发出压抑不住的哭声。

事情变得棘手起来，我和聂世兰一下被季海坡推入了两难的境地。我们做梦也想不到，被议论了大半年的流氓竟然就是自己身边的同学，而且还是一个声名日隆的文艺尖子。我们不知道该怎么办，季海坡还在呜呜地哭着，也不抬头，脑袋恨不得埋进裤裆里。我急得手掌胡抖，看看季海坡又扭头看看聂世兰，一副六神无主的样子。聂世兰似乎比我沉稳，站在那里一言不发。

我想让季海坡先站起来，聂世兰也附和着说："先起来，有话好说。"可季海坡不为所动，仍然低着头一动也不动。现在已经没有了刚才那压抑不住的哭声，他发出的声音变得很微弱，还不停地吸着鼻子，不时抬手抹一下眼睛，一副可怜巴巴的样子。我有些于心不忍，看看他现在这个样子，想想他在舞台上一展歌喉时的风采，如果不是事实摆在眼前，打死我也不会把这两个形象联系在一起。我说了好几遍"起来"，季海坡都好像没听见一样。聂世兰上前拉他也没拉动，我上前帮忙想一起把他架起来，可季海坡的身子死沉死沉的。我和聂世兰加大了力度，季海坡的身子终于直起来一点，可他并不就此甘心，收缩着身子猛地往下一墩，原本屈着的双腿就又落在了地上。看着一堆死肉般的季海坡，我逐渐明白了他的意思：他是想以自己现在这个样子要挟我们，让我们给他个承诺。我心里陡然产生了反感，生气地说："你再不起来我们就不管了，明天直接把这事报告给教导处。"经我这么一吓唬，季海坡才慢慢站了起来。

回到传达室，季海坡一直用手捂着脸。我让他把手放下来，他反而跑到门口按下了墙上的开关。灯灭了，房间里却并没有陷入黑暗，传达室门前的廊柱下面一直亮着两盏瓦数很高的灯泡，它们的光芒透过玻璃窗子照射进来。我觉得季海坡有些矫情，自己搞出了事情还以这样小儿科的方式逃避。我想上前把灯重新打开，季海坡明显感到了我的愤懑，突然说："求求你们，给我留点脸面吧！这样我才敢抬头，才敢面对你们。"

季海坡的声音里带着颤抖，他已经把手从脸上拿开了，脑袋仍然低着，那略显昏暗的灯光倾泻在他身上，使他整个人有了一种陈旧的颓废感。我内心突然产生了一种疼痛感，对这位同窗第一次生出了怜悯之情。

"我真的是第一次，事到如今我也没什么可隐瞒的了。今天晚上熄灯之后我就早早躺下了，可怎么也睡不着，尤其是听着好几个同学的呼噜声就更烦躁，躺到后来就耐不住了。我悄悄穿衣走出了宿舍，原本只想在操场上逛逛，没想去女生宿舍，可在操场上转了几圈还是有些烦躁。后来，看到那几间宿舍还亮着灯，我就过去了。一开始只是有些好奇，可走近了看到庄老师在洗澡，恰巧那窗帘没遮严实，我就没忍住……"季海坡说得虽然有些吞吞吐吐，可听上去也合情合理。不过我却不相信他是第一次，这也太巧了。我觉得他还是有些不老实。

聂世兰显然也不相信，马上就提出了自己的疑问："咱们在一个宿舍住了这么久，平时看你睡眠挺好的，为什么就今天睡不着？"

季海坡犹豫了一下，说："今天下午，我一个本家嫂子来学校找我了，说……说要给我介绍对象。"

"这是好事儿！那你怎么还睡不着？"这话几乎是我和聂世兰异口同声说出来的。

可季海坡似乎却很是难为情，有些着急地说："你们不明白的……你们不知道什么情况……她介绍的是自己的亲妹妹。"我们确实如坠云雾，有人主动上门介绍自己的亲妹妹，至少表明对方对你很欣赏，没有人面对别人的欣赏会是这种态度。

季海坡看我们这样，真的有些急了，说："到了现在这个地步，干脆我就都说了吧。我这个本家嫂子是个特别阴险的女人，去年寒假她说家里有客人让我过去陪客，可我去了之后发现家里就她自己。本来我想抽身回去，她却拉住了我，非要让我陪她喝几盅，我拗不过就坐下了，后来我们就……"

季海坡说不下去了，我也有了某种感觉，没想到季海坡身上还有这等故事。这确实是故事，而且是非常离奇的故事。聂世兰好像没我这么敏感，追着问："你们就怎么样了？"

聂世兰问得有些迫不及待，我感到他似乎有些故意为之，因为以他的聪明肯定比我更明了下面的内容。季海坡还是说了，只是声音比刚才更低了，嗫嚅着："我们……我们就……我们就睡在了一起……"

"季海坡，你怎么能这样！你真是太差劲了，那是你本家嫂子！你还怎么面对你哥！你还怎么……"聂世兰表现出了超出我想象的愤怒，似乎是面对着一个十恶不赦的罪人，站起来指着季海坡的鼻子大声地说。

刚才的感觉一经证实，我也觉得太不可思议，季海坡居然是个这样的人！面对聂世兰的愤怒，我附和着说："真没想到你会这样！看你平时沉默寡言的，还以为真是个老实人呢！"

面对我们的指责，季海坡把脑袋低得不能再低了，后脖颈和衣领之间形成了一个巨大的隧道入口。憋了好一会儿，他才说："我也感到自己太差劲了，无地自容，一直很后悔，可那个女人更差劲。今年暑假她又去我们家找了我好几趟，我都没答应她，现在她给我介绍自己的妹妹，就是想用这个办法拴住我。"

经季海坡这么一说，我们有些明白了，也确实理解了他的痛苦，可这也不是偷看女老师洗澡的理由呀！我们知道季海坡之所以坦白这些就是想唤起同情，让我们放过他，可我们在这里值班也是有责任的，万一他下次再犯这样的错误，被下一组值班的抓住，我们就有包庇的嫌疑了。

聂世兰的愤怒情绪还没散去，继续训斥道："真是知人知面不知心，咱们做同学这么久了，真还没看出你居然是这样一个人！现在你还继续耍流氓，偷看女老师洗澡，说不定之前那个闯女厕所的也是你！你说这事怎么办吧？要把这事汇报上去，明天学校就会开除你！丢人不说，你这国库粮也一下子就没了。"

这可能是季海坡最为担心的，他从连椅上跌下来又跪在了地上，痛哭着说:"我求求你们了,千万别这样。我向你们保证,女厕所那事不是我干的,我哪有那胆子呀!我跟你们不一样,我是个可怜的人,从小就没有母亲……"说到这里季海坡已经泣不成声了。

我真正感受到了季海坡的悲伤,想伸手把他拉起来,但看聂世兰还在气头上,就没付诸行动。

季海坡继续哭诉道:"母亲没的那年我还不到三岁,都说我那时不记事,可是我明明记得,母亲躺在一张大草席上,很多人都围着她哭。我使劲往前凑,挣脱了拢着我的手臂,爬到母亲的身边伸手拉她却怎么也拉不动,最后我绝望了,蹲在地上大哭起来,眼睁睁地看着母亲被别人抬走。那是我最后一次看到母亲,此后家里就只剩下我和父亲还有奶奶。我八岁的时候,父亲把另一个女人领进了家门,那女人还带着一个五岁的女孩。那个女人从来就没有给过我好脸色,逼着父亲去矿上打工,一走就是大半年,我和奶奶就成了那女人的眼中钉。我那时刚刚上学,放学回来不打筐猪草就甭想吃饭,只有奶奶有时偷偷往我被窝里塞块煮熟的地瓜。后来奶奶也没了,我的日子就更难了,一双鞋子必须穿两年,那几年我为了省鞋,经常在上学放学路上光着脚跑,十多里的山路每天来回四趟,脚底整天磨得血淋淋的。小学毕业后继母就不想让我上学了,要让我跟着父亲一起去打工,父亲不同意,为此两个人没少打架。最后继母就提出了条件,说想上学也行,必须每次考试都拿到第一名,否则这个学就甭想上了……"

在讲述这些苦难过去时,季海坡的声音出奇地冷静,反倒是我心里涌动着说不出来的酸楚。我注意到站在身边的聂世兰也没有了刚才的气势。季海坡回望心酸往事时自己解脱了出来,却把我们拖入了痛苦的泥沼。

"在这么苛刻的条件下,我读到七年级就被迫辍学了,此后就跟着父亲外出打工。我们打工的地方是一个石膏矿,要到很深的地下去干活。好在我发育较早,矿上的人看不出我的年龄,再加上有父亲帮衬着,还能勉强在矿上混下去,可也非常艰难,在井下抡一天镐头,爬到井上往往连站起来的力气都没有了。起初几天,我的手掌都是血淋淋的,父亲看着直掉眼泪。这样过了两年多的时间,有一天矿上突然冒顶,一下子有十几个矿工被埋在了井下,我和父亲侥幸逃了出来。从此,父亲再也不想让我下井了。继母那边当然不会松口,父亲就把我悄悄送到了老家的中学复读。这一步迈得同样非常艰难,可我当时已没什么路可走。学校没有宿舍,我只好睡在教室里。吃饭当然也是问题,我是偷偷来上学的,父亲要瞒着继母,就要上交跟过去一样的工钱,所以他能给我的生活费非常有限。别人可以从家里带点地瓜和煎饼,我只能买馒头吃,很多同学都羡慕我,说我的家庭条件好,整天能吃白面馒头。对这些话我总是一笑了之,个中酸楚只能自己体会。有很多时候生活费会青黄不接,我就只能忍着,实在忍不住了就去食堂找水喝,喝上一肚子凉水再回到教室听课。我七年级都没读完,又出外打工两年多,课本上的知识已经忘得差不多了,只能付出比别人更多的努力,正好我也无家可回,就把所有的时间都用在了学习上。可升学的路并不顺当,我复读了三年才终于考进了悦城师范。"

　　季海坡说完,我们都沉默了,传达室里出现了难得的静寂,我和聂世兰心里都非常难受。原本以为,我们现在有着一样的生活,我们的来处也大同小异,没想到各自的经历会有这么大的差别!

　　聂世兰似乎回神比我快,忽然气呼呼地说:"那你还胡作,一点儿都不知道珍惜!"

看得出来，聂世兰此时的愤怒已不全是爆裂的火焰了，而是带有一种温和的气息。我们已经对眼前这个跪着的人产生了莫大的同情。

过了一会儿，聂世兰突然问："那你和汤丽欣是怎么回事？"这也正是我想知道的。季海坡说："像我这种情况，怎敢高攀人家汤丽欣！我一直在人前很自卑，不知道汤丽欣为什么会喜欢我。她越这样我越感到害怕，所以我现在连她的面都不敢见。"

聂世兰还不放心，再次逼问："你和汤丽欣真没事？"

季海坡说："能有什么事？对汤丽欣我连梦都不敢做。"

聂世兰打消了最后的顾虑，用征询的目光看着我，我也已经明白了聂世兰的意思。我们此时对季海坡都有了最大限度的体谅，理解了他走到现在这一步的无奈。

有了这个基础，我和聂世兰就比较好沟通了。我们先避开季海坡去旁边商量了一会儿，我提出要把这事瞒下来，聂世兰似乎犹豫了一下，但也很快同意了。不过他最后提出了一个条件：为了让季海坡有所顾忌，避免再犯，要让他写一份保证书。对这个条件我没异议，季海坡也没犹豫，找来纸笔就写了保证书。我和聂世兰接过来一看，只见上面写着：

保证书

本人季海坡今天夜里犯下了不可饶恕的错误，幸亏得到同学帮助才没酿成大错。本人现在保证，绝不再有类似的事情发生。如果再犯这样的错误，让本人断子绝孙不得好死。

空口无凭，立此为证。

保证人：季海坡
一九八八年九月二十三日夜

我觉得有些笼统了，让季海坡再写得具体一些，把"不可饶恕的错误"写明白，聂世兰也说太简单了。季海坡马上就在下面注明："不可饶恕的错误就是深夜往女生宿舍溜达。"这样说也有些避重就轻，把偷看女老师洗澡说成是往女生宿舍溜达，有点儿耍弄文字游戏的意思。我知道季海坡的心思，他觉得我们已放过了他，心里放松了，就想跟我们耍心眼儿，不想留下太多证据。还有就是，他自己要写出刚才的行为来也觉得有些难堪，就想尽量回避。我看聂世兰对着保证书不再说话，也不好再要求什么，好在还有"深夜"这两个字，深夜去女生宿舍溜达就很能说明问题，更何况到时候季海坡如果不认账，还有我和聂世兰作证。

聂世兰让我把保证书收好，我虚让了一下，说他是班长，他收着应该更有说服力。聂世兰没再推辞，把保证书很小心地叠起来塞进了衣兜，还悄悄对我说："这就是唐僧的紧箍咒，任他孙悟空再蹦跶也躲不过这咒语。要是季海坡真惹急了我，把这保证书一拿就会让他吃不了兜着走。"

十五

聂世兰最终还是使用了那个紧箍咒,是为了汤丽欣。让他意想不到的是,这个行为不但给汤丽欣带来了莫大伤害,还间接酿成了无可挽回的悲剧。

那个夜晚之后,季海坡的尾巴比过去夹得更紧了,几乎回到了刚入学时的状态。他刚刚建立起来的自信如流星一般闪过,可在歌唱事业上的脚步却仍然在前进。这年十月底,悦城市文化宫组织了一次歌咏比赛,季海坡获得了单人单曲特等奖的好成绩,为此悦城市电视台专门给他做了一期专访,常老师作为嘉宾也同时在节目中出现,季海坡再次成为我们学校的热点。面对这样的荣耀,季海坡表现得像过去一样沉静,很多同学都认为季海坡天生低调,只有我和聂世兰知道个中缘由。

此时的汤丽欣对季海坡的感情已达到了一定程度,她不知道季海坡那种对她想吃不敢吃的真实心态,自己想当然地认为季海坡在荣誉和她面前的退却,是一种沉稳大度的男子汉气概,因此对季海坡愈加迷恋。季海坡对汤丽欣表现得比过去更为冷淡,但他越是这样,汤丽欣就越热烈,这也印证了拿破仑的那句名言:在爱情的战场上,唯一获胜的秘诀就是逃跑。

关键是季海坡已无处可逃，天气还没变冷，汤丽欣就把亲手织的毛裤送到了季海坡的床上。收到毛裤那天的晚自习时间，季海坡做了一件很出格的事情——他仿照当年余亮光的行为，在黑板上郑重地写下了一则启事，内容是："本人季海坡出身寒微，天生愚钝，费尽心力考入悦城师范学校，因此很珍惜这来之不易的机会，不敢做出有违校规校纪的任何行为，在校期间绝不恋爱。也请有关同学能自省自重，充分理解本人的这种态度，并给予应有的尊重。谢谢！"

我永远都忘不了汤丽欣那天晚上看到启事时的样子。早到教室的同学正对着启事叽叽喳喳地议论，我们当然知道"有关同学"的指向，更何况季海坡这次把事情做得很绝，还把那件新织的毛裤放在"有关同学"的课桌上加以佐证。汤丽欣走进教室，议论声骤然就停止了。汤丽欣起初有些莫名其妙，待看到黑板上的那些字，脸色唰的一下就变了，嘴唇很快就控制不住地翕动起来，接着就有大颗大颗的眼泪流下来，随后就发疯般地跑了出去。

从这往后直到春节前，汤丽欣再也没走进这间教室。后来，是她父亲亲自来学校请的假，说是她神经性头疼的老毛病又犯了，需要在家吃中药调养一段时间。就是汤丽欣不在的这段时间，学校发生了一个大事件：季海坡触电身亡了。

一九八九年元月五号是我们班所有同学最为刻骨铭心的日子，那是我们元旦放假回来的第三天。那天上午，我们正在操场上体育课，队伍刚集合起来，体育委员尤奋进站在前面整队，忽然有两个穿着警服的警察朝我们这边走来。之前我们都看到有辆警车停在了教导处门口，但谁也没想到这会跟我们有什么关系。当时我们都把目光集中到了这两个闯入者身上，除了站在队列前的老尤，几乎没人注意到季海坡此时的紧张状态。眼看那两个警察越来越近，季海坡突然从队列中跳出来，扭身朝相反的方向奔跑起来。

那两个警察马上开始在后面追，季海坡在前面跑得飞快。前面是琴房，也就是操场的尽头，跑了一阵季海坡似乎才发现这是条死路，只好折身往右。那边也没有路，是一截水泥矮隔墙，跃过去是篮球场，再往上是用水泥台阶垒成的上坡，坡上是新建的教工宿舍楼，右边是一间厕所，左边是男生宿舍，再过去一条宽大的通道就进入了女生宿舍区。季海坡沿着这个方向奔跑，那两个警察在后面紧紧地咬住不放。

事情太突然了，我们都不知道发生了什么，眼前的景象真像是只有在电影中才能看到的镜头。季海坡在奔跑的过程中充分发挥了自己腿长的优势，头颅高高地昂起来，双腿迈开的幅度很大，胳膊一前一后地快速摆动，就像一只亡命的猎豹拼命往前逃窜。后面那两个警察渐渐感到了吃力，眼看季海坡进了女生宿舍区中间的那条通道，马上就要从我们的视野中消失了，那两个警察才跑到厕所的位置。一看追击无望，那两个警察反倒停了下来，耳语了一阵就开始分头行动，其中一个继续沿着季海坡逃跑的路线追踪，另外一个从前面通往大门的路口绕过实验楼堵截。

过了一会儿，一辆救护车开进了校园，我们后来才知道季海坡触电了。事情有些蹊跷。按照季海坡刚才逃跑的路线，他应该是绕过女生宿舍区，然后依次经过教学楼、锅炉房、实验楼再跑向大门，两个警察正是有了这个判断才开始分头堵截的。季海坡选定的这个逃跑路线也有些出乎意料，他本来可以直接奔向大门，这应该是首先想到的一个下意识的行为，但他却往校园里面跑。他是不是一开始就没打算逃，只是需要时间，需要下定决心的时间？或者是在寻找离开这个世界的机会？无论怎样，他是真的离开了这个世界。在锅炉房和实验楼中间有一个狭小空间，这个空间是敞开的，往里不到两米深，只有几十厘米宽，里面是实验楼和锅炉房的配电盘，罪魁祸首就是从配电盘里掉出来的那根破损的电线。按说季海坡仅仅是经过此处，根本就不会进到里面躲藏。即使情况紧急他也不会想到这里，在这个校园里已经待了两年多，角角落落的地方都清楚，他应该知道这个空间是不可能藏住人的。

季海坡就这样走了，我们感到悲伤的同时也存有巨大的疑惑，不知道到底发生了什么。季海坡的父亲和继母带着一些亲属很快就赶来了，他父亲看到尸体当场就昏倒了，其他家属哭闹着要向学校讨说法，随后他们就兵分两路，一路继续待在学校，另一路由他继母带领，去公安局找那两个民警。这事很快就闹大了，市里的有关领导也开始关注此事，责令成立专门调查组，并尽快妥善处理善后问题。

这时我们也了解到了事情的原委，原来整个事件与一桩命案有关。

元旦那天，季海坡所在的宋家庄村发生了一桩命案，一个三十岁左右的女人死在自家的床上。事情发生的时候女人一个人在家，四岁的儿子被送回了离她自己家不远的娘家，丈夫在公社食堂干厨师，只有晚上才回来，女人的尸体就是丈夫晚上回家时发现的。女人身上一丝不挂，原本盖在身上的被子被蹬开了，脖子上有明显的掐痕。法医的验尸结果很快就出来了，女人是窒息而亡，死亡时间大概在元旦中午十一二点。一开始警察把这件案子定性为强奸杀人案，可再仔细勘探现场就发现有些不对劲儿。现场没有任何打斗留下的痕迹，门窗和家里的器物也没有破损，更为重要的是女人死亡之前有过不止一次性行为，放在床边的衣物整整齐齐，如果强奸是不会出现这种情况的。种种迹象表明，这更像一桩通奸杀人案，那个跟她通奸的男人很可能就是犯罪嫌疑人。

这个推断让周围熟悉她的人有些匪夷所思。女人的丈夫是这个村里的能人，在公社大院里上班，虽然不是正式的公家人，可也很风光，村里人一般去公社大院办事都找他，可以说在当地地面上没有他办不了的事。对待家庭，男人也是出了名地好，对媳妇尤其好。他长得虽然矮矮胖胖，心却很细，每天无论多晚回来都会给媳妇做饭，早晨上班之前要准备好两顿的饭菜，农忙时节总是带着人叫上车回来忙活，平时嘘寒问暖地照应就更是常态了，所以女人没有任何理由出轨。女人看起来也不像那样的人，挺守家也挺本分的。丈夫在外面赚钱，她也没有闲着，照顾着孩子还养了几头猪，一家三口的小日子过得红红火火让人眼热。女人唯一被诟病的地方就是爱打扮，还经常到城里去买衣服，可这也算不了什么大毛病，女人嘛，哪个不爱美？

出事之后，那个可怜的厨师一直处于巨大的悲痛之中，更让他无法忍受的是自己天天睡在一起的妻子竟然还有情人。他脑子很乱，理不出一点头绪，提供不了任何线索，每次被询问，说得最多的就是："没想到，真的没想到她怎么会这样！"谁也没想到，案子的突破口竟然在他四岁的儿子身上。警察让厨师再想想，平时妻子到底跟哪些男人有来往，男人捂着脑袋拧着眉头思考，这时在他怀里的儿子突然插嘴说："我小坡叔就好和我妈妈打架，还欺负我妈妈。"这句话真是醍醐灌顶，厨师突然就想起来了，自己这个本家兄弟小坡似乎有点问题。妻子有时爱玩，过年的时候经常约几个人来家里打扑克，小坡有一阵子来得很频繁，几乎每场必到，尤其在假期的时候。当时厨师也没多想，打扑克在农村是种很普遍的娱乐，尤其是过年这几天。妻子并没有沉迷其中，也不赌博，年过完了自然就散了。他们家和小坡家就隔着一个门，离得很近，又是自家兄弟，叫他过来既方便又省事。

可警察却抓住了这条线索，引诱小孩继续往下说。孩子受到了鼓励话就多了起来，说："有次小坡叔来了，妈妈就给我根火腿肠让我出去玩，吃完火腿肠我想回家再拿，就看到小坡叔叔骑在我妈妈身上……"询问的警察一听心里就明白了，厨师也明白了，捂着脸痛哭起来："真没想到，你怎么会这样？你这个丧尽天良的东西！你可是我亲叔伯兄弟呀……"

随后警方就围绕季海坡展开了调查。季海坡的家人证实，元旦那天学校放了两天假，季海坡回来了，本来说好第二天回学校的，可当天下午就走了，并且走得很匆忙，说学校有急事。这就说明季海坡有作案时间，于是他成了这桩凶案的最大嫌疑人，可他的作案动机是什么？这是令警方不解的地方。按说两人通奸你情我愿，不会出现杀人的情况，除非两个人之间产生了巨大的矛盾。

季海坡触电的意外让这起凶杀案成了一个永远的谜，已经死无对证，谁也不能确定这件案子就是季海坡作下的。警方调查不下去了，只好把它搁置起来，赶紧和学校一起来处理眼前的事情。经过反复做工作，季海坡的家人终于撤了，代价是学校和公安局各拿出了两万元的赔偿金。

从表面上看事情已经完结了，可我心里并没把这事放下。当然没放下的还有聂世兰，我们俩心里都明白，这事肯定是季海坡干的，他是有作案动机的。他的动机就是要尽快摆脱那个本家嫂子，但杀人应该是一时冲动，不是蓄谋已久，我们这个年龄还担负不了这么重的罪孽。大概是两人在元旦相会时发生了激烈争吵，他才一怒之下失去理智下了狠手。现场的情况也能证明我们的这种推断，没有任何证据证明这是一桩有预谋的杀人案。

快要放寒假的一天晚上，熄灯都好久了，我正准备睡去，迷迷糊糊中感到有人悄悄来到我床边。我睁开眼睛，看到是聂世兰，刚要说话，聂世兰把手指头放在嘴边朝我嘘了一下，然后轻声说："跟我来！"说着就蹑手蹑脚地转身往外走。看到他那不容分说的样子，我也只好穿上衣服跟着出来。

在影影绰绰的路灯灯光下，聂世兰沉默地走在前面，我紧随其后。我们一路无话，走到实验楼和锅炉房之间的夹道边。聂世兰首先蹲了下来，从怀里掏出一张四四方方的纸片，我立时意识到这应该就是季海坡写的那份保证书。聂世兰划着了早就准备好的火柴，然后把那份叠得板板正正的保证书抻开。聂世兰的手在发抖，火焰也抖动着，费了好大周折才靠近了那纸片。纸片燃着了，火焰迅速蚕食着纸片，发出了更加明亮的火光，那火光映红了我们忧戚的脸颊。

火焰很快就熄灭了。我抬头看着聂世兰说："所有的一切都永远过去了。"聂世兰没回答。此时，那火焰已经只剩下晕染在黑色灰烬上的红云，逐渐消失的光芒映衬出他饱含泪水的双眼，泪水很快就坠落下来。过了好一会儿，他才带着哭腔说："可是，我总感到对不起他！我不该拿着保证书去找他，我不该让他离汤丽欣远一点儿。"说完他竟然跪在地上放声痛哭起来，一边还呼喊着季海坡的名字："海坡，你原谅我吧！我只是想让你离开汤丽欣，真的没想到你会这样！你为什么要这样呀？假如你能回来，我可以什么都不要。海坡，你听到了吗……"我的眼泪也渐渐涌出了眼眶，上前把他拉起来紧紧抱在怀中。我感到了他脸上冰冷的泪水，内心涌动着无限悲怆。此时一阵寒风吹过，保证书残留下的灰烬也随之飞上了天空。

十六

聂世兰确实在季海坡事件中难脱干系。为了得到汤丽欣,他拿着"紧箍咒"去威胁了季海坡,因此才有了季海坡的那次反常之举。聂世兰的目的看似达到了,汤丽欣从此应该是绝了对季海坡的念想,但这却不是季海坡自己想要的结果,他被迫伤害了一个最不想伤害的人,一个喜欢自己、自己又不敢喜欢的人,一个无辜而可爱的女孩子,因此他的心灵备受煎熬。那段时间,我们明显感到季海坡精神委顿行动迟缓,好像一下子老了好几岁。上课的时候他时常盯着教室里那唯一的空座发呆,一直在坚持的练声也停了下来。所以先有了这一系列的反常,才有了后来悲剧的发生,说起来,聂世兰的行为应该算是这出悲剧的一个触发点。

不管怎样,斯人已逝,每个人还得按照上天指定的角色继续往下走,可接下来聂世兰对汤丽欣的追求却并不顺利。

按我们的看法,聂世兰是我们班男生中最没后顾之忧的一个。他不用担心分配,老家就是城边百流乡的,最差也就是回家乡教书,更何况他还是班长,学校对每届毕业生中的班长都有所照顾。所以,聂世兰一直就是我们羡慕的对象,他和汤丽欣应该在一个档次,活得都比我们轻松,也最有资格各自追求书本上描绘的那种爱情。由于之前聂世兰是那样清高，而汤丽欣对季海坡又是如此着迷，我们都没意识到聂世兰已惦记汤丽欣好久了。

我们之所以这么迟钝，是因为聂世兰一直把自己藏得很深，每天都趾高气扬，似乎所有女生都不放在眼里，对汤丽欣也一视同仁，平时看不出任何的蛛丝马迹。直到那天深夜，他突然问痛哭流涕的季海坡和汤丽欣到底什么关系，我才有了某种感觉。说起来，聂世兰也有自己的苦衷。首先他是我们的班长，学校又不允许学生谈恋爱，他不能明目张胆地破坏校规，自然不敢放纵自己的感情；其次，汤丽欣先是受到余亮光的纠缠，后来又迷恋季海坡，这两位同学虽都有所长，但自视甚高的聂世兰并不屑于与他们为伍，担心拉低了自己，所以他才滴水不漏地潜伏起来，眼看着自己喜欢的女孩子游移于两个男生之间。其实，他内心一直在密切关注，冷静地在场，他知道余亮光和汤丽欣之间就是个笑话。汤丽欣后来对季海坡的迷恋应该也是，最多也就是三分钟的热度。后来，看到汤丽欣对季海坡越来越痴情，他才有些紧张，不得不使出了撒手锏，以刚刚得到的"紧箍咒"来要挟季海坡。因此，在整个过程中聂世兰一直是清醒的，他有着志在必得的决心。

春节之后，汤丽欣康复归来，我们都心照不宣地把季海坡的悲剧藏在了心底，汤丽欣也佯装不知地继续着自己仅剩半个学期的学业。只有聂世兰不再压抑自己，开始对汤丽欣格外关心起来，利用一切机会来讨好汤丽欣，跟过去的余亮光相比，有过之而无不及。

我到现在都认为，聂世兰发起我们学生时代的最后一次春游是为了汤丽欣。那次是去悦城的白马寺，据说这个白马寺也是一座千年古刹，仅次于洛阳的白马寺，这也是聂世兰组织这次活动的噱头。

白马寺离悦城有七十多华里，聂世兰别出心裁地提出骑自行车出游的想法,理由就是,这是我们最后一次集体出游,这种形式能进一步体现整个班集体的团结协作精神。更为重要的是我们面临毕业,同学们即将天各一方,有这样一次难忘之旅,能给大家留下无比美好的记忆。这个提议得到了杜老师的支持,却遭到了部分同学的反对,汤丽欣就是其中最有力的反对者,因为她一直不会骑自行车,我们班也只有她不会,其他几位反对者考虑的是自己的体力,要骑行这么远,担心身体撑不下来。聂世兰对此显然胸有成竹,他说:"正因为同学们的体力有差距,才能真正体现团结协作,真到了那时候可以结成帮扶对子,保证不会让任何一位同学掉队。至于不会骑自行车的同学,我会有办法的。"

聂世兰的办法很简单:当天下午他就利用课外活动时间回家借来了自行车,还是一辆正适合女人骑的二六坤式车,马上就要带汤丽欣去操场上练车。汤丽欣本来是不准备参加春游的,也不准备学骑自行车。她对自行车有种本能的恐惧,读初中的时候第一次骑自行车就摔了下来,正巧磕在马路牙子上,把嘴唇都磕破了,几乎毁了容,从此她再也不敢骑自行车。尽管她不想出去,但架不住聂世兰的纠缠。聂世兰此时还不是那种完全拉下脸来的纠缠,但班长身份正好给了他假公济私的理由。他假借班主任杜老师之命来行自己内心需要之事,声称要对班里每一个同学负责,一个都不能少,绝不让任何同学掉队,因此他推着自行车理直气壮地守在女生宿舍门口,让不停进出的女生给汤丽欣捎口信,摆出一副不达目的誓不罢休的架势。

汤丽欣最后只能就范,跟着聂世兰来到操场练车。那天下午两人练得很刻苦,连晚饭都没吃。聂世兰的刻苦是有预谋的,汤丽欣的刻苦却是来自感动。聂世兰为了这次练车显然做过精心准备,先是为了汤丽欣骑得更舒服,专门找来了螺丝刀和钳子调整自行车座位,然后担心汤丽欣摔倒，专门从体育老师那里借来了棉垫子，铺在练车的道路两旁。那可不只是一块垫子，而是铺了整整一条道路，那条被众多棉垫子簇拥着的小道凹在中间，整个格局就像明星走秀的红地毯。

到了出发这天，经过几天的强化训练，汤丽欣的车技基本可以过关了，但聂世兰还是不放心，一路不离汤丽欣左右，像一个贴身保镖。汤丽欣显然不喜欢这样，闷着头使劲往前骑，居然把大部队甩在了后面，聂世兰如果跟上去就有脱离群众的嫌疑，只好远远跟在后面，眼睁睁地看着汤丽欣一骑绝尘地冲在前面。

状况发生在游玩白马寺的过程中。大多数同学来此也就是图个新鲜，随便转转看看，但汤丽欣不同，她在主殿一看到那些巍峨耸立的塑像，立刻就着了迷。她挨个儿看下去，试图把他们的来历都搞清楚，这么一弄她就掉了队，待反应过来，身边一个同学都没有了。她有些着慌，赶紧往外走，下台阶的时候一不小心就把脚崴了，崴得还不轻，连脚踝都肿了起来，怎么骑车回去便成了问题。当然，她可以搭乘其他同学的车，关键是她的自行车怎么办？来的时候每人一辆，没有多余的人来骑汤丽欣的自行车。聂世兰提出一个方案：他来驮汤丽欣回去，自行车可以绑在其他同学车子上带回去。汤丽欣对此首先提出了反对，说她不能坐班长的车子，班长是我们的头羊，担负着引导照顾我们整个队伍的使命，她不能一个人把班长霸占了。汤丽欣这么一说，聂世兰就不好硬来了，更何况也没有"其他同学"来主动接盘汤丽欣的车子。

最后聂世兰只好自己上阵，把汤丽欣的自行车绑在了自己的车子上。而想带汤丽欣的男同学倒很多，作抢绣球状高高地举着手臂，睁大眼睛满含期待地盯着汤丽欣。汤丽欣似乎没有犹豫就选择了老尤，因为这时候的老尤相对安全一些，这不但因为他体力好车技好，还有一个重要的原因是汤丽欣所在意的：老尤这时已跟打字员传出了绯闻，属于"名花有主"，有过上学期惨痛经历的汤丽欣已不想给任何人落下口实。

返程时的聂世兰成了最让人同情的那个人。自行车驮自行车显然要比驮人艰难得多，自行车是死的，一开始聂世兰为了省劲，把后面自行车的前轱辘绑在自己车子的后架上，但真骑起来却并不省劲，后面的车子老是摇晃不说，还经常脱开。聂世兰不得不每隔一段时间就停下来加固，这样一耽误往往会掉队，再次上路就不得不加快速度追赶。这样算下来他付出的体力明显比我们要多，往往他跟上我们的时候是汗流浃背气喘如牛，隔段时间他又追上来，还是汗流浃背气喘如牛。我们都佩服得不行，觉得他这么多次把自己玩成那样也很不容易。当然，还有精神上的摧残。前面就是欢声笑语，尤其是汤丽欣坐在老尤的车后座上，有说有笑，显现了近段时间以来难得一见的好情绪。聂世兰看着这些心如刀绞，时机变成杀机，机会变成误会，自己费尽心力浇灌出来的鲜花白白让别人掐走，任谁心里都不好受。

春游受挫并没有打击到聂世兰对汤丽欣的热情，相反却让他发现了更多的机会。汤丽欣的脚受伤了，去教室上课和去食堂打饭都成了问题。聂世兰专门送去了拐杖，还协调学校膳食科，让汤丽欣去专门的教师窗口买饭，这样不但不用排队，还能买到更为可口的饭菜。

下乡实习的时候，按规定我们分成了七个组，分布在不同的学校里。这次聂世兰没法利用自己的权力了，分组是由学校教导处直接出的名单，连聂世兰自己都不知道要去哪一组。汤丽欣和我被分到了东河北小学，而聂世兰则去了弥兴镇中心小学。下乡实习本来是想让我们尽快与未来接轨，但这却不是我们想要的未来。这个阶段我们中的很多同学并没有完全死心，还在为自己的毕业分配做着垂死挣扎，因此我们对这次实习并不看重。我们在校园里禁锢已久，来到乡下就想彻底松一下筋骨，所以这种分组并不能阻隔我们的交流，尤其是不能阻止爱情的生长。

聂世兰当然放不下汤丽欣。有天晚上已经很晚了，聂世兰却怎么也睡不着，他穿衣悄悄地来到野外。此时，麦苗正在暗夜中疯长，大地上的风混杂着各种植物的气息扑面而来。聂世兰陶醉其中，举头仰望，黛青色的天幕上星星们发出亮光，闪耀着鳞色的光辉，织就着美丽的图案。整个世界沉默不语，似乎也像他一样在幻想着美妙的爱情。思念如潮水般袭来，他不再犹豫，当即回去推上自行车直奔东河北小学。

夜色中的东河北小学大门紧闭，聂世兰锁好车子站在门口，只犹豫了一小会儿就开始抬腿往大门上攀登。那时的东河北小学大门和众多单位大门一样，主体都是铁皮，上面焊接着箭镞状的铁栏杆，问题就出在那些铁栏杆上。由于天黑，再加上此时的聂世兰多少有些紧张，在就要跨越那些铁栏杆时，大腿没抬利落，屁股一下子就挂在了箭头上，钻心的疼痛瞬间袭来，聂世兰几乎失手从大门上摔下来。

这件糗事是后来聂世兰自己讲出来的，当时他嫌丢人隐瞒了下来。当天晚上他已顾不得夜访汤丽欣了，咬着牙忍着疼痛小心地从大门上下来，推着车子一瘸一拐地赶回了弥兴镇，敲开当地一家卫生室的大门进行了包扎。第二天周围的同学都发现了他的异样，问是怎么回事。理由他早就想好了，说自己晚上出来上厕所，把大胯摔了。当时我们都没有怀疑，一方面是因为我们都不会想到他深夜会有如此贸然之举，另一方面，伤的部位稍微隐秘一些，也便于他进行隐藏。

聂世兰对我们讲这件事时，汤丽欣已经成了他的妻子，而当聂世兰以胜利者的姿态回望自己来时的道路时，感到每一步都充满着骄傲，即使是那些当时非常狼狈的行状。所以后来聂世兰一直骄傲地说："我为了爱情既流过血也流过泪。"这话当然是为了标榜他在感情上的专一，之所以他对自己做如此强调，是因为此时他已记不起曾有种叫爱情的东西在自己生命中出现过。

毕业前的这最后一学期，聂世兰一直在追求汤丽欣，临近毕业他还做着最后一搏。汤丽欣的分配毫无悬念，她本来就是委培生，只能回莱城矿务局。聂世兰一开始是谋求留校，后来就想跟汤丽欣去莱城矿务局，但那一年没有去莱城矿务局的指标，只有一家石化行业的大型国有企业给了两个名额。这家企业的福利待遇显然要比莱城矿务局更好，作为班长的聂世兰完全有条件竞争。杜老师曾为此来征求他的意见，面对这将要从天上往下掉的馅饼，聂世兰却不想张嘴，他当时满脑子都是汤丽欣。这家石化企业虽是天堂，却离莱城矿务局很远，他宁愿分回百流也不去石化。对杜老师表明这个决心的时候，他还没彻底死心，私下里还在为分到莱城矿务局做着努力。最后的结果当然是没能如愿，他很无奈地回到了百流乡，眼睁睁地看着汤丽欣远去。

有着爱情执念的人是不会轻言放弃的。此后，聂世兰并没有放弃对汤丽欣的追求，他去莱城矿务局找过汤丽欣多次。跟当年余亮光直接登堂入室不同，他从没敢贸然走进过汤丽欣的家门，外围倒是摸得门儿清，对汤丽欣父母上班的莱城矿务局办公大楼熟悉得不行，知道汤丽欣父亲是这座大楼中最有前途的中层领导，知道汤丽欣的母亲是里面的工会干部，至于汤丽欣工作的矿务局第一小学，他更是了如指掌。

这段疲于奔命的生活让聂世兰终生难忘，前面是一直不明朗的爱情，后面是学校的压力与经济的困顿。他几乎每个星期都去找汤丽欣，大部分工资都扔在了悦城到莱城的往返路途中，经济上已经严重入不敷出。

而且，他必须赶在上课时间去找汤丽欣，造成了多次请假和迟到，这让校方对他很不满，来到王瓜店小学不到半年，校长就找他谈了三次话，每次都问他是不是已经有了其他想法。内焦和外困的双重压力让他心力交瘁，萎靡不振，甚至开始怀疑人生。

转机发生在第二年春天。我们毕业还不到一年，汤丽欣的父亲调到了悦城市新组建的安全生产监督管理局任常务副局长，汤丽欣也随着回到了悦城。起初，汤丽欣被安排在了附近的三合小学。三合小学虽不在百流地界，但离聂世兰所在的王瓜店小学不远，这就给聂世兰带来了极大方便。在聂世兰的强烈攻势之下，汤丽欣终于投降了，他们于一九九〇年国庆节结婚。那时，我还在墨镇的故县联中挣扎，老尤还没成为百流乡副乡长，和小尚的关系还未明朗。聂世兰成为我们班第一个先成家后立业的范例。

聂世兰此后的人生进入了一个崭新阶段，当然这都得益于其岳父在仕途上的发展。汤丽欣的父亲只在安监局待了两年就成为市政府副秘书长，又过了一年就被提拔为市政府办公室主任。聂世兰也随之水涨船高，先是被调到悦东区政府办公室，几年后就从普通秘书成长为正科级的办公室副主任，在岳父去政协干副主席之前才被调整到了民政局，一开始是民政局的书记，一年后被正式任命为悦东区民政局局长。相比而言，汤丽欣的变化微乎其微，小学教师的身份一直未变，只是从三合小学转到了悦城实验小学。

十七

■ 大概每个人到了一定年龄都会有种沮丧感,会时常感到自己的渺小。认真探究起来,人这一生自己能主宰的事情实际上很少,很多时候我们都没得选择,只能被动接受。从某种程度上说,我们都是随波逐流者,是世事变幻的牺牲者。在学校的时候,我从来没想过自己会和聂世兰成为走得比较近的朋友,即使后来我们共同拥有了关于季海坡的秘密。但在毕业后那一段在悦城的时光里,我们确实走得很近,看似成了"知根知底"的亲密朋友。

我考入悦西区委宣传部的时候,聂世兰刚刚进入悦东区政府办公室,老尤也成了金星石棉瓦厂的厂长,我们三个的格局基本确定。这种格局是我们亲密起来的基础,在不同行业不同领域,彼此之间没有利益冲突,这就有利于某种情意或者某种交往的繁殖。我们本来就是同一个物种,经过不同时空的演变,最后发生了异化,裂变为三种不同的生长状态,这种差异状态既便于各自隐藏,在需要的时候结合在一起也会产生一定的互补性。

当聂世兰还是个无职无权的小秘书时,我们所有的聚会几乎都由老尤来买单。世上没有免费的午餐,聂世兰和我也不完全是吃白食,在适当的时候我们会帮老尤做些穿针引线的工作。秘书尽管不算个官,但整天在领导跟前,关键时候也可以狐假虎威一把;我尽管不算记者,但有时也可以假托新闻之名来"招摇撞骗"。所以老尤如果得到了某个对他有价值的信息,想寻找关键人物时一般会来找我们两个。聚会的由头往往是为了这些关键人物,我和聂世兰一般会作为陪客出现。说起来,我们开始就是老尤豢养的两个门客,虽然没像苏秦张仪那样想出合纵连横这样的高招妙策,但也确实给老尤提供了不少实际的帮助。就是在那段时间,我们形成了这看似牢固的"铁三角",共同度过了一段醉生梦死的日子。

二十世纪九十年代初,出现过一股经济过热的狂潮,大跨度跳跃式超常规地发展经济。银行的钱可以随便花,大大小小的行长从来就没这样谦卑过,上门求着大大小小的老板贷款。老板的门槛低到不能再低,街上一下子冒出来好多老板。那时流传的一个笑话说:天上掉下来一块砖头,砸中了四个人,其中三个是老板,还有一个正准备去工商局注册企业。在那个揠苗助长的时代,老板这个阶层变得鱼龙混杂,人们对老板的认识也达到了一个前所未有的"低度"。"男人有钱就变坏""三陪""包二奶""找小三"这些词就是那时候流行起来的。老板这么热闹,整个社会也不能闲着,几乎在一夜之间,悦城的街道上到处塞满了洗浴中心和洗脚屋。

老尤后来的发展应该就得益于这股热潮,这股热潮应该也是中国城市化的开始。那时候,房地产还没发展起来,但市场经济的大潮已深入人心,"找市长不如找市场"这样的流行语大行其道,各种各样的批发市场如雨后春笋般拔地而起。老尤的钢架结构事业就此开启,但由于当时还没建立严格的招投标制度,老尤的公司要找米下锅,只能凭借着拉拢关系。

那几年，除了充当帮闲的角色之外，我和聂世兰经常会在半夜接到老尤的电话，大多是问我们手头有多少现金。一般这种时候，老尤和他的客人大概是在某个夜总会或者洗浴中心，老尤身上的钱不够，让我们带着现金去救场。这种情况像流感发作一样每隔一段时间就来一次，尤其到了年底，老尤集中讨债的爆发期，那些欠债的大爷们也利用这个时机趁火打劫，老尤只好使出吃奶的劲儿来应付那帮孙子。而作为后援的我和聂世兰就会怀揣着现金，按照老尤的指令在深夜的悦城马不停蹄地串场。还有一次，老尤晚上酒后回家，走到自家楼下却打电话问我他家住几楼。我告诉他门牌号后他依然找不到家，我只好打电话让他的妻子小尚去楼下接。小尚来到楼下却没找到人，后来才在自家储藏室门口发现了老尤。此时，老尤已经瘫在冰冷的水泥地上呼呼大睡，身边是一大摊腥臭难闻的秽物，有只野猫在旁边正瞪着蓝莹莹的眼睛，研究怎么对眼前的食物下口。

熟悉了这种套路之后，我很快就厌倦了。这并不是因为我的道德有多么高尚，而是因为老尤的那些"上帝"们太龌龊。跟我不同的是聂世兰，他对这样的活动一直抱有很高的热情，在这些场合中很快就会变被动为主动。有一次，他竟然淡忘了主题，跟席间一位最重要的"上帝"争抢陪酒小姐，两人当时就发生了争执。关键时候老尤秉持了大义："钱财如粪土，兄弟是手足。"你那钱我可以不挣，但不能让我的兄弟受了委屈。那天"上帝"当即带着随从愤然离去，桌上只剩我们三个和受到了惊吓的陪酒小姐。聂世兰对老尤感恩戴德，似乎老尤刚才给他的不是一个陪酒小姐，而是一顶可以傲视天下的皇冠。

看得出来，当时老尤很享受聂世兰对他的态度，脸上浮现的是当年刘备轻轻把阿斗摔在地上之后的那种成就感。我却有些不以为然,觉得老尤不该纵容聂世兰的堕落,同时心里也充满着疑惑,聂世兰费尽心思地把汤丽欣追到手,为什么会如此不加珍惜!为此我曾经一万次地设想,如果我和褚燕来能够结合,我是绝不会这样的!

及至后来,聂世兰做了民政局局长,成了一手遮天的一把手,有了更多的权力和资源,主动投怀送抱的女人越来越多,自然就不再做那些争风吃醋的勾当了。在后来的一次聚会中李万祥曾向我透露,据悦东区纪委的一位朋友跟他说,关于聂世兰的举报信从来就没断过,核心问题主要有两个:一是说民政局的女人都让他睡遍了,另一个就是上面拨下来的救助款都让他贪污了。据我的观察,"都"倒未必,但此时的聂世兰确实已经"带病"。

在聂世兰最为疯狂的那些日子里,我常常想,汤丽欣在他的生命中到底处于一个什么样的位置?这个曾经对他最为重要的女人,为什么会在此时缺席?我们之间的聚会本来是可以叫上汤丽欣的,大家都是同学,坐在一起没有什么不合适,可是汤丽欣从来就没有出现过。我和老尤都曾经试图把汤丽欣叫出来,当时聂世兰的态度模棱两可。我们在聚会现场给汤丽欣打电话,每次她都是不假思索地回绝。至此,我多少明白了聂世兰态度暧昧的原因:他自己心里也没底,他对平时和他睡在一张床上的汤丽欣并没有多少把握。

倒是聂世兰的父母比汤丽欣更有责任心,有一段时间时刻监控着聂世兰的行踪。大概是二〇〇四年夏天的一个早上,我在睡梦中突然被聂世兰的电话叫醒,说他就在我家楼下,我不知道发生了什么,急忙穿衣下楼。当时的聂世兰一改平日志得意满的样子,哭丧着脸向我求救。

据他说,前一天晚上有个局长约他去打牌,他们打得兴起,一时忘了时间，直到天亮才收手，最要命的是手机电量耗尽，自动关了机。这天早上他先回了父母家，没想到一进门就遭到了父亲的痛斥，问他昨晚到底去干什么了。细问之下才知道，原来汤丽欣昨天晚上破天荒地给他打电话，手机打不通，只好给他父亲打，父亲也找不到他，才有了这样的怒火。他让我给他作伪证，证明我们前一天晚上一直在一起喝酒。我不想充当这种角色，因为我知道他前一天晚上肯定没有打牌，应该是和刚刚泡到的某个女人在一起，就问他为什么不实话实说。他解释说汤丽欣平时最讨厌他打牌，担心说了会有更大的麻烦。这个可以说得通，但说跟我喝酒就有些牵强了。他自从当了局长之后从来就没单独跟我喝过酒，再说我也不是善饮的人，要说他和老尤单独在一起喝酒，应该更合理一些。我说出了自己的想法，他却说："他们更相信你一些，觉得咱们待在一起更为放心。"

那天，在聂世兰的软磨硬泡下，我只好跟着来到他父母家，一进门就嗅到了浓烈的火药味。老聂一看自己的儿子带着外人进门，立刻就明白了，不待聂世兰介绍就指着他的鼻子大骂："你个扒瞎货，还真给我带个假证人回来！我是你爹，你是什么货色我能不知道吗？！你自己去跟汤丽欣解释吧！你也不想想，你的这个官是怎么来的，我们家的好日子是怎么来的！你还想往上升？你凭什么往上升啊！"

这个做了一辈子豆腐的农民对自己目前的生活相当满意。聂世兰升官之后，他们一家也随之离开了百流，在市中心最豪华的小区安顿了下来。聂世兰的妹妹本来只是卫校毕业，在哥哥的运作下居然成了悦东区财政局的干部，找的老公也是要害部门的公务员。老聂知道，这一切都源于自己的儿子找了一个好媳妇，抚今追昔饮水思源，这个曾经的豆腐匠对眼下的幸福生活倍感珍惜，对汤丽欣及其背后的家庭无比看重，因此才对自己儿子的胡作非为如此痛心疾首！

老子既然这么了解儿子，我这个假证人就显得有些多余了。那天，我悄悄地退了出来，一个人走在街上才意识到，现在的聂世兰本不应该这么害怕自己的父亲，他所忌惮的应该还是汤丽欣。从这次事件中，我也感受到了聂世兰和汤丽欣之间关系的真实状态，他们很有可能是这样的：汤丽欣对自己的丈夫没有任何约束，这也就意味着她根本就不在乎这个丈夫；聂世兰之所以如此放纵，应该有故意的成分，在很大程度上源于内心深处对汤丽欣的怨恨，他恨汤丽欣对他的漠视，以这种极端的方式来找到自己作为丈夫的存在感，想借此来唤醒汤丽欣作为一个正常妻子的责任与反应。

此后，聂世兰并没有收敛，仍然继续着这种"家里红旗不倒，外面彩旗飘飘"的生活，但这并没有影响他的仕途。我去省城谋生的第二年，聂世兰被再次提拔，调入了悦城市民政局，成了悦城市福利彩票管理中心主任，级别为副县级。这次余亮光提前来参加聚会，就是奔着聂世兰的这个职位而来。

余亮光分回冀石镇之后的经历我们已无从知道，以他的单纯，遭受的磨难肯定不会比我们少。他最后落脚在一所叫叶龙的学校，在冀石镇算是规模比较大的一所完小，接收周围十多个山区村的孩子。学校本来建在一所破庙里，八十年代初终于有了自己的校舍，也就是类似黑山联中那样的两排平房。按说，这样的条件也不算差，但这几年随着生态环境的恶化，周围山上水土流失严重，每到雨季山洪肆意往下倾泻，整个校园就会被泡在洪水中。一年当中有近两个月的时间校园里满是积水，给孩子们的学习和生活带来很大困难。最重要的是教室的墙基长时间泡在水里，整个教室都成了危房，随时都有坍塌的可能，有几次差点就酿成严重的事故。为此,身为校长的余亮光没少往上面跑,找镇上的领导,镇上说财政困难,一时拿不出这么多钱建新校舍,只能给个三千五千的修缮费用,就这还费了天大的劲。找区里领导就更不容易了,余亮光跑了很多次,连区领导的面都没见到。是这次同学聚会的通知给他带来了曙光,这么多年没联系,他听说自己的同学聂世兰成了市福利彩票中心的主任,福利彩票的宣传语满大街都是:"购买福利彩票,参与公益慈善事业。"这不正对口吗?捐助建学校应该就是公益慈善事业,余亮光因此兴奋得提前一天就赶了过来。

这也就是余亮光下午向聂世兰唠叨的,聂世兰口中所说的"破事"了。根据聂世兰晚上临离开时佯装出来的痛苦样子,我感到余亮光这次努力的前景又有些不太明朗。我把自己的担忧说了,此时躺在对面的老尤已有睡意,不断打着哈欠,一边把手掌放在自己不停开合着的嘴巴上做着无用功,一边有些含混地说:"那可不一定!现在的领导一时看不透。"

这话老尤是不自觉地说出来的,"领导"自然就是指聂世兰了。这么多年来,我这是第一次听见老尤用这种口气来描述聂世兰,带有距离感,甚至还有一些敬畏的意味。我自然能感觉得到这种变化背后的原因。聂世兰的官越当越大,手上的资源也越来越多,老尤要发展自己的事业就离不开这些资源,他们已由单纯的同学关系变成了越来越紧密的利益关系。

我从内心很想让聂世兰帮一下余亮光,急于知道聂世兰的底线,顾不得老尤连天的哈欠,接着说道:"有什么看不透的?从今天晚上聂世兰的态度就可以看出他对这件事根本不关心,嫌余亮光唠叨,还说这是破事。"

老尤见我这么执着,翻身坐起来说:"你别光看态度,他们这种人的态度有时是故意做给人看的，心里想什么谁也不知道。这件事做不做首先得看对他有没有好处，如果没好处谁说也白搭，如果有好处，八头牛也拉不住。这个世界上没有无缘无故的爱也没有无缘无故的恨，就像聂世兰搞这次二十年同学聚会一样，看似有些突然，实际上这背后也是有渊源的。"

"什么渊源？"经老尤这么一说，我也有些警觉了。

老尤好像忽然没有了睡意，眼睛睁得比刚才还大，昏黄的床头灯光在他脸上打出了片片阴影。

"你说什么渊源？"我又追问了一句。

老尤似乎有些犹豫，顿了一下，说："什么渊源你以后会明白的，我现在只能告诉你，这一切都是为了跟杜老师套近乎，说得确切一些，是为了杜老师那个搞房地产的舅舅。"

我更加疑惑了，想不到这次聚会居然还会跟杜老师的舅舅扯上关系！看老尤说得遮遮掩掩，我也就不好再往下探究了，但还是不死心，说道："我觉得余亮光这事，聂世兰如果能办，还是有好处的，报纸电视上一宣传，聂世兰的威望不就一下子树立起来了吗？"

老尤笑了笑，说："你以为聂世兰想要这些吗？他要想树立这种威望有的是途径，扶贫赈灾之类，哪个不比捐助个破学校更有效果？"

我有些泄气，用商量的口气说："咱们一起跟聂世兰说说，他能给余亮光帮这个忙吗？毕竟这么多年的同学了，听你这么一说，余亮光那边也确实可怜，这么多孩子整天冒着生命危险去上课。"

老尤说："别人劝是不起作用的，你记住，官当得越大心肠越硬，我这不是从聂世兰一个人身上得出来的结论。你想啊，有求于他的人那么多，如果随便就答应，那还不得把自己忙死！余亮光这件事，你我都不要管了,天要下雨娘要嫁人,聂世兰应该有自己的想法。下午他就跟我通过电话,应该心里已有数。睡觉睡觉,我真是有些困了。"说着他又重新躺下。

听老尤这么说,我也不便再继续追问了。

十八

二〇〇九年七月十日,又是一个桑拿天,太阳刚一出来,地上就像下了火。一些似云非云、似雾非雾的灰色气团低低地浮在空中,让人感到一种莫名其妙的压抑。

云霓饭店的院子里却早已热闹了起来,大红的拱门一大早就被架在了大门口,上面贴着醒目的大字:"欢迎您,悦城师范八六级二班的同学!"酒店的前厅悬挂着夺人眼目的条幅,上面的内容变成了:"悦城福彩祝悦城师范学校八六级二班同学聚会圆满成功!"酒店大堂里的签到席早已准备就绪,有两个穿职业套装的年轻女孩子正在那里接待。大堂正中吧台前面是一个醒目的指示牌,箭头下面写着:"悦城师范学校八六级二班同学聚会请由此上楼。"二楼的会议室宽敞明亮,紫檀色的纯实木椅子后背和椅面上都包裹着真皮垫子,前面的条桌呈回字状排成两圈,桌面上铺着淡绿色的桌布,每个座位正对着一个写着名字的桌牌,每个桌牌左边都有一个洁净的白瓷茶杯,右边是矿泉水。从纵向看,桌牌、茶杯和矿泉水都在一条直线上,椅子排列得也特别整齐。整个会场的布置很有专业水准。

由于我和老尤还有余亮光昨天晚上都住在了饭店里,我们算是最早到达的一批。吃早饭的时候就看到一个特别精干的小伙子在里里外外地忙活,见谁都点头,客气得就像上门讨赏的公公。老尤介绍说这是聂世兰的秘书,悦城市福彩中心办公室的李副主任。从餐厅出来之后我看着里里外外的这一切,有些吃惊地说:"聂世兰不会把整个办公室都搬过来了吧?这得费多大的劲啊!"老尤笑了笑说:"你太小看聂世兰了,做这些他根本不用费劲,只需动动嘴就行。"他扭头看了我一眼又说,"更何况养兵千日用兵一时,有好钢就得用在刀刃上。为自己长脸的事,费点劲也是值得的!"

我们在会议室里坐下来不久,李副主任就提来了三个袋子,说已经帮我们签上到了,袋子里是会议材料。李副主任之所以对我们这么周到,应该是因为老尤。老尤跟李副主任看起来已经非常熟了,他显然知道老尤跟聂世兰是走得比较近的同学,我们也算是间接地沾了聂世兰的光。

我拿过袋子一看,里面根本没有什么会议材料,只有一张红纸,上面印着今天的几项活动议程,无非是班主任讲话、同学们发言、中午用餐安排,非常简略。红纸的下面是一个包装精美的不锈钢水杯,看到水杯的牌子我有些傻眼了,这个牌子的广告目前正霸占着各个电视台的黄金时段,产品在市面上非常抢手,价格应该在六百元以上。按照之前的通知,这次聚会每人只需交二百元,连这个杯子价格的三分之一都不到,更别说吃饭住宿的费用了,看来聂世兰为这次聚会还真是下了血本。

可能是昨天晚上醉酒的原因,余亮光从早上就萎靡不振,我和老尤说什么他都不接话,一副忧心忡忡的样子。我把昨天晚上从吧台上退回来的钱交还给他的时候,他先是有些惊讶地看了我一眼,然后什么也没说,默默地把钱收了起来。这样反倒弄得我心里很不好受,想向他做进一步解释,但一时又不知道说什么,也只好沉默。

按照昨天晚上的盘算,这次同学聚会大概能到三十多位。为了联系到这些同学,聂世兰费了很大的劲,好在他现在是在市里工作,除了我这个逃兵,同学们大都没跑出悦城地界,所以他能通过方方面面的途径寻找到同学们的联系方式。就算这样还是有几位同学怎么也联系不上,其中就有褚燕来。这个消息让我心里空落落的,这次我本来还幻想着能见到她。这两天满脑子都是我们在学校时的样子,我像过去一样在内心深处渴望和向往着她。

同学们很快都陆续到了,汤丽欣居然也来了,这有些出乎我的意料。昨天晚上众人问聂世兰的时候,他回答得很含糊,就像之前一样含糊。这么多年过去了,他对汤丽欣仍然没有把握,这说明他们虽然睡在一张床上,但两人之间的关系一直没有进步。

我已记不清上次是什么时候见过汤丽欣了,八年前抑或六年前,应该是聂世兰干上民政局局长不久,他们家刚刚搬进新居,住上了宽敞明亮的三室一厅,我和老尤到家里去温居。那是我毕业之后第一次见汤丽欣,当时觉得她老了不少。可能是在家的原因,她也没好好拾掇拾掇自己,眼角有了明显的鱼尾纹,眼袋也凸显了出来。那天,我们还是出去吃的,我和老尤都拼命想叫上汤丽欣,可她说什么也不出来。我至今还记得她拒绝我们的理由:"我不在,你们可以玩得更放松一些。"这话似乎表明她一眼就看穿了我们的把戏,这是一种难得的豁达。对丈夫有如此胸怀的女人可能会是两种状态,一种是特别爱自己丈夫,把丈夫当作自己的孩子来宠;另一种就是对丈夫已没有感觉,两口子的关系已形同陌路。后来的事实证明,汤丽欣对聂世兰应该属于后一种。

今天的汤丽欣显然做了精心准备,化着淡淡的妆,比上次更精神了一些,身材也更加苗条,把那一袭纯白色长裙的美发挥到了极致。除了手腕上戴着一块女士手表，身上几乎没有任何首饰，整个人透着一种说不出来的干净与清爽。

聂世兰来得比汤丽欣晚一些，一进门看到汤丽欣也有些吃惊，但瞬间就恢复了常态。我们同学中只有他们两个结成了伉俪，有些熟悉的同学开始拿他们来开玩笑，说他们是夫唱妇随珠联璧合。聂世兰和汤丽欣当然听出了这些话里的戏谑，他们很快就形成了一个整体，团结一致地把枪口朝向了那些攻讦他们的人。

接近十点的时候，那位李副主任上来向聂世兰汇报到会人数，全班一共到了二十八名同学，比预想的人数少了一些。这已经很不错了，我们在一起的时间只有三年，分开却已经有二十年了，巨大的时间差足以把很多记忆冲走，能有这二十八个人仍然在坚守已经是很大的胜利了。

又过了一会儿，李副主任跑上来说看到杜老师的车开进来了。老尤说要下去接一下，聂世兰却说："不用，咱们站在电梯口等着杜老师就行。借机还可以考一下杜老师，看他是否能把我们全部同学认出来。"大家都觉得这个主意好，于是我们蜂拥着赶往电梯口，恭候杜老师的大驾。

杜老师很快就在电梯口现身了，后面还跟着方师母。我们在聂世兰的号令下，像第一次上课的小学生一样齐声高喊："老师好！"杜老师和方师母被这个阵势吓了一跳。接着又不知道从哪里冒出来两个怀抱鲜花的礼仪小姐，款款上前向杜老师和方师母敬献了鲜花。怀抱鲜花的杜老师和方师母有些激动，见我们都满含期待地看着他们，才回应说："同学们好！"杜老师好像这时候才把早已准备好的幽默想起来，赶紧补上一句："八六级二班的同学们，我想死你们了！"

接下来不用聂世兰点拨，杜老师很主动地上前跟每一位同学握手，每次握手之前都能准确地叫出这位同学的名字，根本就不存在记忆上的障碍，刚才聂世兰的担心完全是多余的。杜老师怎么可能有认不出来的同学呢？我们大都出生于一九七〇年前后，上师范的时候正常年龄应该在十六七岁，这是一个接近成年的年龄，身材和容貌都基本定型，即使后天有太多的经历，整个轮廓应该还是有迹可循的。

重新回到会议室，那些多余的桌牌已被撤掉，剩下的桌牌都集中在了"回"字里面，三十个人恰好能把四面都坐满。聂世兰老尤这些当年所谓有头有脸的人物被安排在杜老师旁边，汤丽欣的桌牌一开始也被安排在了那一排，是汤丽欣自己发现后主动把它拿到了下面。

说到底，这次活动还是发起者聂世兰一个人的舞台。杜老师做了简短的发言之后，同学们就开始介绍自己的情况。大多数同学都还奋战在教育第一线上，经历相对比较简单，有的是在一所学校一干就是二十年，学生熬走了一茬又一茬，老师还是那个老师。相比而言，现在生活在悦城的这几位同学经历最为复杂，但这种复杂似乎又有些不便与外人道。只有聂世兰一直处于上升状态，从王瓜店小学的体育老师到区政府的秘书，再从秘书到民政局局长，现在再从民政局长到副县级的福利彩票中心主任，真可谓一步一个脚印，每一步都走得扎实而有力。所以聂世兰讲得最多，也最有感染力，获得的掌声也最为持久。

唯一能和聂世兰抗衡的是老尤。老尤讲得很有策略，巧妙地避开了自己败走麦城的那一段，直接过渡到了主动请缨去金星石棉瓦厂的壮举，然后就开始谈这几年企业的发展。经老尤这么一说，我才知道现在他那企业已发展得相当不错，除了钢架结构这个主业之外，还涉足了房地产行业，承接了百流办事处好几个村的回迁楼工程。目前凭借最近几个大工程搭建了一个融资平台，由于有着良好的信誉，这个融资平台刚一成立就吸纳了上千万的资金。有了这样的资金保障，金帝装饰装潢公司今后的发展就会步入一个良性循环的快车道。

余亮光还是那副忧心忡忡的样子，一开始不想讲，见同学们都说得差不多了，又主动要求站起来说两句。余亮光没谈自己，主要介绍了叶龙学校的情况。他说叶龙学校上月中旬就放了暑假，为什么放这么早呢？不是因为提前完成了教学任务，而是在夏季第一场大雨之后校园里就积满了水，学生连个上厕所的地方都没有，从山上冲下来的粪便垃圾和那些小动物的尸体，让整个校园变成了一个臭水坑。他临来参加聚会之前去了一趟学校，发现污水已经快没到膝盖，根本就没法进入，有几间教室墙上的裂缝已非常明显，估计撑不过今年夏天。余亮光最后有些动情地说："如果教室塌了，我们今年冬天就没办法上课了，我这个校长也就有名无实了。这对我个人来说无所谓，我本来就来自一个贫困的山民家庭，没有吃不了的苦，再回去种地也一样能生活。最可怜的是那些失学的孩子和他们背后的上百个家庭。出来读书曾是他们唯一的指望，他们要通过读书走出大山，他们要通过读书来改变命运，读书这条路如果被堵死了，他们的一生就会永远遁入黑暗之中。这是我最不希望看到的结果。所以，我才恳请有能力的同学伸出援助之手，救救这些可怜的孩子们！我在这里先道声谢谢了！"说着余亮光把头低下，把腰也弯下来，深深地鞠了一躬。

余亮光说完，会议室里一时陷入了寂静，之前的欢乐气氛瞬间就被这股凝重赶走了，大家都没想到余亮光在这个时候会有这样的举动。足足过了有半分钟的时间，坐在对面的汤丽欣缓缓地站了起来，说："余亮光，我没想到你们那里现在还这么艰难。回头我看看工资卡上还有多少钱，那是我的劳动所得，你先拿去帮助这些孩子们。你放心，这钱是干净的……"

聂世兰坐不住了，站起来打断汤丽欣说："你那点钱对学校来说还不是杯水车薪。这事昨天余亮光已经跟我说了，我也已经放在了心上。我虽然是福彩中心主任，手头确实也掌握着很多资金，但这钱不是我个人的，不能随便花。像捐资助学这么大的事，也不是我一个人就能决定的，我们班子得坐在一起研究，还要征求上级有关部门的意见，不是你们想的那么简单。我在这里再次表态，也向余亮光同学保证，对于叶龙学校面临的实际困难，我一定会尽力！一定会第一时间开会研究，争取尽快拿出意见来！"

聂世兰这话说得有理有据，跟昨天晚上的态度有着天壤之别，我们都听出了里面的诚意。余亮光也比刚才放松了，对着聂世兰弯腰又是一躬，说："谢谢！我代表那些可怜的孩子先谢谢聂主任！"聂世兰赶紧站起来说："先不要谢，事情还不一定能成。再说即使成了也不要感谢我个人，取之于民用之于民，捐资助学参与公益事业也是我们福利彩票中心应尽的义务。也就是说，这事是我的本职所在！"

杜老师趁机插话说："看来我们这次同学聚会就要双喜临门了，世兰和亮光已有了很好的意向。来，让我们一起来预祝他们合作成功！"说着自己率先鼓起了掌，同学们也随之开始鼓掌。顷刻之间，会议室里响起了热烈的掌声。

掌声停下之后，刚刚被打断的汤丽欣又站起来说："今天既然是我们八六级二班的同学聚会，呈现出来的就应该是整个班级的集体记忆。当时我们班有四十四位同学，在座却只有二十八位，还有十六位同学没有到场，这十六位同学也是我们这个集体不可分割的一部分。现在我们每个人都在这里畅叙自己的人生，可也不能忘了那十六位同学！所以我提议，在今天这个特殊的日子里，在座各位也能关注一下那些没到场的同学。"

我们都觉得汤丽欣讲得有道理,她一直坚称我们班有四十四位同学,可见在她心里季海坡并没有走远。聂世兰的神态倒没有什么异样,此时他正无波无澜地端坐在杜老师身边,像我们一样把目光驻留在汤丽欣身上,平静得就像一杯白开水。

杜老师说:"还是丽欣想得周到!那十六位同学由于这样那样的原因今天没有到场,可他们也是你们的同学,我们不能冷落了他们。在座有知道他们消息的同学可以提供一下,让我们也了解一下他们的生活状况。"

汤丽欣紧接着说:"今年春天我捕捉到了褚燕来的信息,是无意中从网络上看到的。有个叫'青年在线'的网站,报道了东篱湖移民留守儿童现状,记者采访了一所湖区幼儿园的负责人,尽管没有出现名字,但我看第一眼就能断定那就是褚燕来。据褚燕来介绍,幼儿园里面的孩子都是'随河船'的子女,是留守儿童中最为困难的一个群体。我上网查了一下,'随河船',当地人也叫'水上漂',是一直栖居在船上以打鱼为生的一个群体。他们本来居无定所,以船为家追着鱼汛走,这几年随着各个水域休渔期的增加,他们被迫回到陆上生活。由于没有任何种地技能,再加上土地又少,他们的生存成了问题,他们子女的成长更是堪忧。幼儿园的经营非常困难,但褚燕来却在一直坚持着。"

我感到了惊讶。在我们毕业的第三年,褚燕来就带着自己所遭受到的身心伤害离开了湖区,怎么会又回到那个伤心之地?

汤丽欣继续说:"我看到后很激动,想立刻就与褚燕来联系,可费了很多周折都没联系上。后来我从东篱县教育局了解到,整个湖区大概在十多年前进行过一次区划调整,褚燕来所在的'随河船'村应该是被调整到了相邻的骆县,这也就是褚燕来这么多年一直音信皆无的主要原因。但我依然被感动着，这么多年过去了，没想到褚燕来会一直葆有这样一份爱心。当时我对着那段视频反复地看，画面上的褚燕来虽然看起来多了一些沧桑，但依然充满着自信，跟她身后那一群天真的孩子一样阳光……"

汤丽欣突然就说不下去了，后面的话有了明显的颤音，她把头低下来，右手不自觉地抬起来掩了一下面部。我的内心也被一种莫名的酸楚填满了。汤丽欣一定也探听到了些什么，多少知道了一些褚燕来在湖区所遭遇到的不幸，因此才有了如此的情绪！

汤丽欣说完了褚燕来，又有几个同学陆续介绍了其他几位缺席同学的现状。至此我们才知道，今天我们这二十八位同学所呈现的生存状态，诠释得更多的是浮在生活表面的一些东西，而真正的生活并不是这样子，它有着太多的意外和不确定性。我们有两位同学年纪轻轻就已经卧病在床，还有一位因脑出血，早就提前退休。有一位女同学，前几年唯一的孩子自杀，她随之也患上了严重的抑郁症，好几次试图追随孩子而去都被家人劝下，现在不但不能工作，还需要有专人看护。

这些消息把我们的心情搞得很沉重，原本以为这些不幸离我们很远，没想到它们就潜伏在我们生活的皱褶里，一旦抖搂出来就成了令我们感到恐惧的隐疾。当然，也有几位同学得到了消息却不想来参加聚会，对此我们也给予了充分的理解，相遇本身就来源于缘分，不再相见亦是一种缘。

有一位一直在乡下教书的同学最有意思，他本来是能按时来参加的，但在车站等车的时候，家里养着的大黄狗把邻居咬了，他不得不回去处理"狗事"。上午的会议临近结束的时候，他打来电话说，"狗事"已处理完毕，正准备租车往这边赶，让我们无论如何都要等着他。

十九

吃饭的时候我和汤丽欣坐在了一桌。本来，聂世兰在云霓饭店最大的一个房间安排了四桌，后来根据实到人数撤掉了一桌。他和老尤分别负责一桌，安排我负责第三桌被我推掉了，李万祥就成了我们这桌的主陪。我们这桌没什么重要人物，氛围比较轻松。

酒宴标准很高，各种山珍海味基本上该有的都有了，不该有的也出现了，比如一种叫鹁鸪的飞禽，我还是第一次在宴席上见到。酒上的是当地的鲁酒王，这是悦城酒厂最贵的一款酒，每瓶的价格在五百元以上。我们这一桌的同学大部分都没见过这种阵势，坐在酒桌边显得有些拘谨，这就给李万祥提供了更大的发挥空间。他开始充当起义务讲解员的角色，酒该怎么喝菜该怎么吃，娓娓道来，自己是不厌其烦，倒惹得很多同学露出厌烦的神色来。当然名片也没忘了发，只是不知道他有没有对纪委常委享受正科级待遇这一情况做进一步说明。

在这种气氛中，我和汤丽欣都选择了沉默。我发现汤丽欣吃得很少，肉食根本不动，用肉炒的蔬菜也不吃。我好奇地问她是不是担心发胖，她回答说："我是素食者。"我听着有些新鲜，素食者我只是听说，还从来就没遇到过，就我个人的成长经历而言，对素食者很难理解。

我们小时候吃不起肉，只好被迫吃素，等到能吃得起肉了，怎么会轻易放弃这种享受？我觉得从吃素到吃肉是一个往前发展的过程，是一种进步的表现，再回头吃素显然就是开历史倒车了。

我问汤丽欣："为什么吃素？"

汤丽欣顿了一下，说："怎么跟你说呢……往大里说是为了拯救我们赖以生存的地球，往小里说是为了拯救自己。"

我越来越有兴趣，接着问道："此话怎讲？"

汤丽欣说："我给你说一组数字：吃一天素，你可以节省四千一百升水、二十千克粮食，保护二点七平方千米森林，相当于减少九千克二氧化碳排放，以及拯救一只动物的生命。看这组数字，你就能明白为什么说吃素是为了拯救地球了。作为我个人，吃素主要考虑的不是健康，更多的是为了净化自己。你想呀，每天都大量地吃进动物的尸体，你的灵魂能干净得了吗？"

汤丽欣这么一说，我还真有些害怕了，面前碟子碗里放着的那些肉食可不都是来自动物的尸体吗！相比而言，我刚才的认识就有些肤浅了。社会进步的标志之一就是选择的多元化，过去吃素是没得选择，而现在物质丰富了再选择吃素应该是一种更高的境界了。

但对汤丽欣吃素，我还是充满了好奇，继续问道："你是从什么时候开始吃素的？"

汤丽欣说："我女儿不再吃奶的时候。那时候我就感到自己完成了俗世间一项很重要的任务，自身以外已没有什么让我屈就的负担，可以不再借助自己不需要的东西来履行作为一个母亲的义务了，应该到了开始构筑自己生活的时候。我的素食之旅就这样开始了，这是我个人生活中又一个很重要的开始。"

汤丽欣和聂世兰应该是我们班同学中结婚最早的，婚后第二年就要了孩子，他们的女儿去年就已开始读大学了。如果孩子刚断奶就开始素食，那应该是很超前的。我很想知道是什么原因促使汤丽欣发生了这种转变，更想知道她了解到的褚燕来的更多情况。但就在我准备继续发问的时候，宴会已经到了相互敬酒的阶段，主桌上的几位重要人物开始离席，他们分头行动，眼看聂世兰端着酒杯朝这边走来。汤丽欣似乎已经预感到了我接下来会问什么，匆匆地说："这两天你不回省城吧？我抽时间请你喝茶，关于褚燕来，我很想找你聊一聊，这应该也是你最为关心的话题。"

聂世兰的脸红扑扑的，已显露醉意，表现出来的情绪也极为亢奋，似乎变成了昨天晚上的余亮光，见谁都是亲人，跟每个同学都要碰杯。在这个环节聂世兰表现得很够义气，每次碰杯前都勒令跟在后面的李副主任给他多倒。李副主任此时却有着跟刚才的精干截然相反的表现，时常拿捏不好分寸，提着酒瓶试探着几滴几滴地往聂世兰杯子里倒，往往要倒好几次才能令聂世兰满意。然后聂世兰会端着自己的杯子底气很足地去寻找"对手"，杯子里的酒液明显要比对方多，似乎这就是他底气的来源。在酒杯发出清脆的响声之后，他会马上一饮而尽，显现出少有的大气和豪迈。一开始我以为他的酒量也随着职务的提升水涨船高了，后来发现李副主任会时常趁人不备偷偷往酒瓶里倒矿泉水，这才明白了真相。

聂世兰在我们这桌上逗留的时间相对长一些，不是因为汤丽欣，而是因为我。他跟我碰过杯之后突然问起了我在省城的情况，我有些意外，从昨天下午到昨天晚上我们有很多交流的机会，他却一直在打哈哈，怎么现在反倒关心起我来了？由于我们之间有过太多的了解，所以面对他的关心，我的反应还是从对他固有的认识出发，以为此举可能跟他杯子里的酒一样，抛出来的是花架子，真正的目的是为了树立自己的光辉形象，突出他救世主的角色，好以此来彰显他的得意与成功。就在我准备成全他的时候，他却接着说："我来到福彩中心一年多了，痛感到整个社会对福彩事业还存在一定的误解。这本来是一项利国利民公益公平的事业，反倒被很多人指责成了一个暗箱操作藏污纳垢的地方。因此今年春天我专门成立了形象策划部，主要职能就是倡福彩事业，树良好形象。可这个部门成立快半年了，就是找不到合适的人选来担纲。咱们是老同学，又是这么多年的朋友，我也就不跟你绕弯子了。我有一个愿望，想请你出山，我感到这个形象策划部主任没有比你更合适的人选了。从昨天我就想说，但一直没张开嘴，现在酒精给我壮胆儿了，我发出郑重的邀请：你能回来帮我吗？"

这话有些突然，而且还是在这种场合，我虽知道他没喝多，可也不敢确定真假。不过，他看起来倒是蛮真诚的。我有些手足无措，一时不知道怎么回答。李万祥反应比我快，抢着说："人家好不容易跑到省城大机关里，怎么可能再吃回头草？看来我们的聂大主任是真喝多了。"这话倒提醒了我，我顺口应付道："看今天这个阵势就知道聂大主任是个运筹帷幄的帅才，还需要我这无用之人帮忙？咱们今天先不谈这些，主要是喝酒，来，再干一个！"说着我拿起桌上的酒瓶给聂世兰倒酒，站在旁边的李副主任赶紧拿着自己手里的酒瓶凑过来，想抄在我前面，被我果断地挡开了。李副主任看着我决然的样子，只好重新站了回去。

这杯真酒下肚，聂世兰皱了一下眉头，随即说："我刚才说得很认真，也希望你能认真考虑一下。咱们抽时间再聊。"说完他也就完成了在这一桌上的使命，继续赶赴下一个垫高自己形象的载体。

聂世兰离开之后，我想继续和汤丽欣刚才的谈话，可此时的汤丽欣似乎"移情别恋"了，从刚才聂世兰在时就一直跟旁边的一位女同学窃窃私语。善于制造话题是女人的天性，但我感觉汤丽欣此时不是为了发挥这种天性，她显然是想要逃避什么。应该是在逃避聂世兰吧。聂世兰在我们这桌敬酒的时候和汤丽欣没有了之前的自然，酒后的他在汤丽欣面前似乎变得更加谨小慎微，跟我们这桌的每个人都碰了杯，跟汤丽欣也象征性地碰了一下，但没提干杯的要求，既顺应了公开场合的需要也显现出了一定的特殊关系。汤丽欣呢，还是那副淡然的样子，继续用那种恒定的表情面对聂世兰，似乎面前这个男人不是自己共同生活将近二十年的丈夫，而是一个刚刚认识不久的普通朋友。

汤丽欣对我的回避也许更多来自我自己的感觉，因为话题关乎我个人最初的爱情，这就不自觉地让我变得分外敏感。在眼下这乱糟糟的场合来探究这份感情显然有些不合时宜，汤丽欣逃离的状态暗合了我此时的心境，此后我放弃了追问，很快就在众人的觥筹交错中迷失了。

之后的印象都与酒精有关。杜老师的夫人方荣延续了昨天晚上的风格，后期变得非常活跃，目标锁定在潜在客户这个群体。但放眼四望，今天的队伍水平远远低于之前的预想，新加入的人大多是收入不高的教师。所以比较而言，还是昨天晚上那几个人更为金贵，其中尤以昨晚缺席的老尤最为突出。面对这种情况她及时调整了战略，一直在老尤周围，以各种各样的借口和超出自身能力的酒量来迎合"久经沙场"的老尤。余亮光真诚依然，但有了昨天晚上的教训，他变得谨慎了很多，喝酒节制而有度，没有了行为上的失态与言语上的失据。

反倒是老尤最后顶替了余亮光昨天晚上的角色，放纵且随性，搂住每个同学都要干杯，对每个同学都是豪情万丈，一副救世主的样子。酒精和面前一度极为熟悉的这个群体让他再次找回了自信，找回了他曾经有过的短暂辉煌，再次回到了他人生最初的制高点上。在这种梦境般的穿越之中，他重塑了自己，真正变成了一个大无畏的人。

在这种环境之中，那些原本矜持的女同学也比过去放开了很多，她们纷纷端起酒杯，挥洒起了过去不曾有过的豪情。后来处理完"狗事"的那位同学急匆匆地赶来了，整个聚会就又掀起了一次高潮，他很快就跟我们一样变得昂扬起来。这种情绪让我们穿越了时空，似乎一下子就回到了二十年前那个纯美的年代，我们恣意畅游在这虚幻的时空里，用狂悖而亲昵的言行来追念那些一去不返的时光。

本来是中午的活动被延续到了无限久，除了滴酒不沾的汤丽欣之外，我们似乎都醉了。后来的记忆在我脑海中一直是模糊的，中间好几个情节都发生了断片，但有个细节却刻在了我脑中。在整个串场过程中，我好像一直在追逐着汤丽欣，汤丽欣还是在刻意回避着我。后来，我终于逮住了一个机会，握住了汤丽欣的手。那一刻我的情绪无比激动，浑身都在战栗，眼泪止不住地往下倾泻，似乎眼前就是自己日思夜想的褚燕来。我连续不断地追问着："为什么？为什么？你为什么走了这么久……"

二十

　　我到现在都没想明白,我和褚燕来到底因为什么分手。我们相亲相爱,已携手蹚过了世俗的泥潭,走进了彼此的内心。可那时候,我们毕竟年轻,爱情主导着我们的青春,却不是生活的全部。我们年轻的心都有着对远方的向往,在这方面,褚燕来似乎比我更狂野一些。

　　在我们学生时代的最后那个寒假,褚燕来的母亲突然病故,开学十多天了她才返校。这时的褚燕来已变得面目全非,整个人看上去似乎比原来小了一号,脸色也比过去苍白了许多,看着就让人心疼。我很想为她做点什么,却不知道从何处着手。她返校一个星期之后,我们才找到机会单独在一起。我把她紧紧抱在怀里,她顺从地贴紧我,但却失去了原有的热情,身体变得僵硬而冰冷。我试图安慰她,劝慰着让她看开。她默默地蜷缩在我的怀里,起初什么话都不说,过了一会儿,我抚了一下她的脸颊,摸到的是大片大片的泪水。

　　后来,我才知道褚燕来此时所受的打击还远不止于此,她母亲去世不到两个月,父亲就娶了她曾经极为要好的初中同学。读书的时候,这位女同学离家较远,有时就住在褚燕来家,后来她又复读了两年,见考学无望就离开了学校。就是那段时间,她给褚燕来写了很多信来宣泄自己痛苦无聊的生活，褚燕来为了帮她就把她介绍到了自己家超市工作。褚燕来一家得改革开放之先机，刚开始允许个体经营的时候就做起了生意，在农村算是率先富裕起来的。那时他们家的生意已经有了一定规模，开了镇上最大的超市，还有两家批发部。没想到，这位女同学竟然在褚燕来母亲尸骨未寒之际，登堂入室做了她的继母。女同学显然是奔着他们家的生意而来，褚燕来父亲则显然是贪图她年轻的容颜，这是他们各取所需的结果。这让褚燕来感到了震惊，也让她产生了很深的内疚，她一直怀疑自己的父亲跟这位女同学早就已经勾搭成奸了，说不定，正是这种不正当关系才把母亲推向了死亡。褚燕来在深深自责之余产生了极度愤恨，觉得自己才是这一切悲剧的开始，自己就是那个引狼入室的人。她曾试图阻止这一切，反而遭遇了更大的屈辱，面对着那位新晋继母的撒泼和自己亲生父亲让她滚出去的怒吼，她恍如堕入了冰冷的深渊。

想想那时候的我该有多傻！她忍受着这么大的痛苦，我却不能感同身受地去体谅她。在她最需要慰藉的时候，我没有尽到应尽的责任，没有用足够的耐心深入到她的内心，此时，我在她心灵上的缺席也许就是我们悲剧的起源。之后，我们似乎渐行渐远，因她家庭变故降下去的热度一直没有再升上来。我也感到了危机迫近，但并没完全失去方寸，我知道她还是爱我的。

下乡实习之前，学校公布了具有报考师范大学资格的学生名单，根据这三年来的学习成绩和表现全校共遴选了二十人，我们班只有褚燕来和聂世兰两位同学入选。可第二天就又得到了消息，他们两个同时主动放弃了这来之不易的指标。对聂世兰的放弃我们都表示理解，他在班里的成绩一直不是太好，这次能进入名单主要是因为他的表现。他做了两年的班长，连续三年都是三好学生，最近又被发展成了预备党员，凭借这份履历硬挤进了这个名单。但下一步的录取就要靠成绩了，而且每年师范大学只给我们学校二至四个升学名额，二十名品学兼优的学生来竞争这几个名额，其难度就可想而知了。聂世兰应该明白自己在学业上的分量，才明智地把名额让了出来，这样的高姿态，更有利于他在下一步的分配问题上跟学校领导讨价还价。

而褚燕来这么做，我们就都不理解了。褚燕来的成绩在班里也是数一数二的，几乎和余亮光不分伯仲，在这二十个人中应该很有竞争力。学校还是很尊重个人意愿的，心存侥幸来凑热闹的同学大有人在，更何况入选名单本身也是种荣耀和肯定，空出来的那两个名额根据考核排名顺位补充上来就行。我想找褚燕来问为什么，可她一直不给机会。过了几天，我终于把她堵在了楼梯上。她正要上楼，抬头一看是我就想绕过去。我急忙调整方向拦住她，她又掉头往另一边走，我又上前挡。我们在楼梯上玩起了老鹰捉小鸡的游戏。最后，她有些烦了，问："你想干什么？"我觉得她是真有些生气了，就直接问："为什么？"她说："什么为什么？"实际上我想问好多为什么，可说出来的却只有一句："为什么要放弃？"她皱了下眉头说："你跟他们一样，老是这样问。这事对你们就这么重要吗？！"说着就从我旁边硬挤了过去，把我一个人孤零零地撇在楼梯上。

下乡实习的时候，褚燕来去了相对偏远一些的虞山小学，我和汤丽欣去了东河北小学。分配格局大体还算合理，七个实习小组分布在弥兴镇下属的不同学校。聂世兰作为班长带队，去的是弥兴镇中心小学，这样就更有利于上传下达，兼顾统筹其他六个小组的情况。东河北小学由于最靠近悦城，条件相对要好一些，但也没法跟城里的小学相比，只是教室和操场相对完善一些，实验室之类的附属设施一概没有。我从小接触的就是这种学校，所以对东河北小学的情况并不感到意外。汤丽欣就不行了，她一直就读于设施完善的莱城矿务局子弟学校，根本就没见识过这种粗放式的办学方式，来的第一天就悄悄对我吐槽说："没想到这里的条件会是这样！"

让人意想不到的是汤丽欣不光是吐槽，之后还有了一个很大的举动。我们刚刚安顿下来，她就向我这个实习组长请假，说要回家看看。本来汤丽欣是不需要过来实习的，委培生都可以提前离校，只需到真正毕业的时间过来领毕业证就行。但汤丽欣却想善始善终，让自己的这段经历更完整一些，因此才主动要求跟我们一样参加下乡实习。对她这种客串的角色，连杜老师都分外宽容，别说我这种临时委派的组长了。我当时就毫不犹豫地准了假。但只过了一天汤丽欣就回来了，是带着一辆解放牌大卡车一起回来的，拉着一车的体育器械，随行的还有矿务局第一子弟小学的李校长。这下可把东河北小学的校长乐开了花，赶紧安排专人去街上买肉打酒，要用最高规格来招待这位李校长。

汤丽欣不声不响地为当地学校做了这么大的贡献，我也觉得很高兴，为她感到骄傲，同时也觉得这事很大，应该向杜老师甚至向学校领导汇报。征求汤丽欣的意见，她却不想声张，说："这没必要吧，只是两个学校之间的往来，又不是什么大事！实际上，我也仅仅是牵了牵线。子弟小学正好更换下来了一批体育器械，旧器械放着也是浪费。再加上李校长是个痛快人，听说了东河北小学的情况，立刻就带车过来了。李校长在路上还嘱咐我不要惊动任何人，他不想见那些虚头巴脑的地方领导。李校长既然有这种要求，我们还是尊重吧。"听汤丽欣这么说，我还是有些不踏实，就试探地说："要不，跟班长说说？"汤丽欣似乎有些烦了，皱着眉头说："你怎么这么婆婆妈妈的，不就是一点体育器械吗，还是旧的，根本就用不着这么兴师动众！"

晚上，我被推到了副主宾的位置，跟尊贵的客人李校长坐在了一起。李校长的酒量很大，也捎带着我喝了很多。我第一次喝这么多酒，觉得眼前的世界可爱了很多，褚燕来也好像近在眼前，这让我感到很兴奋，整个酒桌上的人似乎都成了我的亲人。

李校长还要连夜赶回莱城矿务局，因此晚上的酒宴不得不在意犹未尽中结束了。我们一干人马送李校长上了车，然后目送汽车闪着亮晃晃的尾灯轰鸣着离开。校长和其他几位陪客的老师马上就回身蹬上自行车回家了，我们实习小组的其他几位同学也很快回了自己的宿舍，只有我和汤丽欣落在了后面。

我们在东河北小学门口踌躇了一下，汤丽欣忽然提议说："我们往前走走吧。"我犹豫了一下，但还是跟着走了过去。往前是一条直通田野的通道，一转过学校围墙角，就有一股潮湿而清新的气息扑面而来。我陶醉其间，借着刚才酒精带给我的兴奋，絮絮叨叨地重复着汤丽欣所创造的意外之喜，跟刚才那些老师们口径统一地夸赞着她。

"你能不能说点别的！"汤丽欣突然粗暴地打断了我，话语之间明显带有生气的成分。

我有些吃惊，不知道哪句话触怒了她，赶紧噤了声。这时，我才意识到自己兴奋得有些过了头，我们已走出来了长长的一段距离，在这一段路程中，我几乎没停过嘴，她应该已经忍了好久了。接下来我们都沉默了，只任那沙沙的脚步声伴着夏夜的虫鸣在乡间的小路上回响。

西方的天空上挂着一弯镰刀般的月牙儿，青蒙蒙的夜色在隐匿着这个世界，呈现在我们眼前的只有远处黛色的树林和翻滚着的麦浪。

"对不起，我不该对你这样。"过了一会儿，汤丽欣才幽幽地说，"你知道吗，我今天特别思念一个人。也不知道他在那边过得好不好……"

我顿时清醒了很多，也知道她说的是季海坡。我的心里同样感到了难过，我们都没有忘记他，汤丽欣想季海坡是出于爱，而我却更多的是出于内疚和痛惜。自打季海坡出事之后，我就常常想，如果那天晚上不让他写那份保证书就好了，聂世兰也就没有要挟季海坡的筹码，季海坡也许不会走上绝路。

汤丽欣继续说道："我也不知道自己为什么会喜欢他，难道喜欢一个人非要什么理由吗？我一直感到季海坡也是喜欢我的，但不知道他表面上为什么那么排斥我。这让我非常苦恼，也是我一辈子的心结。后来，他写在黑板上的那则启事对我打击很大，在心里快要把他恨死了。那时我就想，这一辈子我再也不要见这个人了，没想到竟然会一语成谶。我本来是想退学的，家里人不让，才办了休学。在我休学期间季海坡去家里找过我，但没敢进门。他让住在一楼的阿姨去我家喊我出来，我出来了却没见到他的踪影，根据阿姨描述可以确定是他无疑。他这个行为减轻了我对他的恨意，可谁知春节后我回到学校，他却不在了。你知道这段时间我是怎么过来的吗？我想他！每时每刻都在想他！每天晚上我躺在床上，当周围都静下来的时候，我就会闭着眼睛默默地期待他的到来，每次都是泪水把枕巾湿透了，也见不到他的影子。我想不明白！我不甘心呀！我想当面质问他，为什么不等我回来？为什么一直对我躲躲闪闪？为什么就不能痛痛快快地跟我爱一场？为什么对我这么残忍……"汤丽欣说着，再也忍不住了，蹲在地上抽噎起来。

看着眼前的汤丽欣这么痛苦，我心里一阵绞疼。我很想告诉她，季海坡之所以这样，不是她的错，是由于他自己背负着深重的罪责。但最终还是忍住了，我实在不忍心破坏季海坡在汤丽欣心中的形象，宁愿让汤丽欣永远带着这样的谜团，也不愿那至纯的爱情从圣坛上跌落下来。

看来，聂世兰也遵守了自己的诺言，没有试图用季海坡不光彩的一面来赢得汤丽欣的芳心。

处于极度痛苦中的汤丽欣已泣不成声，身体也抖动起来。我俯下身，想安慰汤丽欣几句，便把手放在她的肩膀上。汤丽欣止住了悲声，慢慢站起来，擦着眼泪说："让你笑话了吧。我这是第一次跟别人谈起他，谈过了，把眼泪流出来就感觉好多了。"

此后，我们长时间无话，继续着刚才行走的状态。前面到了路的尽头，我不自觉地往回转身，她也站住了，定定地看着我说："真羡慕你和褚燕来！祝愿你们能成。"说着竟然猛地朝我扑了过来。我有些猝不及防，托挈着手臂感到无所适从。她的身体已实实在在地扎进了我的怀抱，女人特有的芳香冲击着我，我有些迷醉了。她在我怀中喃喃地说："我就是想靠一靠。"我不再拘谨，慢慢地把手搭在她的肩膀上，下巴抵在她的秀发上。可她很快就把头从下面抽了出来，抬起脸看着我。她的眼睛在朦胧的夜色中闪动，被泪水浸泡过的双眸晶莹剔透，她的脸颊泛着少女的青涩……我的内心被一阵阵柔软的水波撞击着，渐渐不能自持。我们靠得更近了，一股黏稠而清新的气息裹挟着我，两个人冰冷的唇贴在了一起，很快就有了炽热的温度……朦朦胧胧中，我们似乎都被这迅速跳荡起来的热度所劫掠，但我瞬间就清醒了过来，遽然睁开眼睛，发现了一个截然相反的世界。

此时，怀中的这个女人也正在用一种复杂的眼神看着我，我无法读懂里面的内容，只感到她的眼睛里迸射出的火花溅到我的眸子里，令我觉得一阵刺痛，再次闭上了眼睛。一种久违的温情浮上心头，一声声呼唤似乎从很远很远的地方传来："秋声，秋声，抱着我，紧紧地抱着我……"声音是那么熟悉，那么轻柔，如丝丝春风无声潜入了我的心底。是褚燕来！我猛地抬起头，苍茫的夜空下，混沌的月色里，浓密的麦浪中，到处是褚燕来。"啊——"我痛苦地叫了一声，推开了怀中的汤丽欣。一阵铺天盖地的心痛袭击了我，我双手捂住脸，感觉自己浑身在抽搐，夜色也随之抖动起来。

当晚，我撇下汤丽欣逃回了学校，却怎么也无法入睡。刚才的场景如梦境一般，我不敢相信那是真的，我们怎么会不知不觉地走到了那一步？她在思念着季海坡，我的心里装着褚燕来，我们却拥吻在一起。此时，我的内心被懊恼和内疚充斥着，不知道明天该怎么面对汤丽欣，更不知该怎么向褚燕来交代。

我悄悄从床上爬起来，室友持续不断的鼾声让我少了些顾忌，我推开门，走向了校园。周围的寂静让我感到更加憋闷，我在心里不停地向褚燕来表白着，恨不得立马就出现在她面前。后来我就出了学校。

刚才还悬挂着的月牙儿已经消失，外面漆黑一片。

深夜的乡间小路寂静无声，只是偶尔有轻微的簌簌声颤动着穿过田野的麦浪，可是并没有风，这只是夏夜的气息。我心中被一种莫名的勇敢冲撞着，没有感到丝毫害怕。

虽是深夜，但去往虞山小学的路是明确的。刚下来实习的第二天，聂世兰就带着我们几个组长骑着自行车相互串了一下，那时的麦苗才刚刚漫过小腿。

出了学校大门往西是一条乡间土路，然后就到了一条大路，这条大路很短，接着再拐上一条羊肠般的小路，沿着这条小道一直走就到了。

虞山小学的大门早就关了，我知道要敲开大门会闹出更大的动静。眼前这道大门根本就挡不住我，我踩着外面的门环翻进了大门。褚燕来的宿舍在后面，是三间平房，和我们一样也是两个人一个房间，我记得她在哪间宿舍。敲了好长时间的门,又报上了自己的名字,门才打开。她很恼火,披着衣服倚在门框上,把我堵在了门口,问我要干什么。

我内心先怯了,嗫嚅着说:"我想找你谈谈。"

她生气地问:"这么晚了,谈什么?"

谈什么呢?似乎有很多话要说,却一时理不出头绪。面对她的质问,我有些张口结舌。她似乎看出了我的尴尬,顿了一下,像是很无奈地把身子从门框上擦下来说:"也罢,该和你谈清楚了。本来我是想给你写信的,现在看来这笔墨要省了。"说着就往外走。

我们来到操场,她在土台子下面的台阶上坐下来,也招呼我在旁边坐下。我们并排坐在了一起,像过去的很多次一样挨得很近。也就沉默了几秒,她又问:"喝酒了?"无论是从行为还是状态上,我都不能否认这个事实,便点了一下头说:"不过我心里很明白。"她说:"那就好。你不是想找我谈谈吗,那你就说吧。我们这次谈话可来得不容易,你深夜走了这么远的路,还以强硬的态度私闯女同学宿舍,冒着被抓起来的危险。付出这么大的代价,一定有特别重大的事情吧?"面对她的讥诮,我脑子里很乱,随着那种火烧火燎般情绪的减弱,内心想做的忏悔也在动摇,对今晚的冲动也充满了怀疑。

见我又沉默了,她说:"要不我就先说。你要相信,我接下来的话绝不是气话,而是深思熟虑的结果。我不否认对你的感情,可说实话,对于我们相爱我却一直不甘心,这种不甘心并不是像他们认为的那样,你配不上我或者我应该找个条件更好的。相信我,在我们的感情上我没有那么多顾忌,我一直认为,两个人相爱只要两情相悦,双方心灵能相互交融就够了。可在相处的过程中,我却发现你根本就不懂我,尤其是最近这半年来。且不说我遭受到的重创,单就目前面临的分配,我们的立场就存有巨大的差距。你一直认为我会像很多同学一样为了分配不择手段，可我不是你想的那样。尽管家里人在给我操心，但我还是想顺其自然，到最需要自己的地方去，这种想法我说了你也不相信。最让我伤心的是，当我放弃高考的时候，你和他们一样，也追着我问为什么。为什么呢？这么多人挖空心思挤这条路，我实在想象不出多一个少一个会有什么意义。我想的是要脚踏实地做点事。我再告诉你一个消息：我已找过学校领导了，要求他们把我分到最艰苦最需要的地方去。"

我听了，心里真的被惊着了，没想到她还会有这样一个惊人之举！

她在黑暗中似乎感受到了我的表情，接着说："怎么样，吓着了吧？这就是我们之间的距离。我觉得人来到这个世上不容易，总得发挥点作用，而去最需要你的地方就能发挥最大的作用。这你恐怕很难理解。因此，我一直觉得我们的思想差距太大，这也就是我不甘心的原因所在。实际上，母亲去世之前我就在想这个问题了。元旦那次，我们在旅馆，我就是想跟你做最后的诀别。还记得我上次谈到的穆念慈吗？我觉得我们的命运很接近，都是仅仅拥有了爱情本身，而缺少了爱情的内容，我们都爱得真挚而荒芜，所以我要舍弃这种不正常的爱。现在我要远远地离开这个地方，我的生活也要彻底发生改变。为了自己的追求，我要跟过去诀别，跟我们的爱情诀别。"

褚燕来说完，我彻底沉默了，内心感到无限悲凉，这次我终于要失去她了。这是一个注定的结果，我们的爱情本来就是一场梦，这一年多来，我不断从这个梦里进出，早已有了某种潜在的意识。也许她原本就不应该属于我，她只是我生命中的一次驻足、一次回望，帮我更清晰地理清来时的路，站在一个更高的地方去遥望下一段旅程。

那天晚上，我从虞山小学出来就迷路了，走了好几个来回都没从来时的那条羊肠小道上出来,最后我放弃了辨别的努力,信马由缰地游走着。此时,夜色庄重而威严,天幕上闪烁着无数颗亮闪闪的星星。我忽然想起小时候有次跟着父亲走夜路,父亲让我朝着最亮的那颗星星走。儿时的记忆激活了我的情绪,我重新昂起头,在高远的天空中很快就找到了那颗最亮的星星,然后义无反顾地朝着那亮光奔去。

二十一

我终于和汤丽欣单独坐在了一起。没想到,一上来我就遭到了质问:"这么多年你为什么从没主动关心一下褚燕来?你们男人为什么都这么自私?"汤丽欣的愤怒纯粹而真挚,端坐着的身体似一根笔直的烟囱,下面升腾起来的火焰直冲顶端,喷出闪着火星的烟雾。

我又能说什么呢?说自己这么多年一直在挂念着褚燕来,说褚燕来已成为我心底最为宝贵的珍藏?这显然是在为自己辩护,在这么多年来音信皆无这个大前提下,这种辩护又有什么意义?!

这间不大的茶室位于悦城最繁华的地段,应该离汤丽欣家不远,距离原悦城师范学校也很近。包房里有一张带着花纹的类似日式榻榻米的软垫,软垫上是一张构造简单的实木茶几,上面摆着茶海和白瓷茶具。角落里放着一个跟衣架一样高的花架,花架上面不是花草,而是一个正燃着檀香的香炉,淡淡的香味混杂着空调中徐徐吐出的冷气弥漫开来。窗子是封闭的,隔绝了下面商业街上富得流油的噪音。吸顶灯的光线幽暗,营造出了一种不太逼真的夜色。还算得上是闹中取静,这应该是经营者和光临者一致追求的效果。

相对安静的环境放大了责问的力度,我如同一个真正的罪人,毫无怨尤地低下了头。罪人感觉的源头不是来自面前这个正压抑着怒气的女人，而是来自我自己心底的愧疚与疼痛。汤丽欣的怒气显然也不是具体到某一个人，而是对整个男人群体的控诉，她的情绪应该更多是来自身边的男人，这让我不由得产生了一种代替聂世兰受过的感觉。我们彼此之间，不是对方情绪的来处，此时却有着难得的统一，我们相互启发着对方，我的存在提醒着她对男人的失望，她的存在却让我愧对我曾经拥有过的那份最初的感情，愧对那个让我知道什么是爱又让我失去爱的女人。

一九八九年七月十日，我的人生随着学业的结束也翻开了崭新一页。这天一大早，我背着自己不多的行李悄悄离开了宿舍，此时我的同学们都还在酣睡，此起彼伏的鼾声不是为了装点这个重要的日子，而是在为这几天的狂欢而买单。我们都累了，除了少数几个实现了愿望的同学之外，我们中的大部分人都不想急着奔赴下一个驿站。对于我个人来说，此地已无所眷恋，这个生活了三年的校园是我人生的第一个靶场，我的所有梦想几乎都在这里脱靶，散落在角角落落里的弹头已成为我失败的标签。

此时，我唯一想做的就是与褚燕来作别。女生宿舍门前静悄悄的，我像过去的很多个时刻一样，心怀期待地站在门口，仍然带有不知餍足的渴望，但心境已跟过去不同，现在充斥在我内心的更多的是一种凄凉和荒芜。时光在不知不觉中流逝，刚才还布满黛青色雾霭的晨光已逐渐淡去，东方的天空已经开始发白，下面拱出来的一片片粉红色花朵如火花般向四周奔散。

她终于出来了，穿着一件淡黄色连衣裙，火红的霞光从背后袭来，给她镀上了一层迷人的色彩，她脸上的神态却淡然而恬静。她来到我身边，抬眼看了我一下，什么都没说，默默陪我向学校大门走去，我们都知道这是分别的时刻。我们靠得很近，好像此时才是一对真正的恋人。她试着把手伸进我的臂弯里，但很快就又拿了出来，在即将结束的这段旅程中，我们还是不习惯我们向往过并曾经拥有过的那种状态。

前一天下午杜老师宣读了我们的分配去向，唯独没有听到褚燕来的名字。在那种极端环境之下，很多人根本就没有留意，奇怪的是褚燕来自己似乎也没留意，既没主动找杜老师问，也没有像其他同学那样在大起大落的情绪中放纵自己。她只是在那里安静地收拾课桌上的物品，然后抱着自己的东西就独自离开了，把一个纷乱的世间抛在了身后。之前，关于褚燕来的去向有过两种极端的说法：一种说她的大款父亲早就疏通好了关系，她将要去悦城师范学校附属学校任教；另外一种是说她已递交了申请，主动要去最艰苦的边地支教。

我很想知道她的去向，她反而先开口了，说："我会去墨镇找你的。"我的眼泪几乎要掉下来了，尽管这不是什么承诺，但至少说明还有一份牵挂。过了一会儿她又说："也许不会，谁知道呢！我们连现在都保证不了，怎么能保证以后？"

至此我才明白，过去我一直过高地估计了她，一直以来，她应该有着跟我一样的迷茫。我们被动地迈入一个新的生活阶段，应该都还没做好准备。去哪里已经不重要了，怎么选择已经不重要了，重要的是，我们要尽可能地按照自己的内心迈好下一步，要尽可能地走向自己想要前进的方向。

我们走出学校大门，沿着门外的马路直直地往前走，一直走到前面的十字路口。街角是一个小公园，我们曾经在这里约会过，现在我们却要在这里分手。她站住了，有些迟疑地说："你要自己保重！"说话间眼泪已流了下来。然后她急速转身往回走，一开始脚步飞快，像是要追赶什么，但很快就慢了下来，还不停地抬手抹着眼泪。我注视着那渐行渐远的背影，直到泪水盈满了眼眶，直到眼前变得一片模糊。

此时，我心里感到了刀绞般的疼痛，整个身体里充溢着一股莫名的、无比悲怆的气流，这股气流像魔鬼一样统摄着我。我痛苦地抱着脑袋蹲在地上，抓起眼前的石块，然后把自己左手的食指放在马路牙子上，高高地把拿着石块的右手举起来，照准那根孤独的食指狠狠地拍了下去。红色的血液顺着食指的指甲缝隙渗透出来，渐渐聚拢成一个个血红色的火球，那火球晃动着，似乎使整个世界都旋转起来。我扔掉石块，使劲攥住那根被血液浸湿了的手指，猛地把它含在嘴巴里，将鲜血连同那种眩晕的痛感一并吞噬了下去。

一个月后，我光荣地成为黑山联中的一名数学教师。黑山联中是墨镇最为偏僻的学校，其破败程度超出了我的想象。校园里到处坑坑洼洼，建校时用土填起来的部分，经过雨水的不断冲击，已经裸露出青褐色的石崖茬口。那几排用作教室的平房外墙都已斑驳，上面遍布着大大小小的伤疤。

我第一次走进校园就差点闹出了笑话。校长室前有一棵歪脖子树，在树干往下弯曲的地方还露着一小截快要风干的树枝，有一节铁丝连着的钢轨就挂在树枝上。我当时不知道钢轨是用来干什么的，看着有些好奇，想捡起脚下的石块敲击一下，可还没等我付诸行动，校长室里就走出来一个长相粗犷的汉子，一手拿着一把小铁锤，另一只手端着炮筒状的老旱烟。汉子的目的性很强，径直来到歪脖子树下，举起手中的小铁锤，对着钢轨当当地敲起来。钢轨在小铁锤的撞击下发出清脆的声音，跟校长室并排的那几间教室立刻闻声而动，瞬间就蹿出来一大群学生。我突然就有了一种似曾相识的感觉，似乎一下子回到了三年前墨镇中学的校园。

　　我有些吃惊,没想到那节钢轨竟然还担负着这种功能!那个拿着小铁锤的汉子也不是一般人,而是这个学校的校长。随后我了解到,这个看起来很不正规的学校也有着某些方面的规范性,比如假期让毕业班补课——刚才那些就是毕业班的学生。"上面要求补课,学校也只好把他们圈起来。"校长对我说这话的时候带有自嘲的味道,我此时已能体会到他为什么会这样,因为他心里对这种补课的效果很清楚。黑山联中建在山旮旯里,不但生源差,师资力量也很薄弱,除了刚刚加入的我是公办老师外,其余都是附近山村的民办老师,每个月只有很少的津贴,家里都有责任田,农忙的时候就让学生自习。学校的升学率就可想而知了,据说从建校到现在,没出过一个直接升入中专或者重点高中的毕业生。

　　我本可以不来这个学校,但那就只能去小学,所以最后还是无奈地做出了这样的选择。排课的时候我本想教语文,可校长说黑山联中根本不缺语文老师,缺的是数学老师,他们向墨镇教办打报告要的也是数学老师,教办给学校派来的应该就是教数学的。我还想力争,但看校长那张本来就很黑的脸已经阴云密布,只好应承了下来。

　　第一堂课我做了精心准备,严格按照师范实习时的规定来操作,讲完之后自我感觉良好,很自信地坐在那些评课的老师们面前听取意见。出乎意料的是,几乎没有一个老师能给予很好的评价,就连校长也只是浮皮潦草地应付说还不错。有位老师竟然在点评时说:"王老师的课讲得很好,但我总感到有些不对劲,后来一想可能是普通话的问题。一直以来咱们所有老师上课都不用普通话,学生们早已适应了,王老师乍用普通话,学生恐怕一时还不习惯。"这话让我瞠目结舌,最可笑的是这样的言论居然得到了好几个人的附和。

眼前的现实让我看不到未来，没想到我的人生会一下子变成了这样！在如此境遇之下，我本来就动力不足的热情骤然消失，破败的三尺讲台成为我谋生的手段，而真正的表达却找不到合适的舞台。与此同时，思念像连绵不断的潮水一样每时每刻都在冲击着我。

那时候，农村的学校都放忙秋假，在黑山联中的第一个假期，我做出了一个重大决定：去寻找褚燕来。

这个在脑海中翻转了一千万次的念头一旦冒出来就是一股不可遏制的力量，让我变得坚韧而执着。我先来到悦城市教育局政工科，每年的大中专毕业生都从这里流出。我在这里查到了褚燕来的名字，派令的存根还在，按照这个记录，她应该是去了悦城师范学校附属学校。但我来到附校却没找到褚燕来，问了附校里的好几位老师，都说学校从来就没接收过一个叫褚燕来的毕业生。后来我又来到悦东悦西两个区的教育局查问，也没找到褚燕来的信息。最后，我还是从悦城师范学生处探听到了她的消息：当初褚燕来确实分配到了附校，但她没去报到，自己主动要求要去最需要的地方，为此还专门找了校长，随后她的派令才被改签到了东篱县教育局。

我去东篱县城那天应该是一年中最富有色彩的时节，树叶已经开始发着微微的黄，田野里的庄稼分成了很多层次，金黄的玉米果实已变成收获的喜悦，只剩下些那些半青半黄的玉米秸还坚守在大地上。我先坐了四个多小时的绿皮火车到东篱县火车站，火车站很小，就是三间平房，出站口下面的栏杆都已消失，只剩下四周黑黑的框架，成了一个名副其实的大"口"字。

东篱县教育局政工科的工作人员对褚燕来印象很深，说给她开派令最为省劲，不用照顾各方面关系，领导直接关照让她去离县城最远的鹊山。

当时还以为这个毕业生受过什么处分，等拿到档案一看才知道她居然还品学兼优。

  从教育局出来，我急忙往东篱县汽车站赶，幸好还有通往鹊山的最后一趟车。车上又脏又乱，座位上的坐垫比抹布还脏，早已看不清什么颜色，且已不再完整，像网筛一样密布着大大小小的窟窿，黄焦焦的棉絮从这些不规则的洞穴中探头探脑。座位几乎都被先入者占据，我本不想坐，但想着还有一大段路程要走，看到最后排还有个空位，就挤了过去。谁知，那座位并不是闲座，而是被一个大大的尼龙袋子占据着，旁边那个染黄头发的年轻人显然就是袋子的主人。黄毛似乎对占用这个座位心安理得，闭着眼睛在摇头晃脑地哼歌，我叫了几声他都没理睬。最后我拍了一下他前面座位的后靠背，黄毛这才受惊吓般地把眼睛睁开，然后就用茫然的眼神看着我。我指了指他旁边的尼龙袋子，他似乎有些不情愿，但还是伸手把自己的行李拖了下来。座位本来就脏，经过尼龙袋子的二次污染就更不堪入目了，有些类似水泥的粉末"分赃不均"地散落在上面，还有一大块座位的罩布张开了大嘴。

  我放弃了座位，重新回到车厢前部，这时车上人更多了，不但过道里加上了马扎，发动机前盖和车门口的台阶都已坐上了人。已过了发车时间，在众人催促之下车子才缓缓地发动，但刚开出车站大门就在前面的路口停了下来。我一开始以为是车子出了毛病，伸头往前看，就见司机从前窗探出脑袋对着过往的人流扯着嗓子吆喝："鹊山，鹊山，上车即走！鹊山，鹊山，上车即走……"

  我心中焦躁，车厢里也有人开始抱怨："这么多人了还上！"

  "刚才就说即走，还不快走！"

  对这些声音司机大都听而不闻，偶尔会没头没脑地安抚一句："马上走。"又等了一会儿，抱怨声越来越密集，司机眼看顶不住了才又发动了车子。车子像刚才一样缓慢前行，可走了几步又停下了，司机再次探出脑袋来吆喝，然后又是等，终于等来一位，伸头一看车里面乌泱泱的人，说："没座了。"说着就要出溜着下车。司机正扭头对着他，一看他往后倒退，赶紧从座位上探身，伸出手一下子抓住了他的肩膀，说："有座，有座。我保证让你坐下。"说着司机已离开驾驶座，从最靠近他的座位底下又拉出来一个马扎，硬硬地撑在车门台阶上。马扎根本放不下来，被挤成了一个瘦长的X。刚上车的那人为难地说："这怎么坐？根本放不开。"司机说："你坐上就放开了。"那人试探着坐上去，马扎倒是被撑开了，但整个车厢的人就像被劲风吹拂的芦苇一般往后倾倒。

我随着人流从车厢前面逐渐被推到中间，下面连搁脚的地方都没有，只能踮着脚把身子尽量拉长。最难以忍受的还是气味，各种来路不明的味道混杂在一起，让人无法呼吸。

到达鹊山的时候已经快到下班时间了。鹊山镇政府是街上最气派的建筑，几乎不用打听就找到了这座灰色的二层楼房。镇教育办公室在一楼楼头，固定牌子的木螺丝松脱了一个，"教育办公室"几个字只好斜着吊在门框上。办公室里面排列着四五张办公桌，几乎每张桌子都做到了物尽其用，后面不但坐着各自的主人，桌面上还堆满了书报、纸张、文件、墨水、茶杯等物件，乱得极有文化，像是有意跟门口半吊着的牌子做配合。在这里打听褚燕来就更不用费劲了，好几张嘴巴几乎同时张开向我传递了如下信息：褚燕来被分到了孙楼村小学。孙楼村是东篱湖区最为偏远的一个村庄。去孙楼村有两条路：一是水陆交替，先步行十多华里到达清河渡口，然后再乘木筏子抵达；二是沿环湖公路一直走，再绕一段小路就到了，但这要多走一倍的路程。介绍完这些他们就开始替我发愁，天已这么晚了，如果水陆交替着走，走到清河渡口天都黑了，木筏子就不一定好找了；要沿环湖路走就更没谱了，走到半夜也到不了孙楼村。

听了这些我也惆怅起来，问有没有其他办法。坐在最中间的那位老兄应该是领导，他率先说："没法，只有这两条路。要不你就在镇政府门口的小旅馆住一晚上，明天一早再去孙楼。"我有些灰心，刚得到褚燕来的确切消息，恨不得一下子就见到她，怎么能再耽搁一晚？这时突然有人说："我刚才看到周顺了，开着拖拉机进来，还跟我打了个招呼，说是来种子站拉化肥的，顺便到党政办公室来拿份文件。周顺是孙楼村的民兵连长，你可以让他把你捎过去，你快去楼上问问他走了没有。"我一听，也顾不得说感谢了，抬脚就往楼上跑。到楼上一打听，党政办的人说周顺刚刚离开去了新华书店，我又赶紧赶往新华书店。

我在新华书店门口看到了那辆拖拉机，是那个年代乡间比较流行的东方红195，车身是红色的，上面布满泥点子，后面连着一个绿色的铁皮货斗，里面堆满了装在尼龙袋子里的化肥。在黄昏的光辉中，那些尼龙袋子白得耀眼，就像水波中鲤鱼的鳞片。新华书店在镇政府门前的东西街上，是两间平房，在路南，里面黑咕隆咚的。我在门口等了一会儿，就见一个粗壮的汉子从里面走出来。汉子的步伐很快，脸上蒸腾着焦躁的气息，身上的蓝布衬衣已经被汗水湿透，脖子上挂着一个黑色的人造革提包，一个弯曲的机械手柄露在包的外面——应该是发动拖拉机的摇把子，两只大手平托着一摞新华字典。

这显然就是周顺了。我迎上前去，直接介绍自己是褚燕来的同学。周顺感到有些突然，瞪着眼睛看了我一下，把那一摞字典托在左手上，腾出右手擦了一把额头上的汗水，顺便把挂在脖子上的包整了整，才慢吞吞地说:"你是褚老师的同学?"我说:"是,我们是师范同学。"周顺把头低下,又突然抬起头问:"你找她有事?"我有些诧异,周顺似乎也感到这话问得有些不合适,赶忙又解释说:"我不是那个意思,我是说褚老师……她……她一直是一个人……"我越听越糊涂,周顺干脆不再继续解释,直接把那一摞字典往我怀中一搡说:"走吧,上车。"说着径直来到拖拉机前,把提包从脖子上摘下来,攥住机械手柄薅出摇把子,顺手把提包扔在拖拉机驾驶座上,然后俯身把摇把子下端的螺榫对准发动机的插口,猛地往下用力,拖拉机立刻突突地叫起来,与此同时,一股浓重的黑色烟雾也从前面的烟囱里喷射出来。

  周顺爬上拖拉机驾驶座,见我还抱着字典在下面傻站着,就有些焦急地喊道:"还不上来?就这,天黑也到不了家!"我这才有些着慌,急忙向前把怀里的字典放在那些凸起的尼龙袋子中间,然后伸手攀住车斗边沿,纵身跃了上去。

二十二

　　我们到达孙楼村的时候天已经完全黑了下来。这一路上周顺把拖拉机开得飞快，我坐在后面就像被风扯起来的帆，鼓胀在夕阳辉映下的天地间。几乎没有多少村落从眼前掠过，我只感受到无边无垠的水面，还有那漫无边际的芦苇荡。没有渔歌唱晚斜阳草树的诗意，沿途人烟稀少，但我却一直很兴奋，也有些莫名的紧张，我无法想象自己见到褚燕来会怎么样。

　　周顺在孙楼村小学门口把拖拉机停了下来，然后扭身大声地说："到了，褚老师应该在里面。"周顺说这话的时候拖拉机仍然突突地叫着，只是声音比刚才在路上时小了一些。我有些蒙，极力睁大眼睛向周围搜寻，四下里一片黑暗，借着拖拉机的灯光，我看到前面有一个敞开的大门。我起身正准备往下跳，周顺又大声说："带着那些字典，那是褚老师要的。"

　　我从拖拉机上下来，脚跟还没站稳，拖拉机就又突突地开走了。我定了定神，这时才看到有光亮隐约地从前面的大门透出来。我本来以为，借着灯光的指引打开那扇门就能见到褚燕来，没想到里面却是一位高个子的中年人。中年人看向我的目光像我当时的神态一样惊讶，遽然问："你找谁？"我小心地回答："我找褚燕来老师。"

中年人有些狐疑地打量了我一下，然后推开后面的窗子扯着嗓子喊："褚老师，褚老师，有人来学校找你了！"

我隔着黑洞洞的夜空就听到了那声清脆的应答，接着褚燕来就出现在了我面前。我们已分别了三个多月，将近一百个白天和黑夜，这在历史长河中也许仅仅是一瞬，但于我们却是太久了。我们相对而立，明明还是原来的两个人，却好像变得模糊而陌生，这使得我们有着同样的茫然和无措。最终还是她率先打破了尴尬："我还以为永远也见不到你了！"这话明显带着怨尤，却一下子把我的心暖了回来，刚才的不安和隔膜顿时烟消云散，我的内心充满了感动。

褚燕来随后介绍那位高个子中年人，让我称呼他高老师，又向高老师介绍我是她的师范同学。高老师立刻热情地上前跟我握手，得知我还没吃饭，又要去给我张罗晚饭，说有自己从家里带来的糟鱼，还有用芝麻油炒好的咸菜。褚燕来说自己正在后面煮面条，我也想尽快脱身，连声说不麻烦了，高老师却执意把糟鱼拿了出来。正在拉扯之间，外面却再次响起了突突的拖拉机声。我们都有些意外，高老师走到门口看了一下，然后回身对我们说："周书记来了。"

先是听到拐杖落地的嗒嗒声，然后才是扑嗒扑嗒的脚步声。我莫名感到了紧张，也朝向门口张望，看到朦胧的灯影里走来了两个人。走在前面的那个拄着拐杖，右边的腿从膝盖之下就没有了；跟在后面的应该是刚刚跟我分手的周顺，手里面提着一个大大的网兜。拄拐的人显然也看到了我，远远地叫道："你就是褚老师的同学吧！这么大老远跑来看褚老师，欢迎啊！"

拄拐人的声音透着一种少见的粗犷，还有浓浓的地方口音，在这夤黑的夜中显得有些怪异，似乎有着刺穿一切的力量。高老师这时已经迎了上去，褚燕来乘机靠近我悄悄地说："这是孙楼村支部书记周大向和他的儿子周顺，看来他们是来给你接风的。"

没想到他们还真是奔着我来的。褚燕来先向我介绍周书记，周书记呵呵笑着说："叫我老周就行，周围的人都叫我老周。"说着还把手上的拐杖往下点了一下，喻示着"周围"这个范围可能更广泛一些。然后褚燕来又向周书记介绍我是她的师范同学，周书记就把他的大手朝我伸出来，朗声说："你是褚老师的同学，也是我们的亲人，我不过来看看就显得不懂事了。"然后又看着刚刚从网兜里掏出来的那些东西说，"你大老远过来，我们也没什么好招待的，都是些很家常的东西，王老师你可别见笑啊！"我机械地上前握住老周的手，顿时感到自己的手掌好像误入了屋檐下废弃多日的鸟窝，里面柔软的羽毛都已消失，只触摸到了粗糙而坚硬的沙土。

老周虽然说话粗声大气，但样子看起来还算和善，贴在头皮上的头发全白了，眉毛也夹杂着些白色，宽阔的脸庞上布满了皱纹，就像正喷发着的泉眼漾出来的水波。面对老周的这番客套，我不知道该怎么应对，他们的到来让我感到很是意外。褚燕来似乎也没回过神儿来，幸亏还有高老师，他边从屋角橱子里往外拿盘子边帮我们打着圆场："周书记就是想得太周到了！但也幸亏您的周到，不然我们还真得让王老师吃咸菜！"

周书记说："这是应该的！褚老师跑这么远来给我们孙楼做贡献，我这个土坷垃干部连这都做不到，不是失职吗！现在整个社会都尊师重教，小平同志会见乌干达总统的时候就说，我们在十年中最大的失误是教育方面发展不够。小平同志这话说得很对，我现在也认识到了这个问题的重要性，孩子们上不好学就不能学到更多知识，就不能完成'四个现代化'的建设任务。所以学校里的事就是我们孙楼村的大事，老师们的客人就是我们的客人，我们怎么敢怠慢？！"

老周的这番话说得高老师啧啧赞叹："你看周书记这境界！省委书记的水平也不过如此！"

听了高老师的赞叹，老周哈哈大笑起来："你就会给我戴高帽！这些我可都是从广播上听来的，人家省委书记可不像我这般鹦鹉学舌。"

这样说着，酒菜很快就准备好了，周书记让我上坐，我也不知道怎么客气，一下就坐在了老周给我指定的位置。餐桌是两张办公桌拼起来的，桌子上已经摆好了菜肴，有烧鸡、酱猪蹄、酥鱼、肴藕、花生米、生拍黄瓜，再加上高老师刚才拿出来的糟鱼和炒咸菜，正好凑齐了八个菜，旁边还放着两瓶兰陵大曲。

我来孙楼村的第一个晚上就这样在觥筹交错中度过了。老周对我一直非常热情，高老师也一直那么能说会道，相比而言，我们三个年轻人却显得沉闷一些。

晚上我和高老师挤在一张床上，酒后的高老师躺下不久就发出了鼾声，我却怎么也睡不着。这里的夜晚可真是静啊！连自己的呼吸都清晰可闻，还有那悠长而无奈的思念仿佛也发出了哨声，思念近在咫尺却不能抵达。孙楼村小学比我想象的要大一些，前后有三排房子，我们刚才吃饭的办公室和高老师的宿舍在第一排，褚燕来住在第二排。晚上酒宴结束送走老周父子后，我陪她走到了门口，她没有邀请我进去，当时我似乎也没敢有那样的奢望，我们像过去的很多次错过一样心有不甘地放弃了对方。对此，我内心依然充满着困惑，不知道我们的内心还顾忌着什么。

第二天是星期天，一早高老师就回家了。湖区大秋农作物很少，一般不放忙秋假，高老师的家在离学校十多华里的一个村子，本来昨天下午放学后他就该回家，但被其他事情耽搁了。临走高老师把他宿舍的钥匙交给了我，说他明天早上才能回来。

看着高老师骑着自行车离开校园，我的心一下子就放松了，偌大的校园只剩下我们两个人了。我激动地向褚燕来的宿舍奔去，宿舍门已经开了，我感到那就是特意为我打开的，我的世界里只剩下了她一个人，我们之间已经没有了任何障碍，也不需要任何语言。一进屋我就迫不及待地抱住了她，一股从未有过的温暖和战栗立刻如电流般灼遍了我整个身心。

我们应该抱了很久，直到她的眼泪滴落在我的手背上。我想对她说对不起，但却觉得这话太过苍白了，口头的歉意已难以表达内心的愧疚。她的眼泪显然也不仅仅来自对我的怨尤，三个多月的时间，我们都经历了一生中最为重大的变故，流出来的泪水和忍在心中的泪水都是这场变故的产物。

跟我这次还算顺畅的寻爱之旅不同，褚燕来第一次来孙楼村的时候简直算得上传奇。

一九八九年七月三十一日下午，褚燕来拿着东篱县教育局开出来的派令，辗转来到鹊山镇。镇教育办公室的人还算民主，根据她的要求把她派到了较为偏远的孙楼村小学，所谓"派"也仅仅是教办主任的一个有些戏谑的电话。之后，她就等待那个被教办主任称呼为"老周"的人"过来领人"，没想到，这次等待会无比漫长，那个最后被迫陪着她的人也当了逃兵，把位于镇政府一隅的整个办公室都留给了她。直到天完全黑透，四周都阒然无声了，老周和周顺才出现。

当时的环境之下,老周和小周那混搭着的身影骤然在走廊里显现,褚燕来感到自己似乎一下子就陷入了一个惊恐的梦境,在身体残障的老周和闷头不语的小周面前,她紧张得直出虚汗。尤其让她没想到的是,老周和周顺来接她的交通工具居然是一辆胶轮推车。老周解释说村里倒是有拖拉机,但那东西太能喝油了,跑一趟镇上能吃进去一麻袋麦子,更何况拖拉机没法上轮渡,要绕道环湖路就要多走二三十里。按照老周的安排,胶轮车不但要驮行李,他和褚燕来还都要坐上去,这样不但赶路快,周顺推起来还不偏沉。尽管这个时候褚燕来已经又累又饿,但她还是坚决地拒绝了老周的好意。她实在不想坐在老周旁边,让一个年轻的男人在后面推车,除了面子上过不去之外,还有着种种很不好的联想。老周先是劝了她一阵,见她执意不坐,也只好拐着拐杖陪着她走。

　　走了大概有一个多钟头的样子,来到了清河边。周顺打了个很响亮的呼哨,就有一个木筏子从边上漂过来。褚燕来觉得这有些匪夷所思,只有在电影中才能看到的情节居然会出现在眼前!很快那个挂着马灯的长长的木筏子就靠在了眼前,撑筏子的人已把一块狭长的木板搭在了他们脚下。往木筏子上迈的时候老周走在前面,踏上木板的瞬间他的身子明显摇晃了一下,但他及时调整了姿势,把拐杖和那条健康腿的距离拉开一些,然后就轻盈地上了筏子。褚燕来跟在后面,心里有些忐忑,这是她平生第一次乘坐这样的木筏子。

　　这一路上老周话不多,除了对褚燕来必要的关照之外,他们几乎没有什么交流。在木筏子上坐下来,老周这才打开了话匣子,开始向褚燕来介绍脚下的这条河以及孙楼村的历史。也没什么特别之处,河当然是大自然的造化,村子的形成是人们逐水而居的结果,只是河的名字寄予了人们的美好愿望:河水来自黄河,盼着河水清亮的愿望就异常强烈,因此才叫清河。许是受到了老周的感染，褚燕来那本来紧张的神经此时也放松了下来，并且感到了一种莫名的兴奋。当然不是因为脚下的这条内河，而是为了黄河。从小就从课本中知道，黄河是我们的母亲河，一段遥远的传奇一下子走进了她现在的生活。她站起来，走到木筏子边缘，把手伸进河水里。这可是黄河的水啊！她的内心被一种神圣的激情充斥着，整个手臂都浸在河水里，微微清凉的河水如铺排在宣纸上的墨汁逐渐晕染上来，融合着习习吹来的夜风，让她瞬间有了一种超凡的感觉。

到达孙楼村小学的时候已经夜里十一点多了，高老师还在等着他们。老周介绍说，高老师是孙楼村小学的校长。随后她就了解到，高校长这个称谓背后并没多少实际内容，因为目前整个学校只有高校长一人在支撑。早前还有一位姓朱的老师，一年前朱老师突然在课堂上晕倒，送往鹊山镇医院按胃溃疡治疗了一个多月，后来去了东篱县医院，被确诊为肝癌晚期，今年春天就撒手人寰了。之后，全校一到五年级八十多个孩子就只剩下了高老师一人管理。

在这所只有两位老师的学校里，褚燕来受到了前所未有的礼遇。宿舍虽然简陋，但里面的设施基本齐全，床上挂着蚊帐，铺着崭新的苇席，门口有一个装满清水的大水缸，还有一个可以用来做饭的煤油炉。高老师介绍说，这些都是老周找人备下的。一听说镇上给派来了个大学生，老周马上就用村里的高音喇叭播报了出去，并要求村民全力做好接待。那张崭新的苇席就来自于一个准备给自己的孩子结婚的家庭，那对新人的好日子订在四天之后，中间还有时间置办，就临时救急把苇席从家里贡献了出来。

可作为一个女孩子，在这里生活还是会面临很多实际问题。学校原先建的厕所都已坍塌，头一天晚上褚燕来就遇到了上厕所的困难。第二天她才知道，学校前面的牛棚一直被当作厕所使用。孙楼村是个奇怪的所在，很多地方在实行联产承包责任制之后，大牲畜也随着分到了各家各户，但孙楼村却一直没分，仍然由村集体养着，农忙的时候供村民轮流使用。后来她才逐渐了解到一些原因。刚推行责任制时，老周跟当时的许多村干部一样都有所抵触，但他知道大势所趋，无法阻挡，只能利用一部分群众的情绪消极拖延。恰巧那年春天孙楼村跟其他村子抢夺湖滩地，老周利用集体的优势拔得了头筹，最大的一块湖滩地就落入了孙楼村之手。然后他乘机宣布，既是集体抢到的就归集体所有，收成仍属于集体财产。这片湖滩地顺理成章地被定为孙楼村的账外财产，村里掌管了这一财源后，用其收入统一为村民免费耕地、浇水、上缴农业税及乡镇提留，村民受益，老周的威望也得到了空前提高。鹊山镇领导发现后还曾整理材料上报，称其在联产承包责任制中保留了为民造福的公有制经济成分，想树立一个典型，结果上级调查后不了了之，但孙楼村这种"掺假"的联产承包责任制形式却被保留了下来。

当然，孙楼村之所以可以这样，还得益于老周自己不同于一般人的经历。老周本是河南人，很早就参加了革命，在陈毅领导的华东野战军服役，不满二十岁就当了排长。他在歼灭国民党第七十二师主力的战斗中受了重伤，辗转来到孙楼村养伤，之后就再也没回部队，与当地一名女子结婚生子，正式在孙楼村落了户。从此这个以孙氏家族为主的村庄多了一户姓周的人家，这户人家的男主人很快就因其特殊身份成为这个村子的掌舵人。

褚燕来将不得不与那些牛们共用一个厕所。第一次去的时候她非常慌张，看着驼背的老饲养员把牛一头一头从牛棚里牵出去，确定没人再进来她才敢跑进去，紧张得就像上战场。此后，上厕所成了她最大的困境，高老师和学生们却都习惯了跟牛们共享牛棚。一到下课，男孩子们就撒欢地往牛棚里跑，他们要抢在牛们还没离开牛棚的时候撒尿，能把尿淋在高高的牛背上已成为他们最大的乐趣。女孩则去牛棚的另一面，叽叽喳喳的就像一群栖息在枝头的喜鹊。在牛棚上厕所已从单纯的生理活动变成了他们游戏的一部分，为此驼背老汉还找了高老师几次，让学校管束一下那些调皮的学生。高老师一般是在学生上课的时候去牛棚，这样来去都能从容一些，尤其是回来的时候，他会迈着稳稳的四方步，有时嘴巴上还会叼一支香烟，一边吞云吐雾一边悠然地返回。

褚燕来之所以这么留意他们去牛棚的时间，关键还是为了跟他们打好时间差，保护好自己的隐私。可意外总是有的，尤其是当身体的消化系统出现故障的时候，那种紧迫和焦灼让她非常狼狈，有时她不得不像一只迷路的野生动物般贸然闯进附近的农户家。幸好老周之前已用高音喇叭对她做过介绍，老乡们很快就都认识了她，她才获得了"擅闯民宅"的特权。

实际上，在这个事情上老周是百密一疏，褚燕来是羞于说出来。以老周对教育的重视，他若了解情况，绝不会坐视不管。这也不能怪老周他们迟钝，在他们看来跟畜生们共用一个厕所没什么不妥。这倒不是说明他们有众生平等的思想，而是从一种更实用的角度出发，所有动物的粪便都是很好的肥料，生活在乡下的人们天生就有变废为宝的智慧，他们的思维方式与文明和隐私无关，更多的是来自原始的生存本能。直到有一次褚燕来慌慌着去村里找厕所，迎面碰到了老周。老周问她怎么了，她当时匆匆如丧家之犬，胡乱地回答着，但看她当时的样子，老周应该明白了急之所在。第二天校园里就拉进来了石料，接着就涌进来十来个瓦工，仅用了两三天的时间，厕所就胜利完工了，而且一盖就是三间。

有两间分别是男女厕所，那间小一点的做了专门的女教师厕所。

生活问题基本解决了，接下来还有更大的困惑：孙楼村小学的教学现状让人感到惊悚。到这里之前，褚燕来很难想象一个老师会带五个年级八十多位学生，但高老师却把这不可想象的事情变成了现实。他把五个年级的孩子安排在两间大教室里，一二三年级一间教室，四五年级一间教室，给这间教室上课的时候，那间教室就安排学生自习，反之亦然。这就是传说中的复式教学，而高老师创造的是复式中的复式。

用这种不可想象的方式来教学，学生的成绩就可以想象了。这学期一开学，由于褚燕来的加入，高老师用不着这种复式加复式的教学方式了，他主动担纲一二三年级的教学任务，由褚燕来接管四五年级。这个安排本身没问题，也体现了高校长率先垂范的工作作风，起初褚燕来也感到满意。实习的时候我们就知道人生的第一堂课最难教，更何况还是一群没有经过幼儿园过渡的乡下孩子。可上了几堂课之后褚燕来就感到了无奈，学生的基础太差，课本上传授的内容与他们实际掌握的知识有很大差距，四年级学生中没有一个能把课文很流利地朗读下来的，五年级学生连基本的应用题都不会。这还不是最主要的问题，最主要的问题是他们已有的知识也存有很多谬误，念课文的时候一张嘴就是错字白字，习惯于用偏旁来发音，比如他们会把企鹅念成止鹅，把瀑布念成暴布，把谆谆教导念成享享教导……褚燕来试图给他们纠正，他们却振振有词地说高老师就是这么教的。

高老师是孙楼村小学的元老级人物，像孙楼村这样的学校，随着上面的形势发生过好几次重大的变革，空旷的校园和高老师的教师资格就是这些变革的成果。六十年代初的一次大洪水过后，发生了百年未遇的大饥荒，原本就师资匮乏的湖区教师流失严重，全县整个基础教育几乎处于半瘫痪状态。无奈之下东篱县只好从初高中毕业生中招募教师，规定初中毕业生只要年满十七岁，高中毕业生只要年满十九岁，经过简单的审查就可以被聘为民办教师。当时刚够年龄的初中毕业生高老师就这样成了孙楼村小学的一名教师，从此开启了他漫长的教师生涯。

高老师在孙楼村享有一定的威望，不仅是因为资格老，还因为他那敬业的教学态度。他平时对学生极富耐心，学生犯了错或者没完成作业，只要不过分，他采取的方式不是打骂，而是留下吃饭，如果不改正他会一直留下去，直到这个学生认错或者把作业完成为止。这些都为高老师赢得了很高的人气，所以要把高老师留下的错误纠正过来，有很大的难度。高老师的教育在孙楼村已历经年根深蒂固，"高老师教的"基本上已形成一个不可撼动的"公理"。褚燕来很快就意识到，单凭她个人的力量要更正这种"公理"显然是蚍蜉撼树。后来她才想到了字典。书本总是带着让人天然信赖的属性，"高老师教的"也得以书本作为依据，这就是她让周顺买那些字典的原因。

二十三

■ 我们在一起的时光是快乐的，那个星期天应该是我一生中最为美好的一天。我们一整天都腻在一起，相互诉说着分手后的经历。后来我们一起听歌，都是那个时期极为流行的歌曲，有张蔷、程琳的，还有刚刚在内地火起来的费翔的歌。我们当时年轻的心还不能真正体会到人生的厚度，那些用优美的旋律演绎出来的爱恨情仇会很轻易地感染我们。

跟在师范读书时的那种单纯的约会不同，我们这次见面更多地介入了生活。我发现她原来是很会做饭的，刀工也好，切出来的土豆丝很有专业水准。她告诉我，他们家的日子虽然一直过得比较富裕，但父母都非常忙，常常把她一个人锁在家里，她四五岁的时候就知道给自己做吃的了。吃腻了大人准备的饼干，就用暖瓶里的开水冲葱花水，为此小时候没少挨烫，他们家应该是最早使用按压式暖瓶的。当然，那个时期也是她人生中最为孤寂的一段日子，尤其是白天的时光，那么地难熬。院子里有几棵树，天热的时候她就隔着窗子仰头数绿色树叶，天冷她就在地上寻找黄色落叶。她羡慕那些在外面疯跑着的孩子，羡慕那些有弟兄姊妹的家庭。她曾经多次问妈妈，为什么不能再给她生个弟弟或者妹妹，直问得妈妈泪水潸然，等稍微懂事了她才知道妈妈不是不想生，而是在生她的时候就落下了病根，再也不能生育了。

"这是不是我的宿命？我就应该孤独一生？"她这样问着我也反问着自己，眼泪不自觉地流了下来。我上前拥住她，很想安慰她。也许我能给她一个承诺，但话到嘴边却被我咽了回去。此时我仍然感到她的心如大海，我不知道我的承诺在她心中有着多大的分量。

晚饭后我们一起去东篱湖大堤上散步，没想到我一下子就受到了震撼。东篱湖的美丽是很难用笔墨来形容的，尤其是在这个秋去冬来的季节，尤其是在这傍晚时刻。湖水已经完全摆脱了夏季的狂躁，澄澈如一片安静的碧绿。轻软的、光滑的波涛，小心地、带有节奏地抱拥着石岸，而后会发出类似于叹息的低语。硕大的太阳已经完全沉没在无边无际的地平线以下了，只留存下一些碎絮似的彩色霞片，红的、黄的、蓝的、紫的……灿烂地交融在一起，放射着多彩多姿的光芒，这些光芒映照在湖面，就更显现了轻柔波涛的美丽。前面不远处的湖滩之上，伫立着一大丛金黄的向日葵，饱满的生命已经把粗壮的茎压弯，细长的花瓣围着圆形的花盘密密麻麻地簇拥在一起，就像一群可爱的小精灵迎着西去的阳光起舞。微风吹拂，花瓣摇曳，那已结满累累果实的花盘也在微微转动。

我们被这意想不到的景色所击中，不自觉地停下了脚步。我们都应体味到了某种伤感，夕阳中的向日葵就像盛宴散去、灯烛未灭的光景。那金黄的色泽，还有那在重负之下依然昂着的头颅，不就是我们命运的写照吗？不就是大写的不屈吗？

我忽然想到芒克的那首《阳光中的向日葵》。师范二年级下学期，我们班与对口的八五级二班搞"五四"联欢，我在联欢会上就朗诵了这首诗，事后褚燕来还说我酸腐。但今天，看到夕阳中的向日葵，我被深深打动了,深深体会到了向日葵的抗争、愤怒、骄傲和顽强。太阳的绳索不会锁住向日葵闪耀着的光芒,上天赐予我们的宿命也不能改变我们追求自由和理想的人生。我的心随着眼前的向日葵而跳动,情感的波涛也在起伏着。我几乎不能自抑,不自觉地又把这首诗朗诵了出来:

> 你看到了吗
> 你看到阳光中的那棵向日葵了吗
> 你看它,它没有低头
> 而是把头转向身后
> 就好像是为了一口咬断
> 那套在它脖子上的
> 那牵在太阳手中的绳索
> ……

后来,她的声音也渐渐和了上来,没想到她竟然也把这首诗记得这么牢。在这大堤之上,在夕阳的余晖之中,我们的声音逐渐高亢起来,如同长了翅膀一般伸向那辽远并逐渐走向黑暗的天空,似乎要拼命抓住西天那最后一抹亮光。

散步归来,我们似乎重新回到了人间。我像昨天晚上一样把她送到了宿舍门口。我在门口踌躇着,内心带着某种企图。这时候天已经很黑了,她打开门,拉了一下门后的灯绳,吊在房顶上的灯泡却没能像往常般亮起来。"应该是又停电了。"她自言自语地嘟囔着。这似乎给了我机会,我也随她走进了房间。她摸索着寻找蜡烛,在书桌上没找到,又转到床头的隔板上,最后她干脆放弃了努力,回身说:"我们去办公室吧,那里有罩子灯，你还可以帮我批改一下学生作文。"我没想到事情会出现这样的转折。此时她已经准备往外走了，我也只好跟着出来。

失去这次机会，这天晚上最终回归了平淡。学生作文是五年级的，果然很不像样子，不但写不成句而且错白字连篇。作文题目是《我最敬爱的人》，几乎所有学生写的都是敬爱的褚老师。在学生们笔下，褚老师有时是仙女，有时又是女妖，就是没有一点凡人的影子，尤其是对她外貌的描写简直是千奇百怪，单单一个圆圆的脸蛋儿就有各种各样的比喻，有的比作洋瓷盆，有的比作没把的冬瓜，有的比作家里做饭的大铁锅……看得出来孩子们是想挖空心思地把老师写得美丽一些，不想这些文字堆砌出来，他们敬爱的褚老师就成了不可想象的妖魔鬼怪。

在这个夜晚，我们感受着孩子们那单纯而贫乏的想象，这也成了我们相互取笑对方的理由，在这其中我们似乎找到了暂时的快乐。我们似乎变成了亲密无间的同事，一起来品评自己学生的作业，但我们都知道，这不是我们想要的。

后来电灯重新亮了起来，我们把二十多篇作文批阅完毕就离开了办公室。我在这天晚上第二次把她送到宿舍门口，然后就慌不择路地跑回了高老师的宿舍，我不知道自己为什么会如此紧张，也不知道自己在逃避什么。

第二天她上了一天的课，下午放学后我来到她宿舍想帮忙做饭，但看到她似乎有些不开心，我问怎么了，她也不说话。后来，在她的提议下，我们又走上了东篱湖大堤。

在开阔的大堤上她才告诉我不开心的原因，原来都是那些字典惹的祸。上午她就把字典发给了每个学习小组，怎么查字典她早就教过了，学生们对照着字典，很快就发现"高老师教的"果然是错的。这个年龄的孩子们是按捺不住这种兴奋的,就把自己的发现大张旗鼓地"宣传"了出来,这让高老师产生了误解。

中午放学时她就发现高老师脸色不对,当时还没有多想。下午下课后她刚准备离开办公室,高老师就叫住了她,没头没脑地说:"褚老师,用不着拿字典来压人吧?再说,字典就百分百正确吗?"她乍听这话时一头的雾水,再看高老师那铁青的脸色,立刻就明白了。

我觉得这事她做得没错,传道授业解惑是一个老师的本分,难道一名老师会眼看着学生出现错误而不去纠正吗?真正的错误应该往上追溯,高老师在不具备教师素质的前提下,被一个特殊时期硬硬推到了教师的岗位上,这和我们的情况大体相似。我一直感到我们被迫成为教师也是一种悲剧,本来可以进更高的学府深造,却阴差阳错地选择了教师这个职业。现在我们虽然站上了讲台,可心智还没完全成熟,我们此时显然还做不到为人师表,跟中国传统的"师道"也是不相符的。从这个意义上讲,我们的处境和高老师一样,都是由所处的时代造成的,都是揠苗助长的结果。

这事也用不着烦恼,应该主动去跟高老师沟通一下。高老师看起来是个明白人,也应该知道自己知识上的不足,说那番话是出于一时激愤,沟通好了也就没事了。

"我不去沟通!"听了我的建议,褚燕来坚决地说,"作为老师,无论如何都应该去纠正那些错误,十年树木百年树人,那些孩子的人生才刚刚开始,我不能愧对老师这个称谓!我不能不负责任,不能让他们一起步就充满错误!"

褚燕来说着话,脚步并没有停下来。我却慢了下来,看着前面那个倔强的背影,内心又莫名地感到了酸楚。她始终是一个斗士,但这种人是最容易碰壁的。我不想让她生活在四面都是敌人的环境里，更不想看着她头破血流。

昨天傍晚看到过的向日葵依然傲立着，那颗在地平线上跳跃着的水母般的硕大火球，正在做着一天中最后的灼烧。我盯着前面那越来越狭长的身影，整个身体也像被点燃了。我不再犹豫，快速地赶了过去，上前猛然揽住她，说："让我来保护你吧！"

起初她没有说话，认真地看着我，她的眸子在那灿烂的晚霞中呈现出金色的光芒。那色彩渐渐闪亮起来，顿了一下，她才缓缓地说："你会甘心吗？"

只要能不在那样一个学校里混日子，我还有什么不甘心的？最重要的是我们可以整天厮守在一起，这不是我一直以来梦寐以求的事情吗？

那天傍晚，在东篱湖的大堤之上，我们都下了很大的决心，也许下了郑重的承诺。直到天完全黑下来我们才往回返，这个时候星星点点的渔火已经点亮了，旁边还游动着从低矮村舍里透出来的如泥点子般的光亮，它们和渔火融在了一起，在漫起的夜色中微弱地闪烁着，像星光一样流淌，这让我们感觉就如同遨游在太空中。

回到学校，我们本来想用褚燕来的煤油炉煮碗面了事，没想到，高老师听见我们的动静，主动招呼我们。我们一进办公室就闻到了扑鼻的香味，褚燕来夸张地叫起来："又做鱼锅饼子了！真香啊！"说着还使劲吸了吸鼻子。高老师笑了，说："我就知道你馋这一口，还不赶紧洗手吃饭！"

在湖区待久了的高老师有一手很好的厨艺，尤其善做湖鲜，他做的鱼锅饼子味道一绝。每有村里的渔民送鲜鱼过来，高老师总会做上一锅，拿到办公室与褚燕来分享。今天下午有个年龄稍长的渔民送过来一网兜小杂鱼，本来以为高老师生气了，不会再做鱼锅饼子，没想到他还是做了。这就说明我们刚才的种种担心完全是多余的，他果然很快就想通了，没有真正生气。

这天晚上我又特意去村里的小卖部买来了一瓶兰陵大曲，褚燕来也破例喝了一小杯，余下的都被我和高老师喝光了。高老师做的鱼锅饼子果然味道鲜美，我们都吃得很高兴。高老师最后居然还唱起了小曲：

> 天上旭日初升
> 湖面好风和顺
> 摇荡着渔船
> 摇荡着渔船
> 做我们的营生
> 手把网儿张
> 眼把鱼儿等
> 一家的温饱
> 就靠这早晨
> 男的不洗脸
> 女的不搽粉
> 大家各自找前程
> 不管是夏是冬
> 不管是秋是春
> ……

没想到高老师还是有一定唱功的,把这小曲唱得温婉动人有板有眼,我们渐渐被感染了,也随着他哼哼起来。大家都忘了下午的不快,似乎那事从来就没发生过。

二十四

　　找到了褚燕来，我也变得踏实起来，回到黑山联中不久我就开始准备调往孙楼村小学，但请调报告打上去却迟迟没有回音。快到年底的时候，我去墨镇教办查问，他们答复说调动理由不充分，教办主任没签字。我又单独找了一下主任，晚上还去主任家送了酒和茶叶，过了几天主任才勉强在报告上签字，然后报给了悦西区教育局。

　　第二年春天，我去悦西区教育局政工科探问，政工科的工作人员回答说，教育系统的人事调动一般每年只研究两次，都是在新学期开始之前，研究通过了不用我跑，镇教育办公室自会通知我。暑假里我迟迟没接到通知，又去教育局政工科，他们说，我的请调报告没有被批准，原因是调动理由不充分，而且想要调动还要先有对方单位开具的接收函。

　　原本以为要调往一个师资匮乏的贫困地区会很容易，没想到跑了大半年竟然得到这么一个结果。这中间我又去孙楼村小学见了褚燕来几次，褚燕来也到黑山联中来过一次。学校里的老师都知道我有一个出色的未婚妻，两地分居就是我调动的理由。那个时候电话还极不普及，大多数时间我们都是通过书信联系，有时候也觉得书信太过于虚幻，往往不能完成我们交付的使命。

这个假期我们本来是约好要见面的，没想到我赶到孙楼村小学，却发现学校大门锁得严严实实。学生们放假了，高老师也回家了，但褚燕来是说好要等我的。我在学校门口等了大半天的时间，又去下面附近几个住户家探问，都不知道褚燕来去了哪里。后来我去找了老周，他也说不知道。那天我还在老周家吃了饭，临走老周又派人把我送到了鹊山汽车站，奇怪的是那天我一直没见到周顺。

整个假期我都在焦灼中度过，给褚燕来写了好几封信，还发了几次电报，但都是石沉水底没有回音。我越来越感到不对劲，内心为褚燕来寻找了很多理由，又一个个地推翻。无论她去了哪里都应该告诉我一声的，至少也得让别人带个话吧，她没有理由就这么悄无声息地藏匿起来。这样一推想，我不禁感到了惊恐。仔细回想我打听褚燕来时那几个住户的神态，感到他们似乎有些慌张，还有老周那天的态度，虽然像第一次见面一样热情，但总感到有些不自然。难道褚燕来出事了？可在那个偏僻的小学校，她又能出什么事呢？

开学第一天，我请假再次来到孙楼村小学，褚燕来还是没在。高老师正在上课，看到我出现在教室门口，明显有些着慌。我向他打听褚燕来的下落，他嘟着嘴半天没有说上来，最后说是请假了。我问请假干什么去了，他又说不上来了，在我的追问下才搪塞地说："她一个女同志要请假，我这大老爷们儿怎么好意思往深里打听！"见我的眼睛盯着他，就又说，"你也知道，我说起来是校长，实际上也就是叫着好听，谁又把我当回事呢！"

看着有些反常的高老师，我的疑惑越来越深。我决定暂时在这里住下来，等褚燕来回来。我当然不会傻等，当天下午就去村里探听消息，结果没得到任何信息，他们跟上次一样都回答说不知道，态度也是躲躲闪闪的。我越来越感到这事有些蹊跷，内心也有了不好的预感。

到了第三天，高老师终于向我吐露了一些信息。那天晚上我买了两瓶兰陵大曲，高老师一开始还端着，几杯酒进肚就有些放开了。喝到后来我再次逼问褚燕来的下落，他的眼圈竟然一红，眼泪随之落了下来，说："王老师，你就别难为我了。我知道你请我喝酒的目的，可是我不能说啊！说出去我的饭碗就打了，这个饭碗虽然是泥巴捏的，但我已经端了三十多年，如果没了这个饭碗我以后就没指望了。"

我心中一沉，端起酒杯来说："好，我不难为你！你不愿说就算了，明天我就回去，等褚燕来回来你让她去找我。来，咱们喝酒。"说着把杯子里的酒一扬脖喝了进去。

请高老师喝酒，我确实是带有目的的，但我也想解脱一下自己。褚燕来莫名其妙地消失了，我心里感到不好受，这段时间我天天为此而焦虑，我甚至想到去报警，可又害怕这样反而对褚燕来不利。我想借助酒精让自己绷紧的神经放松一下。

高老师看我把酒干了，手里端着杯子犹豫着，后来他干脆放下杯子说："你先回去也行，事情总会水落石出的！褚老师现在大概去了省城，她应该是安全的，只是遭了一些事，你也不要问什么事，反正有些意外。请你理解，我只能对你说这些了。你放心，她一回来我就告诉她你来过了。"

我已感受到背后的重大隐情，而且这隐情肯定与老周父子有关，不然，在孙楼村的地盘上没人能让高老师怕成那样！好在听高老师的说法，褚燕来是安全的，我多少放心了一些。

我回到黑山联中等待褚燕来的消息，每天都痴痴地等着邮差的到来，中间还去墨镇邮局给孙楼村挂了几次长途电话，都没有打通。一晃又过去了两个多月,到这年的秋天快要结束的时候,褚燕来终于给我来信了。

亲爱的秋声:

当你接到这封信的时候,我已经永远地离开孙楼村,到了一个不为人知的偏僻地方。名义上是支教,实际是为了逃离,逃离扼杀我青春梦想的地方,逃离给我造成巨大伤害的魔窟,也逃离了你。不要试图找我,既然我选择悄然离开,就会消除一切痕迹。你已为我付出了很多,我不愿你再为我浪费分毫,只想求你尽快忘掉我,开始你新的生活。

事情发生在放暑假的前一天。七月三号的晚上,老周带领村干部来学校给我们庆功。我教的五年级学生在这次的期末联考中取得了第二名的好成绩,仅次于鹊山镇中心小学,受到镇领导的隆重表彰。对孙楼村小学来说,这是开天辟地头一回,老周非常高兴,置办好了酒菜非要给我和高老师庆功。那天晚上大家都很尽兴,离开的时候几个村干部都喝得东倒西歪,老周也喝多了,还没散场就趴在桌子上呼呼地睡着了,是被周顺背着离开的。由于明天假期正式开始,老高当天晚上也回家了,偌大的校园里又只剩下了我一个人。

这晚似乎注定有事情要发生。关了灯我才想到没有闩门,就赶紧摸黑又爬起来。还没走到门口就听到外面传来嗒嗒的脚步声,朦胧的月光下一个身影走了过来,我一下子紧张起来,后来才看清是周顺。我打开灯,周顺坐在写字桌前面的椅子上,脸红红的,还带着浓重的酒气。

一开始我没往坏处想，以为他去而复返是不放心我。见他闷坐着不说话，我就想撵他回去，毕竟这么晚了，又是夏天。我还没张嘴，周顺说话了，没头没脑地问："你是不是快要离开了？"我有些意外，就问："你听谁说的？"周顺闷声说："我爹。我爹说你是'飞鸽牌'的，还说你就要和那个王老师结婚了。"

周顺对我的感觉，我早已觉察到了。我们接触并不多，他似乎在刻意回避我，每次来给我送东西都是放下就走，也不太敢正面看我，跟我说话的时候目光总是对着别处，几乎每次都会脸红。一个粗壮的汉子，在我面前扭捏成那样，有时反而也会让我不好意思。

见我不说话，周顺以为我默认了，本来已经发红的眼睛更红了，脸上的表情也呈现出一种莫名的情绪，夹带着失落和愤懑。半天，他又闷出来一句："你不能走，也不能跟那个姓王的结婚。"我没想到周顺会说出这样的话来，内心陡生了反感，生气地说："我的事情不用你管，天不早了，你该回去了。"说着就站起来做出要送客的样子。周顺似乎也感到了自己的过分，低下头，迟疑地站起来。我原本以为他要离开了，没想到接下来他居然猛地伸出胳膊，一下子把我揽了过去，然后就把我重重地压在了床上……

当天晚上周顺逃走之后我一直躺在床上流泪，内心感到无比悲凉，感到自己的世界坍塌了，也感到这个世界的残酷，更感到愧对于你。第二天下午老周带着周顺来向我请罪，一进门就跪在了我的床前。

我绝不原谅！此时我已下定了决心。我的纯洁之身连同所有梦想，都被这个歹徒以这种方式抢走，他们毁了我的生活，却要用这轻轻松松的一跪来抵消。我撵了几次他们都不离开，最后我摸出了枕头下面的剪刀。这把剪刀我一直藏在枕头下面，只可惜昨天晚上没有派上用场。当时我用剪刀对准了自己的胸口，厉声说："你们再不离开，那就只能等着给我收尸了。"

老周见我不像玩虚的，才把自己的儿子拉起来走了。老周走了不久，高老师回来了，还带着他妻子，我知道这肯定是老周找来的说客。高老师倒没怎么说话，主要是他妻子一直在劝我，说这种事情传出去对女人最为不利，还是压下来最好。更何况周顺也不差，不如将错就错再进一步算了。我明白她说的进一步的意思是让我嫁给周顺，这真是滑天下之大稽，她把我当成什么了？此时，我已顾不得礼貌，往门口指了一下，愤然让他们滚出去。

当天晚上，老周独自一个人来了。像下午的周顺一样，一来就跪在了我的床前。他先是沉默不语，过了一会儿才说："褚老师，你要恨就恨我吧，这一切都是我造成的。"我有些意外，不知道他葫芦里卖的什么药。

"是我让周顺那么做的。我早就看出这孩子喜欢你，但这怎么可能呢？你是大学生，怎么会嫁给他这样一个土鳖？后来那个王老师一来找你，我就更感到不可能了。我旁敲侧击地劝了他好几次，但都没起作用，我这个儿子跟我一样犟，认准了的事情就是八头牛也拉不住。后来我发现他对你都有些魔怔了，几乎天天偷偷往学校跑，又怕你看见，找个能看到你一眼两眼的地方，一站就是半天。这也是别人发现后告诉我的。更为重要的是我担心你是'飞鸽牌'的。我们这个小地方还从来没来过你这样正规学校毕业的老师，你给学校带来了新变化，你给孩子们带来了新变化。自打你来了以后，咱们学校才像个学校，这才不到一年的时间，孩子们不但成绩提高了，精神面貌也跟过去不一样了。看到这些，我心里高兴，觉得真是捡了个宝，更害怕留不住你。所以，我才想让周顺把生米煮成熟饭，这样既能成全儿子，也能把你留住。昨天晚上我本来没喝多，回到家我就让周顺回来找你，他起初不敢，是我硬把他逼过来的，不然，以他的胆量不可能做出那样的事情。"

老周把这番话说完，我并没有太过吃惊。因为我早已感觉到了，这个事件背后多少会有些老周的原因。这就更加不可原谅了，为了一点私念，当然还有个冠冕堂皇的理由（为了孩子们），居然使出这样下三烂的手段，他有没有考虑过我的感受和尊严，还有我作为一个女人的名节？亏他还是个老党员老革命！

当时我对着跪在床前白发苍苍的老周，没有丝毫心软，心里的恨反而更深了，一字一顿地说："周书记，你用不着这样。周顺既然触犯了法律，就让他去自首，接受法律的制裁。"

听了这话，老周把头低下，半天没有回应，过了一会儿，才声音颤抖地说："你知道我只有周顺这么一棵独苗，之前他有两个哥哥都是出生不久就夭折了。我好不容易才把他拉扯大，不求他有多大出息，可也不能让他变成罪犯啊！我求您高抬贵手放过周顺，千错万错都是我的错，要打要罚您冲着我来。"

那晚老周最终还是失望地走了，我第二天就去鹊山镇派出所报了案，证据就是我那晚穿的内裤。但过了一星期还没把周顺抓起来，我就又去了派出所。派出所一位副所长接待了我，说据他们调查，事实跟我提供的情况有出入，我和周顺本来就是恋爱关系，即使发生了关系也不能认定为强奸。他还拿出很多人的笔录让我看，其中有高老师的，还有那晚庆功宴上几个村干部的。他们都证实，那天晚上我和周顺一直在打情骂俏，看起来俨然就是一对恋人。

我惊呆了，没想到事情会出现这样的逆转。当时我对这些调查提出了质疑，副所长却让我看他们的大红手印，还有他们的签名。高老师的字迹我是认识的，应该真是他的签名。我返回头来去找高老师，他却直劝我息事宁人，不要把事情闹大。

我还有退路吗？更何况，即使有退路，我会甘心吗？此后的一段时间我一直在上访，可是老周干了这么多年支部书记，又有在部队上的那段经历，县上镇上都很熟。最后我去了省城，不但到省公安厅递了申诉状，还去了省政府。

我选择一个人战斗，希望你不要怪我。我是一个完美主义者，尤其是在爱情上。我希望我们的爱情能白璧无瑕，但现在这个梦已经破碎，剩下的悲伤就只属于我一个人了。

在跟老周的角力中我最终还是胜利了，前不久周顺被抓，判了四年。这意味着我在孙楼村小学的日子也到头了。

请相信，做出这样的选择于我是痛苦的。如果说在师范里的那些日子还不能明确爱情的指向，那么现在我要告诉你：我爱你。实际上，一来到这个陌生的地方我就开始思念你，每天都在盼望着你会突然出现。在我内心中，你那天晚上的突然到来不是偶然，而是一个大概率事件，因为我知道我们并没有放下对方，你总有一天会来找我。

我原本以为，在这个无情的世界里，我们两个能相爱是多么幸运的一件事情！我原本以为，以后我们可以过上美好的生活了。可是谁又能斗得过命运？我们无法选择出身也无法选择命运，我不想以自己的残缺来面对我们的爱情，宁愿把那种美好永永远远地定格在心间。原谅我吧,我的爱人!我想了很久,最后才决定走这条路,我也只能做出这样的选择了,否则,在你面前我会永远背负着沉重的十字架,我会永世不得安宁!

爱你的:褚燕来

一九九〇年十一月三日

二十五

　　褚燕来就这样用一封简单的信斩断了我们之间的一切，如一阵风一样消失得无影无踪。我当然不会甘心，查看了信封上的邮戳，显示的日期是十一月五日，地址是悦城青年路邮电局。当天下午我就赶到了悦城，来到青年路邮电局门口，盯着那个孤零零的绿色邮筒守了半天，奇迹没有发生，褚燕来没有出现。想来她现在只有我一个亲人了，依她的性格，绝不会去向她的父亲辞行。

　　那个下午天色阴沉，路边法国梧桐上阔大的树叶已经开始发黄，风吹树叶的飒飒声隐匿在行人的喧闹中，我却分明听到了树叶的哭泣，为不得不继续下去的离别。几天前，也许更早一些，有个叫褚燕来的女孩子孤零零地来到这个邮筒前，她目光坚定，行动果敢，从她身上看不出曾遭受过的巨大伤害，甚至看不出一丝一毫的怨天尤人。她勇敢地走来，又义无反顾地离去，只把无尽而绵长的思念留给了她心爱的人。

　　接着我又去了东篱县教育局，褚燕来已于国庆节前辞去了教职，我问县里有没有派出去支教的名额，他们很干脆地说没有，并说东篱县由于本身师资力量就薄弱，已经好多年没有上面下派的支教名额了，倒是民间有些类似支教性质的公益机构。这就无处查找了，那个年代这类公益机构很不规范,连个固定的办公场所都没有,更别说登记注册了。

此后我回到了一个人的生活中,褚燕来终究成了一个美好的梦境,美梦消失,剩下的就是无尽的回味和心痛。

我又在黑山联中混了一年,到了毕业的第三年,我被调整到了墨镇中心小学,从初中教师变成小学教师有些遭到贬黜的意思。此时,我已变得没有像刚刚毕业时那么在意了,但外人却不这么看。与此同时,我的婚姻问题也被提上了议事日程,尤其是父母,对着我整天唉声叹气。我曾经是他们的骄傲,现在却变成了他们的负担,他们对我的期望由原来的光宗耀祖变成了只求安安稳稳地生活。我对自己的期望也逐渐在下降,基本上跟他们保持了一致的步调,也想随便找个人了此残生,但就这也很难做到。

那两三年,我通过别人介绍先后见过多名女子,但没有一个能长久地交往下去。她们大都没有城市户口,身份是那时候的一个特定阶层:亦工亦农。也有家境好些的纯农村姑娘。在乡下,这种选择范围对像我这样的公办教师来说是正常的。我被迫安于这样的现状,也很想跟其中一个牵手走下去,但事到临头我却往往会成为逃兵。我说服不了自己,总是不自觉地拿她们跟褚燕来相比较。

后来,想逃离乡村的想法越来越强烈,但我们家上溯三代都是老实巴交的农民,亲戚里面也没有一个混外面的,根本就没有往上走的路径。后来我想到了老尤。毕业之后我从没联系过老尤,老尤倒是来过几封信,每封信都写得情意绵绵,其中有几句话我到现在还记得:"我经常从毕业纪念册中翻看你的照片,看着你额头上的高光部分,就好像你还在我的身边。你没给我写留言,这样更好,让我有了更多的想象空间……"毕业的时候走得很仓皇,很多同学的纪念册我都没写留言。老尤的纪念册我是有意没写，因为那时候我们准备一起分回墨镇，根本用不着什么留念，谁能想到后来造化弄人，老尤留在了悦城，我却孤零零地回到了墨镇。

我最终也没主动联系老尤，因为这时候老尤已经成为我们同学中成功的典范，作为一个凄惶的失败者，我拉不下脸来去朝觐这位成功的老乡兼同窗。但在一九九三年的大年初一，老尤却突然跑来给我拜年。我有些吃惊，不知道老尤为什么会在这个时候想到我。随后我就得知他的人生也遭受了重创，丢掉了副乡长的官位，婚姻和爱情也再次戏弄了他。这是我们毕业后的第一次见面。我们的生活都发生了很大变化：老尤多了一个实际上的儿子和名义上的老婆，失去了仕途上的大好前程；而我的人生不但一直没增量，反而再次把褚燕来弄丢了，在短短三年多的时间里，我几乎失去了所有关于青春的梦想。那天，我们像在师范上学时一样喝酒，喝到后来我们都感到了生活的无奈，以至于到最后两个人不由自主地抱头痛哭起来。

这年七月，老尤给我带来一个消息：悦西区宣传部成立新闻中心，开始公开招聘。我报名参加了招考并顺利被录取，至此，我才脱离了墨镇，脱离了教师这个职业。

我在悦西区宣传部待了十三年，熬走了五任部长、六任新闻中心主任。相比起主要领导的频繁更迭，我的成绩相对稳定，这十三年间我只前进了一小步，由一名普通干部成为副主任科员，这是一个自然演变的结果。在这样的机关里，干部的成长就像一茬一茬的韭菜，前面的不收割后面的就长不起来。而我的感情生活却有着与此不相称的波折。我进城的第二年，经人介绍认识了一名小学教师。都是小学教师，同样出身农村，我们条件相当年龄相配，看起来是非常合适的一对，更为重要的是她的出现让我有了延续那场初恋的梦想。在这种内外的误导之下，又加上当时我已进入大龄青年的行列，我们很快就组建了家庭。但婚后的日子却并不如意。她有很强的事业心，还有着外人想象不到的单纯，这种单纯在婚前是优点，而一涉及油盐酱醋茶的具体生活就让人无法接受。我们的婚姻勉强维持了四年，刚刚熬过七年之痒的一半就选择了分居。平淡而无感的婚姻彻底摧毁了我们对家庭的热情，我们似乎都没有再次结婚的想法，所以也就不急于办离婚手续，直到我这次回来。

到现在我也说不清是不如意的婚姻影响了工作，还是乏味的工作使本来就先天不足的婚姻变得更加不如意。总之，那几年我的家庭破碎了，对工作也失去了原有的激情。我们的角色本来就非常尴尬，新闻中心自己没有载体，我们做着记者的工作又不是真正的记者，除了向上一级新闻单位供稿之外，主要任务就是接待上面来采访的记者。这个任务说起来并不容易。遇到有良知的记者还好一些，有着起码的职业道德，能体恤民情深入采访。可也有一部分记者的素质很差，他们把下来采访当成领导出巡，不但把谱摆得很大还贪得无厌，来了就住在宾馆里要这要那。本来是来采访的，却连宾馆大门都不出，稿子都是由我们来写，他们只需在发稿的时候署上名字就行。

对新闻本身我也渐渐失去了原有的热情，产生了深深的失望。如果用一个词来形容我这十三年从事新闻工作的体会，那就是厌倦。是的，我彻底感到了厌倦，到了后来我甚至不愿走进那座曾经引以为傲的区委大楼。那一阵子，我们刚刚换了新部长，新领导很有干劲，要求我们天天加班。宣传部当时在一楼办公，办公室整天灯火通明的目的不是为了实际工作，而是为了引起过往领导的注意，加深宣传部有作为敢作为多作为的印象。这可苦了我们这些干活的喽啰，为了把这些无辜的加班时间支撑起来，我们得出题目想思路，不但炮制出了一大批隔靴搔痒的新闻稿子，还附带出一堆无用的文字材料。我每天疲于应付，精神备受摧残。每天结束工作后，走在灯光明亮人影稀少的大街上，我心中都会涌出无端的惆怅，不知道自己的这些工作有什么意义。

正当我陷入彷徨和苦闷的时候，吴凡向我伸出了橄榄枝。吴凡原是省广播电台的新闻部副主任，我们多年前就已建立了联系，他在我眼中是少数有良知的记者之一。后来，广播日渐式微，吴凡逃离出来，被欣赏他的一位省政协领导调到了省政协，主政旗下的机关报《金晨报》。吴凡当时给我承诺的工作条件相当优厚，知道我对新闻厌倦，不让我做新闻，让我担任周末文化版的主编，个人待遇也说得过去。

面对这样一个逃离现状的机会，我没有犹豫，义无反顾地来到省城。对此，老尤非常不理解，此时他的事业在当地有了很大起色，金帝装饰装潢公司已占据了悦城钢结构市场很大的份额。聂世兰已就任悦东区民政局局长多年，使得老尤在悦东区的事业比在悦西区要好很多。老尤想让我在悦西区谋个有实权的职位，这除了他的私心之外，还出于他那跟时代合拍的价值观。曾经拥有过权力的老尤，念念不忘当初权力所带给他的快感，他一直认为权力是这个世界上最好的东西，所以才极力劝我追逐，可他并不知道我志不在此。

后来的事实证明，我的这次逃离同样是失败的，我理解的文化版和《金晨报》本来的文化版有着本质的不同。他们的文化版就是一些游记之类，我接手之后就按我的理解进行了改版，主要突出文化的知识性、娱乐性和引领性。没想到只出了两期就有领导来过问，说我把报纸办成了杂货铺，没有一点可读性。领导的来头很大，吴凡不敢不服从，我也只好把自己的想法收了起来。失去了自己的主观创造性，也就没有了工作的热情，我又重新陷入了原来那种混日子的怪圈。

二十六

那天下午，在那家茶室的包间里，汤丽欣最终还是给了我辩解的机会。我向她讲述了多年前我寻找褚燕来的历程，说起了褚燕来那悲惨的遭遇。我说自己从来就没停止过对褚燕来的思念。

汤丽欣一边听一边流泪，攥在手里的纸巾已换了好几次。她没想到褚燕来的故事会这么曲折，更没想到我们的爱情有着烟花般的绚烂，但绚烂之后没有归于平淡，而是眼睁睁地看着它无奈地飘零而去。

近二十年来，我这是第一次向别人完整地讲述我和褚燕来的故事，原本以为不会再伤怀，没想到我的内心还是充满了悲伤。这是一道永远也无法愈合的伤口，那个多次在梦中出现的孤独身影就是这道伤口的发物，它随时随地会在不经意间刺激到我，所以我的心里随时随地都会布满酸楚和疼痛。

过了好一会儿，汤丽欣似乎才缓过来，眼泪潸然地说："现在我依然羡慕褚燕来，能有如此深情的男人一直爱着她，女人做到这个分上应该是成功的。"

汤丽欣这么一说，我突然想到当年在乡下实习的那个晚上，在东河北小学门口，她似乎也说过羡慕褚燕来的话，就是因为这句话，我们莫名其妙地抱在了一起。此时，我的内心涌出了一种无法言说的情绪，我知道她在试图安慰我，也是对我和褚燕来的一种肯定，可我们想要的却是少一些遗憾的生活。

我沉吟了一下，说："每个人都有自己对生活的感受，外人的看法永远是在隔靴搔痒。就如现在的我，曾经如此深刻地感受到了爱情，但却几乎没感到过幸福。爱情带给我的是无边的惆怅和无尽的心痛，有时候，我真的不知道爱情之于我到底意味着什么。"

汤丽欣说："我想应该是力量吧！你这种强烈的感觉本身就是一种力量，是强大的活力与生命力，是爱与被爱的能力！所以你是幸福的也是幸运的，生活并没有亏待过你。不像我，早就心灰意冷，爱情变得越来越遥远，似乎是上辈子的事情。眼下这个世界，除了素食几乎没有能唤起我热情的事情了。"

我早已感受到了汤丽欣的生活状态，对她和聂世兰有着同样的惋惜。他们也好不容易走在了一起，本来应该过上美好的生活，谁能想到两个本来带着一定热度的人聚拢在一起，最后的火焰反而在对方身上逐渐委顿下去。

随后我们的话题又转回到褚燕来身上。汤丽欣在同学会上提供的信息我第二天就在网上找到了，图片上挥舞着手臂介绍情况的女人应该就是褚燕来，但是写那篇报道的记者介绍得太过笼统，没有说出具体地点，只说是在湖区新村。我先试图跟这个网站建立联系，但留言了几次都没收到回复。随后我又从网上查了一下，这几年为了安置好湖区居民，像这样的新村应该建了十多个，"随河船"的后代就散居在这些新村里，真要查找也不是个简单的工程。

我把自己了解到的情况说了出来，汤丽欣也感到这事有些难度。她又重申了一下那天同学会上说的一个情况：大概是在一九九二年前后，为了便于管理，东篱湖区周围的乡镇做了一次大的区划调整，原来的一部分乡镇划归骆县，这就给寻找褚燕来又带来了更大的困难。

但我还是想尽可能地找到她。这么多年她一直在我心里，一旦有了她的消息我就可以放下了。我说："我要寻找她更多的是为了我自己，这么多年她一直飘摇在我的梦里，我想让自己踏实起来，获知她生活的真相就是让我踏实的良药。这么多年过去了，当年的爱情早已过了保质期，无论过去经历了什么，她也许早已平静了；我现在也不能说不平静，褚燕来之于我也许仅仅是一个心结，可这个心结对我来说却无比重要！"

汤丽欣说："这番话，但愿不是出于你的真心，但愿你不是个不了解女人的人。对女人来说，如果真爱一个人，就没有保质期这个说法，那份爱会成为她终生的生活背景。我也会帮着你继续探听褚燕来的具体信息，我从心里希望真正的爱情会开花，无论早晚。这对我也很重要，因为我同样牵挂着褚燕来。"顿了一下，她又说，"也牵挂着你。"

我感受到了汤丽欣的真诚，心里不禁充满了感动。又过了一会儿，她突然问："你真想回悦城？"我不知道汤丽欣为什么会猛然问到这事。今天早上我恰巧接到了聂世兰的电话，问我那事想好了没有，可以听得出，他是真想让我回来，并说只要我想回来，一切就都交给他了，可到现在我还在犹豫中。

见我不置可否，汤丽欣说："如果在省城不如意也可以回来，以你的能力再找家像样的单位也应该不难，但我不建议你跟着聂世兰干。"

我分明感到了她对我的善意，却有些不解，疑惑地问："为什么？"

汤丽欣似乎犹豫了一下，说："对聂世兰你也应该多少有些了解吧？他做什么都有目的，不会平白无故地对你那么感兴趣。更何况，很多事情来路不正，是很难得到善果的。"

我心中一颤，觉得这话大有深意，尤其是后半句，有些让人捉摸不透。再问，汤丽欣却不想往下说了，只说让我自己好好把握，每个人都有一定的劫数，有些注定了的事情逃是逃不掉的。

可我最终也没听从汤丽欣的劝告。一个月之后，我再次回到悦城，正式成为聂世兰的手下，出任悦城福彩中心形象策划部主任。之所以最终做出这种选择，一方面是因为我实在不愿再在那家报纸空耗生命，更重要的是我发现自己比任何时候都留恋悦城。

自从得知褚燕来那不确定的下落之后，我几乎夜夜都梦到她。这个第一个走进我生命深处的女人，这个曾带给我对生活的无限憧憬和向往的女人，一直以来都是我生命的重要组成部分，我之所以割舍不下悦城就是为了更进一步地追寻她，因为我知道，从某种意义上说，追寻她就是在追寻我自己。

福彩中心的福利很好，充分体现了"进了公家门，就是公家人"的原则，每星期发一箱蔬菜，搭配得非常合理，既有绿叶菜也有根茎类，能保证人体所需维生素和膳食纤维的足够摄入，其他像肉蛋奶之类也很齐全。隔三岔五还会发些洗化保健用品，都是安利的产品，这也意味着我们的师母方荣已经成功地渗透进来，跟我们一道，同时在分食福利彩票这块奶酪。一般而言，这种同时担负超级保姆功能的单位向心力都很强，福彩中心就是这一规律的体现，聂世兰是福彩中心的土皇帝，不但说一不二，而且还有很高的威望。

对外聂世兰就没有这么大方了。这也不能怪他，惦记福彩中心这块肥肉的人太多，有些人的胃口又很大，要满足所有人的要求根本就是不可能的。不患寡而患不均，这种状况更容易遭受外人的非议和诋毁，这样一来我们这个形象策划部就显得尤其重要。仔细一想，在聂世兰的视野里还真没人比我更适合这个位置。首先，我有和媒体打交道的丰富经验；其次，我本身就搞过新闻报道，熟悉新闻运作规律；最主要的是我对单位明暗两套规则都了然于胸。这样一分析我的顾虑就少了，感到聂世兰之所以把我挖过来，也不是一时兴之所至，更不是为了同学情分，还真是为了他自己的事业，是深思熟虑的结果。

尽管这样，我在福彩中心表现得并没有很过分，反而比过去还要谨慎。我角色转换得很快，一直和聂世兰保持着一定距离，跟所有同事一样称呼他为聂主任。有次，他单独提醒说我们私下里用不着这么郑重，但我并没有把这话当真，仍然我行我素。我知道聂世兰这么说是一种姿态，我这种看似的固执也是一种姿态，我要亮明自己的态度，我要让他也消除顾虑，让他放心。他现在是我的上司，是我的领导，我绝不会因为同学关系而影响这种规则，更不会把我们的同窗之谊变成获取个人利益的筹码。更何况我内心对聂世兰多少还是心存感激的，聂世兰需要我是一方面，另一方面也是我想回来，这次之所以能这么顺利是聂世兰动用了自己的核心关系，他通过悦城市民政局局长找到分管市长，市长打了招呼才能让我们在极短的时间内都达成了心愿。在目前这种情况下，这份感激我只能通过尊重来体现。

但我还是有私心的，我的私心就是余亮光的叶龙学校。同学聚会时余亮光的表现让我感到心疼，我记挂着这位依然单纯的同学，很想帮助他和叶龙学校的那些孩子们。

我到任不久就跟聂世兰提到了这事。我是有备而来，之前做了调研：聂世兰到任后福彩中心加大了宣传力度，把宣传费由原来的每年不到一百万提高到了二百多万，光给悦城市电视台的广告费每年就有八十万，但宣传效果却并没有随着投入的加大而增加。关键问题就在于缺乏一个宣传核心，宣传的角度过于单一，宣传思维过于老化。《悦城新闻》片头前的那句笼统的广告语竟然两年都没有换过。这本身没什么问题，有些经典广告语确实是不朽的，譬如"车到山前必有路，有路就有丰田车"。现在的问题是，福彩中心的广告语是"福彩事业，利国利民"，这种说法放诸四海而皆准，既无个性也无特点，就像一杯白开水，每个人都在喝，却都说不出什么味道来。

聂世兰对我的分析表示认可，问接下来该怎么办。我沉吟了一下，说起了我和老尤的一段往事。

那时候，老尤刚刚从垒猪圈盖车棚这样的小打小闹中走出来，开始承接钢架结构这样的大工程，急需广而告之，但他的事业刚刚起步，实在掏不出动辄就十几万的广告费。他找到我商量，我给他出了一个主意，那就是回乡捐资助教。

墨镇中学通往外面的唯一一条道路是土路，一到刮风下雨不是尘土飞扬就是泥水满地，尤其是雨天，自行车陷在泥巴窝里根本就骑不了，只有驮在背上车骑人才能通过。这条道路困扰墨镇中学的师生多年，一直没得到解决，后来我们的一个师兄当了校长，找周围村庄的支部书记化缘，费了九牛二虎之力才协调来了一部分资金，但刚把地基用石子垫起来，原来说好要出钱的几个村支书却耍了赖，后续的钱不出了，这条道路就成了一个半拉子工程。

当然，那时候老尤还有一个现成的客观条件：他给当地一家乡镇水泥厂提供了一部分石棉瓦，水泥厂没钱给老尤，就用水泥来抵债。那个时期我们国家还没有到处大兴土木，也缺乏环保意识，像这样的小水泥厂到处都是，产品严重滞销，以物易物是他们得以苟延残喘的主要手段。

老尤本不想要水泥，但不要就什么都没有。后来水泥堆在石棉瓦厂一个破库房里，占地方不说还碍眼，老尤每次看到都心焦，恨不得一下子赶紧找个茬口送出去。

老尤起初没明白我的意思，在他的字典里，捐资助教都是真正的慈善家做的事情，离他这样的小老板还很远。后来我一分析他才豁然开朗：修这么一条路花不了多少钱，路基已经垫起来了，水泥是现成的，沙子可以就近从墨镇旁边的高家河取，花费也就在人工上——这也不成问题，墨镇中学是整个墨镇的中心学校，周围很多村的孩子都在此上学，让这些村庄拿钱困难，出几个劳动力应该没问题，所以这条路修起来几乎不用老尤掏钱，但产生的效应却是巨大的。捐资助教本身就是新闻由头，更何况，老尤还跟墨镇中学本身有些渊源，致富不忘母校或者莘莘学子功成名就后反哺母校都是亮点，到时广播电视上一播，报纸上一登，有形有声有影，这不比花十几万的广告费更划算吗？

更重要的是，产生的效果也会不一样，跟单纯做广告相比，大家更易于接受这种形式。广告是赤裸裸的交易，有时候会让人产生逆反心理，而这种软广告却是半遮半掩欲说还休，人们接受起来就更舒服一些。

老尤听我说完顿时心花怒放，马上就要开始实施。那位当校长的师兄一直跟我有联系，接到我的电话也兴奋得不行。他对老尤也是有所了解的。之前老老尤早就把老尤栽倒在百流乡副乡长位置上的污迹给洗去了，家乡人都以为老尤是主动辞职去了企业，之所以做出这样匪夷所思的选择是为了更好地顺应如火如荼的经济热潮。这样一个不恋官位只求实干的人物来捐资本身就是一条轰动性新闻，不用我说师兄就主动提出了邀请新闻媒体大力宣传的要求。

第一次去接洽，老尤要开他那辆破桑塔纳，我提醒老尤说这样可不行，你现在是成功人士了，得需要相配套的行头。老尤心领神会，马上就从租车公司租了一辆崭新的蓝鸟，还专门借了一台大哥大。那时候大哥大刚来到我们这个城市不久，能揣上这种时髦物件的人不多。大哥大很笨重，看起来体积巨大，就像一块削去半边的砖头。很多港台片中，大佬带着的这东西都是由后面的小弟代为扛着。老尤那天倒是自己拿着，但也很是招摇，不时放到眼前看看，时不时还对着中间的键盘摁上几个数字，一副日理万机的样子。师兄接待得很隆重，找了墨镇最好的饭店，把镇上的党委书记、镇长都请来了。这些当地最高领导第一次得见这位不恋官位志在实业的传奇性人物，都显得有些激动，单纯称呼尤总显然不足以表达他们此时的心情，于是家乡的骄傲、人生的导师、不忘家乡的乡贤……一系列头衔和光环一下子就都扣在了老尤头上。

举行奠基仪式那天就更隆重了，镇上还请来了区里分管教育的副区长，有专门安排好的孩子向老尤敬献了鲜花，还鸣放了礼炮，学校发动了周围村子里好几千群众见证了这一盛况。老老尤也被请来了，作为嘉宾戴着红色的大花朵坐在主席台上。那天老老尤格外兴奋，脸庞红通通的，就像刚出锅的大虾，连那花白的头发也都一根根竖起来了。媒体记者那天也来得特别多，省电视台的记者都来了，长枪短炮在眼前晃来晃去，闪光灯密集闪烁着，就像暴雨前的闪电。

工程很快就完工了，一条漂亮的水泥路延伸开来，就像伸展在人间的银河。借这个由头媒体又做了一次深度报道，老尤的金帝装饰装潢有限公司乘机挂牌成立，收到了意想不到的效果，成立当月就接到了好几个工程，让老尤一下子就真正挺直了腰杆。

尝到甜头的老尤乘胜追击，看还剩下一部分水泥，就捎带着给墨镇中学建了一个主席台。上次举行奠基仪式的时候，老尤就注意到了此事：偌大的操场没有主席台，领导坐在前面没有突出的感觉，这就显得有些不正规。这下，那位校长师兄就更感动了，非要聘请老尤为名誉校长。此时老尤还算清醒，没有忘记自己在这个校园里度过的那段加长版的时光，想到自己当初连个好学生都不算，怎么能接受名誉校长这样的荣誉？师兄见老尤坚辞，只好把名誉校长改成了校外辅导员。发聘书那天也举行了一个隆重的仪式，又劳烦媒体前去炒作了一番，这样几次下来，老尤的金帝装饰装潢公司想不让人记住都不行了。

对这段历史，聂世兰当然有印象。那时候，他刚刚调入悦东区政府当秘书，乍来到政府重地，刚开启了一段小心翼翼、大气都不敢出的生活，没时间参与我和老尤策划的那次活动。但事后听了我们的讲述，他还是非常感慨，感叹我和老尤是无所不能的厨子，就是给几个屎壳郎也能做出一桌子满汉全席来。

大家都是明白人，我讲完这段历史，聂世兰就已经知道我接下来要说什么了。但他并没有顺着我的思路往下说，而是转而继续强调自己的困境："亮光这事我一直记着呢，但这事并不是那么简单。据我所知，像建学校这样的事情都是由当地政府来承担，政府有专项教育建设基金。我们福彩中心投这个钱有些师出无名——我的意思是，我们别花了钱还不落好。"

我当然知道政府有专项教育基金，但在教育上的投入不是一个立竿见影的工程，现在政府领导换得像走马灯一样勤，谁都不愿意在一个看不见政绩的死角投钱，所以这个专项资金形同虚设，政府拿预算的时候根本就不会列入，就是列入了也会被其他热点项目挪用，对此聂世兰不可能不明白。

聂世兰接着说:"所以这事要慎重,要逐步推进。你看这样好不好,你先带人去叶龙学校考察一下,看看我们从哪个角度介入更有力。总的原则是,既能帮亮光,也能给我们福彩中心树形象。"

二十七

  去叶龙学校的头天晚上，我和老尤见了一面。

  之前老尤约过我多次，说要叫上聂世兰给我接风，都被我拒绝了。我不想通过这种私人聚会来抬高自己，拉平我和聂世兰地位上的差距。我曾把这个意思流露给了老尤，老尤大大咧咧地说："你也太把他当回事了吧！在单位他是你领导，但私下里我们还是同学，我们之间的聚会他是不敢摆谱的。"

  老尤显然没明白我的意思，我担心的不是聂世兰，而是我自己。我来福彩中心后参加过几次公务活动，无论是在酒桌上还是在会议室都对聂世兰保持着应有的尊重，甚至还像那些青涩的年轻人一样表现出了一丝敬畏。那都是在公共场合，陌生的环境和那些簇拥在聂世兰周围的人对我都是提醒，让我有着足够的警觉。可当我们三个单独在一起时就没有了那种氛围，这种格局难免会让人怀旧，不自觉地陷入其中，会在行为举止上恢复过去那些习惯性动作。简单地说，在熟悉的环境和看似亲密的同学面前，我担心自己会压抑不住内心对平等的渴求，做出一些有违职场伦理的举动来。

  老尤独自驾车带着我一路向西，穿过悦城最繁华的街道，来到直通悦山景区的外环路上。他说要带我去一个神秘的地方，去见一个神秘的女人，这竟然激起了我的强烈好奇。我想象不到，当了这么多年浪子的老尤会被一个女人捆住，这该是一个怎样的女人呢？他和小尚的婚姻早就名存实亡，儿子已经长大，如果人到中年在感情上能有个很好的归宿，对老尤来讲倒是一件好事。可是小尚呢？她已为老尤守了这么多年的活寡，女人到了她现在这个年龄已没有任何优势可言，难道她就应该为自己青春年少时所犯下的错误付出一生吗？这样一想，我不知道此时应该高兴还是悲哀。

我们从外环路的终点开始正式进入景区，这里从几年前就禁止外来车辆出入，所有上山游客统一乘坐景区巴士，而老尤的奔驰居然畅行无阻，进山口的警卫甚至还跟老尤抬手致意了一下，看来，老尤已经是这里的熟客。我不知道老尤是怎么做到的，故意揶揄地说："看来尤总已进入我们这个城市的特权阶层了！"老尤却只笑了笑，没接茬，车里暂时出现了难得的静默。此时，我们已经快要到达悦山的半山腰，不时有满载游客下山的巴士迎面开来，老尤旋转着方向盘灵活地躲避着，奔驰车在他手中似乎成了一个收纵自如腾挪随意的玩具模型。橘黄色的晚霞透过繁茂的林木洒在车前面的挡风玻璃上，把老尤那张瘦削的脸庞映照得半明半暗。我放眼向前，前面流动着的苍松翠柏都融入了碎金般的光芒，显出奇异的色彩。眼前是一个岔道，继续旋转着往上就到了悦山的中天门，那里有专供游客消遣的楼堂馆所，我原本以为这会是我们此行的目的地，不想老尤手中的方向盘往下一滑，车子一下子就跟眼前的山峰擦肩而过了。

接下来的这条路安静了很多，树木的层次也更加分明，尤其是往下回望我们来时的道路，被银白色的蛇形弯道分割出来的那一个个半椭圆，在夕阳的余晖中呈现出不同的面貌，层林尽染山峦起伏，都错落出了各自的韵致。老尤终于开口了，说："你知道你身上最大的问题是什么吗？"还没等我回答，老尤又说，"那就是太认真。我和聂世兰曾经探讨过这个问题，在这方面，我们对你的看法高度一致。很多事情不是非黑即白，活得糊涂一些反而会让我们的生活更轻松。"

这显然是两个好朋友私下里对我的评价。如果抛开任何背景单说认真或许还有赞誉的意思，但在此时此地的语境之下恐怕就只剩下批判意味了。我从来没感到自己是个认真的人，我的出发点大都源自自己的内心，而很多人却不是这样，他们了然于眼前的世界，容纳着这世界的不公与污浊，游刃有余地穿行于世俗烟火之间；他们明白地屈从着，呈现出来的是一种清醒的醉态，这种轻松肯定不是一种正常状态，而是一种负重太多的轻松。而我的累却来自自然状态，是一种轻松着的累。现在我不想在老尤面前辩解，我敏感地意识到，在当下社会的这个丛林法则之下，我们已经背道而驰，他渐渐成为一个勇往直前的斗士，而我则逆向回溯，萎靡成了一株靠绿色支撑着的小草。

又行进了二十分钟左右，走进了一个相对平坦的山怀之中，呈现在眼前的是绿树掩映之中的一幢幢别墅，大概有十几幢的样子。这些别墅建在向南的山坡上，错落有致地往上递进着，就像盘旋在山腰的一朵朵云彩。我有些吃惊，没想到在这悦山禁地还有这等隐秘所在。继续往前，绿植中间有一根电子起落架，旁边有一块巨大的椭圆形石头，石头尖顶向下矗立着，就像一只饮食无度的大企鹅，故意挺着身子把鼓胀着的肚腩凸显出来，那圆鼓鼓的肚腩上写着三个大字：云朵寨。那字写得雄浑飘逸，如游龙飞升又似仙子驾云，一看就是出自大家之手。车子行至门口，老尤按了一下手里的遥控装置，门口的电子起落架缓缓抬起，老尤一加油门，车子悠然滑入了这洞天福地之中。

院内竹篱密密，白墙黑瓦重重。参天大树盈门，曲水溪桥映户。道旁银杏绿依依，院内月季香馥馥。我们在一幢别墅前停下，一位身着红衣的女子早已在前厅等候。老尤上前介绍说："这是三妹，你应该认识。"眼前的红衣女子早已不年轻了，但过去的韵致还在，尤其是身体的线条，凸凹有致。脸上的五官还好，明眸皓齿蚕眉蛾黛，尽管是过分化妆显现出来的效果，可没有那种令人感到俗气的脂粉味。我在脑海中搜寻了一番，记忆中似乎不存在这样一个原形，短暂地木了一下。红衣女子却主动说："你这大文豪，还真把我给忘了！"我有些尴尬地笑了笑。红衣女子突然亮开歌喉来了一嗓子："真情像草原辽阔，层层风雨不能阻隔……"这下我猛然记起来了，她就是当年的"一剪梅"洒三妹。

这个"神秘女人"出现在这里并没让我感到太意外。我一直认为当年的"一剪梅"和老尤最为合适，我亲历过老尤那段被爱情鼓胀起来的日子，能感受到他们之间曾有过的爱情，只是没想到老尤居然用这样一个所在来给自己当年的爱情保鲜。这个地方，老尤从没跟我提起过，即使在他醉酒之后，我们隔着几百公里，他通过电波来传递他的苦恼和矫情时，这让我感到这个秘密据点背后一定有着更大的秘密。

之后的聚会相对平静。洒三妹的厨艺不错，菜做得很精致。老尤还拿出来一瓶我从没见过的酒，说是叫贵腐酒。据老尤介绍，这种名贵的白葡萄酒源自匈牙利，是当地一位果农的偶然之作，后传到法国波尔多进行了进一步改良，品质和口味都有了很大提升，很快就成为王公贵族的新宠，并获得了"帝王葡萄酒"的美誉。这酒来到中国的时间较短，也就是这两年的事情。

金色的液体在透明的高脚杯里起伏摇摆，在灯光的映照下发出了清冽晶莹的寒光。我微微探身，把鼻子对着酒杯上方轻轻嗅了一下，一股醇厚的酒香带着微微的水果气息扑面而来，身上立刻有了一种通透微醺的感觉。

此时我已不想追问什么。我们的话都不多，我的情况老尤恐怕早就跟"一剪梅"讲过了，也许没有。我和洒三妹是熟悉的陌生人，多年之前在洒三妹面前，我也许在老尤的舌尖上出现过，而现在我对能不能再次进入洒三妹的耳朵毫无把握。我是老尤的朋友，但肯定不是老尤的骄傲，在现在的老尤面前我突然感到了自卑和内疚，甚至会为没能给老尤带来谈资而羞愧不已。

老尤显然并不想说什么，他似乎也已不用说。他亲自带我揭开了他自己生活的另一面，呈现在我面前的就是他要告诉我的。可以看得出来，他和洒三妹似乎又重新回到了热恋之中，洒三妹看他的眼神带着迷人的光彩，那种无限的柔情尽管在我面前有所压抑，但我还是感到了她对他的狂热。老尤似乎也丢掉了过去的那种玩世不恭，变得认真而乖顺，他们就像一对真正的夫妻那样琴瑟和谐。至于其他的，老尤不想说，我也就没必要探究了。我有如此姿态不是出于尊重，而是意识到了一种危险：藏在深山中的别墅背后肯定有着要害的利益关系，作为一个"认真"的人还是不掺和为好。

我以为老尤会住下，金屋藏娇春风暗度，怎可错过这样的良宵佳人？但老尤还是要跟我一起往回走。我有些于心不忍，让老尤把我送到进山口即可，那里应该聚集着很多出租车。老尤却坚持说自己今晚本来就打算下山住，明天一早有个重要的合同要签。我们刚才还聊到了这宗生意，那家蔬菜批发市场占地十好几万平方米，这么大的一个工程自然成了各方争抢的肥肉，到了后来老尤一开始接洽的那位村主任已经失去了对局面的控制，最后还是聂世兰出面找到了悦东区区长才把这事搞定。对此，老尤深有感触地说："别看聂世兰的职务从正科到副县仅仅升了半格，视野和格局却有了很大不同。过去他干民政局局长，打死他也不敢去找区长，最多也就是找街道办事处的主任书记给协调一下。所以，人还得往高处走啊！"

洒三妹依依不舍地站起来送我们，我知趣地率先出门，以便能留出充足的时间让老尤单独与她告别。老尤果然没有马上跟出来。我走出闪着微光的庭院，心里一下子轻松起来，瞬间缓解了今晚拆散这对野鸳鸯的内疚。

周围夜色浓重，静谧安详，只有不知名的秋虫在不甘寂寞地鸣叫。这让我无端想起少年时的乡村之夜，可眼前跟那时候又有很大不同。

我放眼四望，夜虽然黑，山峦起伏的形状却笃定而清晰，幸好后面还有星星般闪耀着的灯火，它们此时跟老尤和洒三妹的窗口透着同样的光亮，暧昧而昏黄，沉静而热烈。这里显然是这个城市中少数人的"行宫"，这些少数人应该是凡人中的神人，掌控着悦城这个庞然大物的沉浮。

在回来的路上，老尤跟我聊起了洒三妹。洒三妹走出校门后的经历颇为传奇，幼师专业的她回东篱之后并没进当地幼儿园，而是留在了县城教育局。在一次教育系统组织的文艺汇演中，她被当时的县委书记看中，很快就成了这位书记的地下情人。可洒三妹不是一个任人宰割的主儿，并不安于这种不见光的角色，她想登堂入室正式成为书记的合法妻子。为此，她做出了不懈努力，发展到后来不但跟书记闹，还去县委办公室绝食静坐。结果可想而知，书记很生气，后果很严重。她很快就被贬到了一个偏远的乡镇，一开始还不错，镇教办负责人看她是科班出身，就把她留在了中心小学，这就有了接触镇级领导的机会。这个镇分管文教卫生的副镇长对洒三妹的艳史略有耳闻，认定洒三妹是辆蹭票可上的公共汽车。洒三妹不肯就范，副镇长却非常执着。在遭到多次拒绝之后副镇长以视察的名义追到学校，小学校百年不遇地迎来了这么大的领导，自然诚惶诚恐。副镇长提出要单独跟洒三妹谈谈，其他几个老师只好暂时回避，办公室里只剩下了副镇长和洒三妹两人。副镇长起初还能跟洒三妹正常谈话，无非是威逼兼利诱，但洒三妹继续无动于衷，一副事不关己的样子。副镇长又气又怜，说着说着就开始辅以动作。事情来得有些猝不及防，洒三妹本能地开始抗拒，副镇长正值壮年，再加上那充盈起来的欲望，气势如同下山猛虎。洒三妹很快就败下阵来，却不想束手就擒，仍然顽强地抵抗，眼看危险迫近，洒三妹的手脚已被紧紧箍住，只能对着搅动在自己嘴巴里的那个物体奋力咬下去……

副镇长的舌头被咬掉了，从此变成了一个失语者。洒三妹以故意伤害罪被提起公诉，最后还是书记念及旧情，亲自出面干预了此事，洒三妹才被免于刑事处罚。但东篱县待不下去了，洒三妹从此在悦城地面上消失。关于洒三妹的这段生活，老尤转述得较为含糊，一开始说她去了深圳，后来又说是在上海的一家高档颐养中心工作。甭管怎么样吧，反正洒三妹离开了有将近十年的的时间。这段时间我们都发生了很大变化，老尤从百流乡副乡长的位置上跌落下来，变成了一个外强中干疲于应付的企业家。聂世兰走上了领导岗位，成为一个志得意满的小官僚。而我结了婚又离婚，无奈地逃离了悦城。

大概在两三年前，老尤准备进军房地产，第一个项目就近瞄上了百流办事处的棚户区改造。原本以为以自己与百流的渊源，拿个项目应该不成问题，不想早有地产大鳄捷足先登了。百流办事处所有棚户区项目都已被嘉和集团所垄断，想要分一杯羹，找地方领导已经不管用了，只能与嘉和方面协商。老尤当然知道嘉和集团，这是悦城当地最大的民营企业，房地产开发起家，目前已形成以旅游、金融、地产、健康、教育等多产业并举的发展格局，有着雄厚的实力和深不可测的背景，发展的触角已经开始辐射全国，在好几个城市都设立了办事处。了解到这一情况之后，老尤本想知难而退，关键时候又是聂世兰给老尤提供了一个信息：原来嘉和的老总唐家和不是别人，正是杜老师的舅舅。杜老师的舅舅原本执掌着悦城建筑公司，后来因为经济问题在监狱里待了三年，出来之后二次创业，很快就崛起为本埠商界的老大。

善于公关的老尤自然知道杜老师的软肋，先以购买安利为由跟方荣重新搭上桥，为了热身又组织了几次牵强的饭局，有了这些铺垫，后面的要求就显得自然了一些。杜老师并没有被老尤抛过来的糖衣炮弹打晕，只答应给牵牵线，具体业务让老尤自己去谈。之后，老尤开始硬着头皮联系唐总，怎奈六十多岁的唐总此时已成为空中飞人，往往上午在广州酒家吃早茶，中午就进了北京全聚德烤鸭店。后来唐总就在电话里对老尤说，像这样的小项目他已经管不过来了，让老尤跟分管地产的副总联系。

没想到这位副总也忙，联系了几次都没能见上。最后副总派出了一个谈判代表，让老尤做梦也想不到的是，这位谈判代表居然是洒三妹。世界上的事情往往就是这么奇妙，本以为某个人已经彻底消失，她却在尘世的某个转弯处从天而降，这也就是所谓的缘分了。洒三妹的突然出现让老尤又惊又喜，当晚他就和洒三妹重温了旧梦。

我推算了一下时间，老尤与洒三妹重新续上前缘应该是在我去省城后不久。这么多年以来，我一直自认为对老尤的生活了如指掌，没想到老尤还藏有这么大的秘密。我在心里并没有责怪老尤的意思，反而觉得轻松了很多。再好的朋友也不能做到彻底坦荡，有些很深的秘密是不能让人来分享的。这从另一个方面也说明老尤对洒三妹是认真的，正因如此他才雪藏了洒三妹。

聊完洒三妹我们已回到了灯火通明的悦城，此时天已经有些晚了，城市的街道上人影稀少。老尤的车子在空旷的马路上疾驰，很快就来到我居住的小区。这是悦城最早的一个居民小区，房子大都建于上世纪八十年代。我来到宣传部后赶上了最后一次福利分房，以极低的价格在这个小区里获得了一套一居室，这成了我在这个城市立足的基础，我在这套房子里办成了婚姻大事。后来我前妻的单位集资建房，我们要了一套三居室，这就形成了我们分手时住所的自然分割。她要了那套集资房，我重新搬回了这套老式一居室。我们相安无事各得其所，仿佛之前就预谋好了一般。

这个小区现在已经变成了一个大杂院，进入小区的通道自然而然形成了一个市场，旁边挤满了烧烤地摊。此时，出来练摊的人逐渐散去，地上扔满了竹签子酒瓶子之类的垃圾，它们之前的使命已经履行完毕，最后只能被抛弃。还有少量酒客蹲在铁皮矮桌前，在昏黄的灯光下，摇晃着脑袋重复着连自己都不相信的豪言。有几个摊主已经开始打扫卫生，搅动起来的尘土在灯影里跳跃盘旋，把眼前的世界变得雾蒙蒙的。我突然有了一种天上人间的感觉，想想自己几十分钟前还在一个幽静的别墅里，坐在铺着绣花桌布的红木案几前，端着透明的水晶高脚杯，优雅地品尝着来自世界著名产地的名酒，现在却一下子就掉落到一个如此污浊的凡间。巨大的反差让我的内心顿时充满了哀伤，我不知道是为了自己，还是为了那些跟我一样生活在尘埃里的蝼蚁。

我要在街口下车，老尤却执意要把我送到楼下。车子在坑坑洼洼的水泥地面上停稳，我正要推开车门，老尤突然回身说："想必你也猜到了，别墅是聂世兰的。我只是偶尔过去一下,三妹也不常住,只有他们的董事长过去的时候她才去照顾一下。"

我愣住了,正在开车门的手定格在了空中。老尤说完这话就把身子重新扭了回去,我看了一眼老尤此时木雕一般的背影,犹豫了一下,最终什么也没说就下了车。我往灯影深处走去,身后没有传来期待中的汽车轰鸣声,我走进昏暗的楼道,想借用空洞的楼道口回一下头,但最后还是忍住了。

二十八

　　我手下有两名工作人员，一男一女，都是刚出校门不久的大学生。男的姓常，有着与其年龄不相符的成熟，我来福彩中心不久他就不再叫我主任，而是改口叫叔。一开始，我听着很受用，对这个小伙子亲近了不少，后来才意识到他似乎不是在跟我套近乎，而是另有盘算。聂世兰是福彩中心主任，我是形象策划部主任，外人都管我们叫主任，但我们的含金量却有着天壤之别。小常改口显然是为了进行进一步甄别，此主任非彼主任，每次叫出口都有障碍，做这样的比较也太过麻烦，而此叔非彼主任就直观了很多。在这种无奈的选择之下，"叔"的称谓已不再是一种对长辈的尊称，而演变成了隐藏真实意图的遁词。女的姓肖，相对单纯一些，每天首先要做的就是策划自己的形象，服饰千奇百怪，造型达不到吓人效果誓不罢休。她对聂世兰有着不加掩饰的崇拜，面对聂世兰的时候眼睛里汪着一洼春水称呼主任，背后却反其道而行之地叫大叔，惨兮兮地表现出一副嗲妹恋大叔的可怜样。她对我这个聂世兰二十年前的同学却中规中矩，称呼我王主任。

　　我刚来的时候聂世兰向我介绍，小常和小肖都非常优秀，毕业于名牌大学，是经人事部门层层选拔慎重考察后引进的贤才。从一开始，我就对聂世兰的介绍表示怀疑，他们在工作中的实际表现让这种怀疑进一步加深。小常读文件的时候经常读白字；小肖曾经写过一份材料，一页纸上居然出现了十多个错别字。后来我了解到，所谓名牌大学不过是聂世兰的随意拔高，小常毕业于悦城学院体育系，而小肖读的是职业学院，学的是服装设计，这倒跟她在自己身上的创意更合拍了一些。他们能来福彩中心都是身后的背景发挥出来的效应：小常的父亲是位成功的商人，仅在悦城市区就有三家规模不小的超市；小肖好像更直接一些，她叔叔就是悦城市委某领导。

　　按照聂世兰的指示，我带着这两名"贤才"到冀石镇叶龙学校考察。之前，聂世兰把关系都疏通好了，我提出要给余亮光打电话通报一下，却被聂世兰阻止了，他的理由是我们要公事公办，不能掺杂任何个人感情。我没完全听聂世兰的，临上车之前还是悄悄拨打了余亮光的手机号码。但出乎意料的是余亮光的手机无法接通，进入耳郭的是那个冰冷而温柔的自动语音，在不紧不慢地劝我稍后再拨，可稍后拨过去还是无法接通，我连续拨打了几次，遭遇的都是藏在手机里面的那个女骗子。

　　我们此行的队伍颇为庞大，陪同人员有悦城市教育局普教科科长、悦西区教育局副局长、民政局副局长，还有悦西区政府办公室的一名副主任。分乘三辆车，区教育局副局长和民政局副局长在前面开道，市教育局科长和区政府办副主任居中，我和小常小肖殿后。刚一出发，小常和小肖就起了争执，争执的原因是居中和殿后哪个更重要。按照小常的观点，居中最为重要，中军主帅嘛！小肖却有着不同意见，认为我们此行的目的是考察捐资助教，而捐资助教的主体是我们福彩中心，自然是我们最为重要了，前面那两辆车都是给我们开道的。两人争执不下，最后请我这个王叔王主任裁决。我心中觉得有些好笑，给他们分析说:"你们两个说得都对又都不对。从理论上说,我们是这次行动的主体,理应受到重视,但眼前的现实是市教育局科长和区政府办主任自身的地位更重要一些,他们位于中军主帅的位置也无可非议。"小肖还有些不服气,说:"如果我们主任今天亲自带队呢?"我懒得再跟他们理论下去,就顺口应道:"那就另当别论了。"

这几年,冀石镇政府几乎没什么变化,还是那幢土气的三层楼房,孤零零地矗立在镇街中心,倒是跟周围那些灰头土脸的平房有着明显的差距。我在悦西区宣传部的时候,几乎每年都要来几趟,大多是陪新闻媒体的记者过来,受到的礼遇自然不一般。我第一次来冀石镇是到宣传部后不久,当地发生了洪灾,我跟着当时的市委书记前来慰问。这样的规格让初出茅庐的我激动了好长时间,还保存了一张跟市委书记"同框"的照片。那张照片是《悦城日报》的记者无意间抓拍的,气宇轩昂的市委书记抹着腰站在高处指点江山,我弓着腰面对市委书记,在他的手指指向之下,似乎是他所指点的江山的一部分。照片是市委书记的正面照,我仅仅出现了一个微微侧着的背影。就这我已非常满足了,发现照片后如获至宝,费了很大劲儿才从那位记者手里淘换出来,放大了用专门的镜框镶嵌起来,在客厅的显眼位置悬挂了好多年。

在过往的好多年中,我曾经数次向镇上的领导打听过余亮光,但他们都说不认识。想想这也正常,镇上的主要领导工作繁忙,哪里会顾得上一个普通教师的去向。好像有一次,我离余亮光很近了。那是一次教育系统的表彰会,在宣读表彰决定的时候,我听到了余亮光的名字,在观众席上我也搜寻过余亮光,但一直没发现他的踪影。按说,我们在一个区,咫尺之间的距离,我要想找余亮光并不费劲,但我们却一直没见过面,说到底还是一种忽视。刚到宣传部的那几年,我也曾经顺风顺水,那种感觉让人得意，尽管我还有足够的理智没有忘形，可也忽视掉了很多原本的情愫。后来疲沓了，自己在生活上有了诸多的不如意，也就更无暇顾及这些了。

镇上接待的规格很高，镇党委书记和镇长亲自介绍情况，到场的有镇上的教委办主任，还有其他几位主要学校的校长，但没有余亮光。我们本来是奔着余亮光而来却见不到他。余亮光的手机我已拨打了多次，中间还向老尤再次求证了一下。余亮光应该没有更换手机号码，何况他刚跟我们搭上线，对我们还怀有一定期待，即使换号也会通知我们一声。

后来，我主动问起了叶龙学校的情况，镇上的两位主要领导都有些茫然，刚刚汇报完的镇长翻了一下面前的材料就把目光转向了教办主任。教办主任倒非常明白，赶紧介绍说："叶龙学校是我镇最早的一所完全小学，由于我们是个山区乡镇，早期建成的学校因陋就简，规模都不大，叶龙小学算是我们镇比较大的一所小学，也面临着校舍改造师资不足的问题。但今天校长有事没来，我们也就没安排汇报。"我一听就明白了，他们根本就没把叶龙小学纳入这次的救助计划。

同来的几位部门负责人都在打哈哈，对于他们来说救助谁都无所谓，但对我就不一样了。看这个样子聂世兰是在刻意回避同学关系，那我就不能利用这个由头了。正在发愁怎么引入的时候，突然想到了刚才教办主任的介绍，我就顺势往下说道："我们福彩中心发起这次捐资助教是本着回馈社会扩大效应的原则，想选择有一定代表性的救助对象。刚才听主任介绍说叶龙学校是镇上最早的一所完小，据我所知这又是一所纯山区学校，这就具有了一定的代表性。我们能不能去这个学校看看？"

我这么一说，镇上的领导都面露难色。镇长说："按说叶龙学校是有一定的代表性，它本来是镇上的中心小学，后来镇政府搬了下来，为了周围十几个山村孩子上学方便，学校就没搬。但通往学校的道路汛期被洪水冲垮了，有些路段连自行车都没法骑，要步行过去得走十多公里的山路。"教办主任也看了下腕上的手表说："现在要过去恐怕下午也到不了。"

一听说要走十多公里的山路，随行的那几个领导就都知难而退了。市教育局的科长说："我们这次来考察的主要目的是为了确定救助对象，要把我们的救助力量用在最需要的地方，在这方面我们显然没有当地的负责人了解情况。既然刚才主任说叶龙学校基础较好，我看我们就没有必要过去了。"科长这么一说，两位副局长和主任都点头称是。我带来的那两位"贤才"自然也不愿多走路，嘟着嘴都不说话，我一看自己已成孤军，也就不便往下深入了。好在我们这次只是考察，我代表福彩中心而来，随后我们还会有很大的自主性。

考察结束，我们按照来时的格局返回，还没走出镇子我就找借口下了车。理由非常好找，之前我就做好了铺垫，说自己当年在悦西区宣传部的时候跟镇上的一位已退休的新闻报道员很熟，难得来一趟，想借这个机会顺道去看看。小常和小肖都没产生怀疑，只是担心回去怎么向聂世兰复命，我告诉他们这也不用担心，一切事情由我向聂主任汇报。小常还提到了冀石镇给放在车上的两箱东西怎么办。那是镇上领导向我们表达的心意，我们吃完饭刚走出餐厅就看到几个工作人员往车上装东西，每人两箱，一箱是当地山上所产的松蘑，另一箱是山核桃，都是纯天然的绿色食品。这是当地特产，当年我陪那些记者过来的时候，镇上就用它们来表达心意，这么多年过去了依然是那份一模一样的心意，只是包装更为精致了一些，还有了显眼的商标——一个绿色的箭头在云雾环绕之中，上面醒目地斜楞着两个变体大字：荣发。荣发公司这几年在悦城有了一些名气，主要以开发绿色产品为主，想不到牌子已经打进了这小山沟，一问之下才知道荣发公司的老总就是冀石镇的"土著"，他的第一桶金就来自自己的家乡。

看到往车上装礼品，我们都客气了一番，小肖多了一句嘴，说："我们主任没来。"镇长立刻就明白了，赶紧让人多放了一份。小常提到的两箱东西大概就是指给聂世兰捎上的这份。我明白小常的意思，之前小肖已经走在了他前面，他不甘落后想扳回一局。我没心思应付他们这些小伎俩，就故意打着马虎眼说："聂主任的那份就由你们转交吧。"我说的是"你们"，这就在他们两人之间留下了制造乱局的伏笔，在往回走的这段路程中定会有一番不见刀光的较量。我本不想这样，但从心里对他们的心机感到腻歪，刚踏上社会就苟且成了这样，以后那漫长的几十年该怎么过？

眼看着小常和小肖乘坐的轿车绝尘而去，我折返身往回走。我放不下余亮光，同时也感到奇怪：他怎么偏偏在这关键时候失踪？我抱着一丝幻想又拨打了一下余亮光的号码，还是不通。我向路边的行人打听叶龙学校，给出的答案基本上跟镇长说的一致：山路，不好走，有些路段连自行车都没法骑。我问还有没有其他办法，答曰：可以试着找辆摩的带一段，这样可以省些力气。我在车站附近找到了一群摩的司机，他们漫天要价，去一趟不到最后目的地的叶龙学校（明确告诉我有一段路要自己走上去）要五十元，最后打价打到三十元。

我坐在摩托车后座上向叶龙学校进发，脑海里翻腾着种种可能性，余亮光到底怎么了？病了？还是遇到了其他变故……司机是个话痨，耳边吹过的呼呼风声和摩托车马达的轰鸣，丝毫也没降低他对我的好奇，一直想打探我的身份，还想知道我为什么要去叶龙学校。我刚才已告诉他，自己随便做点小买卖，他却还要知道到底是什么买卖。我们的交流非常困难，他每发出一个疑问都要掀一下头盔上的面罩，还要扭一下头，还要扯着嗓子喊，弄得自己很辛苦。但他好像乐在其中，揪住不放地问："来我们这穷乡僻壤能做什么买卖？"我搪塞不过，想到刚刚看到的那一箱箱山货，只好随口说："小打小闹，也就是倒腾点山货。"我的声音不大，原本以为他不会听到，不想他却猛然把摩托车停住了，翻身下来，摘下头盔，认真地看着我说："你真是来倒腾山货的？"我有些不知所措，不置可否地点了点头。摩的司机说："那我可不敢拉你了，车钱我也不要了，你还是自己寻摸着去吧。"我的心里更加疑惑，不知道自己犯了什么忌讳，看司机那敬而远之的样子，只好从后座上下来。

此后，我自己一路打听摸索着去叶龙学校。这里应该位于悦山山脉的背面，山势看起来不算太陡峭，但绵延起伏着伸向了无限远处。由于还没有开发，这里从来就没通过高等级公路，上山下山全依靠原来山民自己修筑的便道，这样的道路根本抵不住洪水的侵袭。下面的道路还好，洪水只冲垮了一个小斜面，大部分路基还在，还可以相对平稳地蜿蜒着前行。往上就难走了些，迅猛的山洪把原来的道路都冲掉了，只剩下山洪在慌不择路间冲刷出来的小水沟，没有一条超过十米以上的直路，全是随着山势迂回出来的沟岔，底部布满了随着洪水冲下来的碎石块，一脚踩上去，脚掌被硌得生疼。沿途不时会遇到上山和下山的山民，大都驮着很重的东西，可他们看起来走得比我还轻松。

叶龙学校建在半山腰一个相对平缓的地带，大门倒还说得过去，两列一砖到顶的斜墙呈八字状整齐地排列着，衬托出两扇铁皮大门。大门是开着的，里面静悄悄的，看时间已经下午五点多了，应该过了放学时间。我走进大门，才发现校园里到处坑坑洼洼，建校时用土填起来的部分，经过多年洪水的冲击，裸露着青褐色的石崖茬口，有些低洼处还汪着一池浅水，低矮的野生植物在水的滋润下蓬勃生发。两排校舍建得倒非常有秩序，前后两排都各自绷直在一条线上，中间还留了一条宽阔的走道。但校舍外墙都已斑驳，原本用石灰抹平的墙皮大都胀落，显露出里面石块挤压在一起的窘态。靠近东面的两间教室已非常危险，墙基已经倾斜，周围用木桩撑着，可似乎也改变不了倒塌的命运，看着就让人害怕，好像随时会轰隆倒下的样子。边上用建筑工地那样的护栏圈着，旁边立着一个醒目的牌子，上面用粗黑的毛笔字写着：危墙！危墙！请同学们千万不要靠近！！！

挂着办公室牌子的门还开着，里面好像还有女人说话的声音，我走进去，看到一位女教师正在打电话。我上前介绍自己是余亮光的同学，是特意过来找他的。没想到，我话还没说完，这位女老师竟然流下了眼泪。我心里一惊，原来那种不好的预感再次蹦进了脑海，忙追问怎么了。这位女老师擦了一把眼泪，说："余校长昨天就被派出所的人给抓走了。"

之前我的种种预感都没应验，我做梦也想不到老实本分的余亮光有一天会进派出所，细问之下才知道缘由：问题就出在当地盛产的山货上。原来，这几年冀石镇所有的山货都被荣发公司所垄断。据说，该公司直接跟镇上签了协议，有了这份协议该公司就变得有恃无恐了。山民从山上采摘来的山货都归这家公司所有，他们只需支付很低的人工费就能从山民手里获得大量山货，然后再经过分装，贴上自己的商标，进入城里超市的货架。冀石镇的山货本来就有一定的知名度，尤其是野生松蘑，肉质肥厚，味道鲜美，口感滑嫩，而且营养丰富，有江北第一食用菌的美誉。再加上荣发公司的炒作，现在荣发出品的山货已经形成了一个响当当的品牌，不但占据了悦城很大一部分市场，连省城很多大超市都设有专柜，产品的价格也几十倍地往上翻。吃到甜头的荣发公司更是加紧了对这一带山货的控制，一些主产区的山林都被他们圈了起来，还派专人看管。这下可害苦了当地的老百姓，这些山民世世代代居住于此，靠山吃山是他们的生存法则，原本正当的生活来源倒成了他人谋利的工具，所以他们很是不甘，这几年没少往上闹腾，私下里也发生了很多纠纷。

叶龙学校占着地利上的优势，而且经费确实不足，这么多年来一直组织学生勤工俭学，依靠采集附近山林上的松蘑来维持运转。荣发公司的人干涉了多次，但余亮光是个认死理的人，早就对荣发公司的巧取豪夺有些愤然，认定老祖宗留下来的东西应该人人有份，更何况他还要把这用在孩子们身上。还有一个不可忽视的因素：荣发公司的实际控制者余荣发和余亮光颇有渊源，余荣发称余亮光为叔，他们虽是叔侄关系，但年纪却差不多大。余亮光对余荣发的发迹史了如指掌，从心里对他有些不认可。今年的松蘑采集季，余亮光组织的学生比往年要多，几乎全校师生都出动了，这一方面是因为今年松树积下的松针比往年肥厚，松蘑有了足够的营养，长势就特别喜人，另外一方面，经过又一个雨季的浸泡，学校的危房增多，余亮光想利用这个机会多弄些钱，进一步修缮一下校舍。

去采集松蘑的声势这么大，自然惊动了荣发公司的人，他们召集了十来个保安过来，这些保安都带着警棍，还牵着大狼狗，完全是防暴警察的架势。余亮光却表现得比以往任何时候都淡定，面对这些保安侃侃而谈。这帮人不听这一套，想要对余亮光动粗，却被一群孩子围在了中间，后来他们只好灰溜溜地走掉了。可是第二天，冀石镇派出所的两名警察突然来了，还开来了一辆挎斗摩托，也不知道他们是怎么开上来的。

他们在校长室找到余亮光，亮出警官证和拘留证，也不问青红皂白就直接把他给拷走了。

女老师姓仇，年纪应该跟我们差不多，长得还算端正，年轻的时候一定非常爱笑，现在嘴角留下了很深的笑纹。听仇老师把情况介绍完，我的心已放下了一大半，事情应该并不像她想象的那么严重。带学生去山上采点松蘑也不是什么罪过，更何况还是为了勤工俭学，现在的关键问题是要知道余亮光目前的状况。

仇老师说："我教过的一个学生现在是派出所的协警，刚才的电话就是他打过来的。他说余校长自从进了派出所就一言不发滴水未进，庆幸的是派出所的那些人还没怎么难为他，可我担心他那个倔脾气上来，会继续用沉默和绝食来抗争。"说着仇老师的眼窝又湿润了。从一开始，我就感到她似乎跟余亮光有着特殊的关系，言语之间能感受到她对余亮光的真切关心。

事情并不复杂但也不是那么简单，从今天上午的情况看，镇上大部分领导都应该知道了此事，最起码那位教办主任是知道的，否则我问起叶龙学校来他也不会那样搪塞，镇长应该也知道。这是一起典型的资本绑架权力的事件。荣发公司近几年发展很快，广告也做得多，"荣发，荣发，健康专家"的广告语连街上的孩子都能顺口说出。这样的利税大户都是当地政府的宝贝，当地的头头脑脑都拼了命地保护着他们，不然也不会动用公器的力量来维护他们的利益。但毕竟做得有些过头，从下午摩的司机的反应就能看得出来，一听说我是倒腾山货的，立刻就怕引火烧身，可见这里的地方保护主义是多么严重，对权力的滥用已达到了什么程度。

解救余亮光的途径应该有很多，最简单的方式就是直接跟镇上领导交涉，谈明白利害之后不怕他们不放人。镇上这些基层官员为了政绩、为了升官，整天打擦边球，日子过得就像惊弓之鸟，最害怕明白人了。更何况，他们还知道我在宣传部门工作过多年，一旦把这个事情给捅出去，他们说不定会受到处分，甚至丢官。但这样就等于跟镇上闹僵了，不利于下一步的工作。余亮光毕竟还要在这里干下去，我们的捐助活动也要通过镇上这一关。最后我决定还是先向聂世兰汇报一下再说。

聂世兰听完我的讲述非常生气，马上就要给悦西区的有关领导打电话，让他们立即放人。我怕的就是这一手，赶紧制止了聂世兰，让他考虑一下余亮光以后的工作和生活，不要把事情搞僵。聂世兰后来听从我的劝告，给悦西区民政局局长打了电话，让局长找冀石镇党委书记，什么都不说，只说自己一个叫余亮光的同学被冀石镇派出所莫名其妙地拘留了。

这就给各方都留出了余地。民政局局长和镇党委书记是平级的同僚，不存在谁命令谁，事情就掺杂了一定的私人感情，再加上福彩中心这个背景，镇上就不能不买账了。当天晚上，余亮光就被摩的司机送了回来。

二十九

　　几个月不见,余亮光比上次见面时更瘦了一些,但精神尚好,在派出所关了两天似乎也没挫伤他的锐气。仇老师看到余亮光平安回来很高兴,张罗着要给余亮光压惊,很快就聚拢来一大帮子人,有两位是住在附近的学校老师,其余大都是叶龙村的村民。我一看这个阵势就不能走了,更何况此时我也无处可去。

　　听他们介绍我才知道,叶龙小学果然有着一段不短的历史,其起源要追溯到抗战时期,最初是根据地的识字班,就建在离此不远的叶龙潭旁边的一座寺庙里,解放后正式成为叶龙完小。现在的校舍建于二十世纪七十年代中期,本来还设有初中部,后来一合校定点,就把初中部划归了冀石中学。学校和村子的名称都来自附近的叶龙潭。叶龙潭也自有一番来历:传说掌管这一带降水的龙王是个势利眼,他下雨不遵从四季轮转的规律,更不会照顾山民和农作物的需要,而是一味听从玉皇大帝的调遣和地方上的供奉情况。富裕的地方当然供奉就好一些,旱季的时候他就多到这些地方下雨,穷人供奉得稀薄,他就轻易不去降雨,致使穷人的田地每年都因干旱收成很差,穷人的日子愈加艰难,而富人却更加富足。龙王的小儿子看到这种情况,于心不忍,每次等龙王外出的时候就来到穷人的田地里下雨，这样穷人的田地也开始风调雨顺，日子渐渐好了起来。可这事很快就被龙王发现了，龙王非常生气，把小儿子用铁链锁在了山脚下。谁知这个龙王小儿子天生倔强，眼看着父亲继续势利眼，内心无比痛苦，就用尽最后力气下了一场大雨，在这山怀中形成了一个深潭，以便让周围的山民在旱季的时候能用来滋润田地，可他自己却因过分劳累而死。起初这个深潭叫孽龙潭，后来周围的山民都感念龙王小儿子的恩德，觉得他不是孽龙，应该是条最好的龙，可是他们想不到更好的字眼儿，只能回避那个不顺耳的"孽"字，用谐音的"叶"来代替，这里就变成了叶龙潭。

叶龙村是这一带最大的村子，但也只有几十户人家。余亮光一毕业就来到叶龙小学，在这里都干了二十多年了，跟这个村子早已彻底融为一体。村民们也不拿他当外人，很少有人称呼他余校长余老师的，都亮光亮光地叫。晚饭餐桌上的菜都是他们从家里带来的，有自家养的大红公鸡，有用薄荷叶山槐花山韭这些随处可取的食材做出来的佳肴，还有新鲜的柴鸡蛋和刚刚在山涧的溪流中摸上来的小螃蟹，五花八门，应有尽有，在乡村也算是最高规格了。

当天晚上，我跟着余亮光回了家。余亮光的家就在下面的梭庄，离得不远，但路不好走。山区的村庄都是依靠山势自然形成的，根本就没有什么章法，晚上在这样的山路上行走最容易迷失方向。我们走了不大一会儿就到了，远远听到了狗的狂吠声，有星星点点的灯火透出来，其他地方都是黑黝黝一片，像画面上被浓墨晕染而成的部分。看不出村子的规模，感觉应该比叶龙村小一些。

余亮光的家在村子后面，挺干净的小院，只有三间正房。家里没人，我有些吃惊，就试探地问："你自己住？"余亮光说："母亲几年前就过世了，两个弟弟都已成家立业，大弟弟现在在悦城开出租，小弟弟在冀石镇街上开了家小吃部。"余亮光显然没明白我的意思，我其实是想问他的婚姻状况。

说着话余亮光已经把门打开，灯随即亮了。屋子里陈设很简单，外面的堂屋更像一个书房，只有桌椅之类必需的生活物品，连居家标配的电视机都没有。老式的八仙桌上放着一台像木盒子一样的收音机，这种收音机曾经风靡于上世纪八十年代，现在早就应该成为古董了。西墙边上排列着几个书架，书架的规格很不统一，一看就不是专业人士做出来的，大概都是自己用木板子搭建的，里出外进的很是参差。上面那些书籍倒整齐地排列着，但种类千差万别。我简单浏览了一下，里面大部头的除了四大名著之外，还有几本数学著作，其中有外国人写的《微积分学教程》和《有限群表示论》，还有华罗庚先生的《数论导引》，其他大都是各个时期的教科书，我们读师范时的课本居然还都在，另外就是《读者》《青年文摘》之类的快餐读物。

里间只有一张床，还是单人的。我有些吃惊，就冒冒失失地问："这怎么睡？"余亮光说："你在这儿凑合一晚上，我去隔壁大哥那里挤一下。"说这话的时候余亮光满脸的歉意，似乎是让我受了很大委屈。我这时才意识到自己过分了，这里就这条件，怎么过不了一晚上？于是我赶紧说："天都这么晚了，你还去人家那里挤什么！咱俩挤一挤，都是农村出来的孩子，当年咱们还没这条件呢！更何况这样咱们还可以聊聊天。"

这天晚上我们两个抵足而眠，借着酒兴谈了很多，至此，我才了解了一些余亮光这么多年走过来的路。余亮光向我谈起了他刚毕业时的梦想，那时候他有很多宏大的愿望，虽然为了照顾家庭主动来到叶龙学校，但并没想要永远待在这小山沟里，还不断做着走出去的梦。他想报考数学专业的研究生，为此他跟在学校时欣赏他的数学老师通过多年的信，数学老师给他推荐了一些书，还答应给他引荐自己已成为教授的大学同学。可是后来没想到生活的担子越来越重，他只好放弃了这些梦想。

原本我以为聂世兰和汤丽欣是我们班结婚最早的，但实际上真正第一个结婚的却是余亮光。我们于一九八九年七月份毕业，十月份余亮光的父亲就罹患了食道癌，为了给父亲治病，他们倾其所有，甚至把自家房顶上的瓦片都揭下来卖了，还拉了一屁股饥荒。后来就有媒人上门给余亮光说亲，女方在镇上的石料厂上班，虽是合同工，但家庭条件不错，许诺亲事要是成了，不但帮着给余亮光父亲治病，还会给他们家重新建三间大瓦房，余亮光一听这条件立刻就答应了。余亮光是家里的长子，下面还有两个正在上学的弟弟，再加上跟父亲一样体弱多病的母亲，此时的他太需要有人帮衬一下了。当年年底，他跟女方领了结婚证，女方也开始兑现承诺，可这并没有留住他父亲的命，转过年的春天父亲就病逝了。让余亮光没想到的是，他接下来的婚姻生活并不如意。在他们结婚的第三年，石料厂被个人承包了，新厂长把余亮光的妻子提拔成了现金出纳，见的钱多了想法也发生了变化，更何况当初他们的结合就缺乏基础。那几年知识分子在历经"臭老九"的时代之后开始反弹，大中专学校的毕业生成了天之骄子，当时女方图的就是他公办教师的身份。后来的生活证明，这种身份并不能当饭吃，在一个急剧变革的时代，这种一成不变的身份反而成了累赘和笑柄，她很快就不以丈夫为荣了，抱怨也随之产生。而余亮光当初的想法则更为狭隘，就是为了解决那时候生活上的困局。他们的结合更像是集市上的交易，带有讨价还价的狡黠和扑面而来的铜臭味。后来，余亮光的妻子就跟新厂长搞到了一起。冀石镇虽然地面大，但有头有脸的人物就那几个，再加上人们热衷传播这样的事情，余亮光很快就得知了老婆出轨的消息。余亮光要离婚，对方表示同意，但提出要一笔青春补偿费，余亮光不同意，说你的青春是自己糟蹋的，怎么反而向我要补偿？更何况他也没钱。两个人又僵持了几年，最后还是离了。

之后余亮光再没成过家，独自把两个弟弟拉扯大，给两个弟弟都在村头盖了新房，又给他们娶上了媳妇，而他自己却一直居住在这座由婚姻交换而来的旧房子里。我借机问他和那位仇老师的关系，余亮光倒没否认，说自己根本配不上人家。原来他跟这位仇老师是初中同学，两人在初中的时候就有那么点意思，但余亮光读了师范之后两人就断了。后来余亮光又回来教书，仇老师也以民办教师的身份进了叶龙小学，本来两个人可以修成正果了，没想到余亮光为了区区三间瓦房再次伤了仇老师的心。至此，余亮光觉得自己特不是东西，愧对仇老师。仇老师呢，这么多年过去了，她似乎也淡然了很多，似乎一直在等余亮光，又似乎不是。他们就这样心照不宣地相处着，彼此感知着对方又躲避着对方。

前妻跟那位厂长也没能修成正果，厂长本来就只想玩玩，没想到这女人会这么认真。两个人的关系又勉强维持了一两年，最后前妻还是被更年轻的姑娘给淘汰出局了。

"你知道这位厂长是谁吗？"快要结束讲述的时候，余亮光欠起身子来问我。我还没有回应，他接着就给出了答案："就是现在冀石镇政府的大金主，大企业家余荣发，我的本家侄子。"说这话的时候我正好扬起头朝向他，在黑暗中我看到他的眼睛里透出了一道凌厉的寒光。

三十

二〇〇九年底,悦城市重新进行了区划调整,原来的悦山景区管理委员会升了半格,变成了副厅级单位,有了一部分政府职能。悦山周围的几个乡镇都划归悦山景区管理委员会管辖,其中就有冀石镇,这就一下子为福彩中心的捐资助教提供了一个新的契机。

应该说这个调整具有一定的科学性,已经酝酿了好久,是市委市政府为了进一步做好悦山大旅游这篇文章所做的重大决策。聂世兰早就应该听到了风声,所以才在捐资助教这事上等待观望,之前的所谓考察也只不过是为了制造声势虚晃的一枪,接下来就开始了紧锣密鼓的行动。

按照市里的规划,要打通悦山山前山后的通道,倾力打造悦山的后花园,不但让这个后花园绿起来,还要用起来,打造的重点区域就在冀石镇一带。聂世兰的思维也不再停留在捐资助教上,或许他从一开始就着手谋篇布局了,包括莫名其妙的同学会,还有我本人,应该都在他的布局之中。根据市里的这个规划,聂世兰很快就提出了自己的新思路:由嘉和集团和福彩中心共同出资,在冀石镇打造老人颐养中心,这是一项利国利民的半公益事业。悦城市社会福利院早已老旧不堪,有限的空间和落后的设施已远远不能满足福利事业发展的需要,而且这么多年来一直深潜在老城区南关街的一条胡同里，失去了很多发展机会。市民政局的领导很早就有了搬迁计划，但一直没找到合适的地段，这个新的颐养中心正好可以担负市福利院的职能。当然，这最终还是一个以营利为目的的地产项目。至于叶龙小学就更好办了，这么大的项目都过去了，周边的配套设施肯定要完善起来，投资兴建叶龙小学也就不在话下了。

聂世兰的这个思路得到了民政局领导的全力支持，接着就开始与嘉和集团接触。那位一直在天上飞的唐总总算落了回地，这应该得益于我们的班主任杜老师和师母方荣。不知是已不习惯地球引力还是年事已高的原因，唐总出现的时候挂着根檀木手杖，但没出现颤颤巍巍的状态，而是精气神儿十足，带着李嘉诚般的派头，体现着冬虫夏草花旗参之类补品的效果。唐总的效率很高，率领一大帮子人亲自出面与聂世兰洽谈，只谈了一次就顺顺利利地达成了意向。有了这个基础做底气，民政局局长的腰杆更硬了，带着聂世兰就直接去找了市长。市长听完汇报后觉得这是好事，马上就把报告转批给了规划局。有了市长的批示，剩下的事情就顺利了很多，协调悦西区和悦山景区报批土地，然后再经过国土和建设部门审核。这下可把我忙坏了，不停地写上报市政府及各个有关部门的报告，还要整理情况汇总呈报给市政府、民政局领导和福彩中心的几位主任副主任。那段时间，这些文字材料弄得我眼睛都绿了，每每吃单位提供的盒饭，都感到上面布满了密密麻麻的苍蝇般的黑体小字。

老尤也忙，他兼任了新成立的云朵养生城开发公司的副总，算是官方代表。在老尤的推荐下，洒三妹出任了这个项目的财务总监。老总由嘉和集团的一位副总裁兼任，但老尤负责日常事务，这就把老尤忙得不行了，方方面面人员和事情都需要他来出面应付。养生城的概念是由嘉和集团提出的，他们认为既然这最终还是一个地产项目，叫养生城更合适一些。颐养中心更像是一个社会机构，不利于下一步楼盘的销售。"云朵"这个名字是聂世兰的创意，这让我很自然地想到了老尤带我去过的那个云朵寨。看了规划图我才知道，将来如果通往悦山山后的盘山道开通了，云朵寨和待建的养生城就几乎连在一起了，去冀石镇也不用再绕行那上百华里的山路，只需十几分钟就到了。看来聂世兰的这个大手笔也不是出自一朝一夕，而是深思熟虑通盘考虑的结果。让我感到欣慰的是规划图上也有叶龙小学的一席之地，比原址往下移了一段距离，交通方便了一些，孩子们上学也更为便捷了。

前期的工作做足之后，春节前举行了盛大的签约仪式。仪式规格很高，签约地点位于市政大楼，市委书记和市长以及嘉和集团董事长唐家和亲自见证了这一重要时刻。三方代表分别是：悦城市民政局正县级调研员兼福彩中心主任聂世兰、嘉和集团副总裁，还有冀石镇的镇长。云朵养生项目由三方共同开发，责权利明晰，三人在花团锦簇的主席台上，在众人热烈的掌声中郑重地写下了自己的名字。之后聂世兰还代表市民政局做了表态发言，表示要以高度的责任心和使命感做好这个项目，为振兴悦城经济、造福一方百姓做出应有的贡献。

主席台上的聂世兰身着银灰色西装，大红领带鲜艳，胸前红花夺目。高挑的身材、饱满的情绪和慷慨激昂的气势使他成为整个签约仪式上最为耀眼的明星，我身边的小肖一边用手机给聂世兰录影一边激动地擦眼泪，比看那些煽情的电视剧还要沉醉。当时谁也没想到，这是聂世兰的最后辉煌，之后不到一个月的时间，春节的饺子还没吃完，签约仪式上的余音还在电视上缭绕，聂世兰就被检察院反贪局的人直接带走了。

后来，在我脑海中曾经多次出现过聂世兰被带走时的镜头。那天下午三点多钟，我从卫生间出来，就听得楼梯口响起杂沓的脚步声。走近了，就看到聂世兰脸色蜡黄地从楼梯拐角处往下走，后面跟着两位神情非常严肃的人。办公室的李主任（就是原来那位李副主任，刚刚被擢升为主任）在后面露了一下头，脚抬起来又放下，一副无所适从的样子，脸上的表情讪讪的。聂世兰的步伐凌乱，脚下普通的台阶似乎变成了没过膝盖的雪地，他深一脚浅一脚地行走在其间，抬眼看到了我，居然还咧了一下嘴，露出了一个笑的模样。我已感到了某种不对劲，也咧开嘴巴回应着，但聂世兰似乎没感受到我的反应，很快就把头深深低向自己的脚下。楼梯快要到底了，他却一下子踏空，整个身子如大山般向前倾斜下来，直直地栽倒在地板上。我赶紧上前想过去扶他，后面那两个人却先我一步把他给架了起来。之后聂世兰就被那样架着往外走，擦过我身边的时候我注意到他脸上的肌肉在抖动，从身下滴落的尿液在干净的地板上留下了一段不规则的心电图。

我已预感到发生了什么，但走廊里却出奇静默，包括聂世兰办公室所在的三楼。聂世兰从办公室被带走，也许他曾做过抗争，也许没有，但以那种状态离开办公室肯定是会有人注意到的。这样的爆炸性消息落地却没激起任何的风浪是不正常的，平静肯定只是表面，在这幢大楼里，任何一个得到消息的人心里都应该像开了锅一样在翻腾。有人欢喜有人愁，那两位聂世兰平时不待见的副主任此时心里一定乐开了花，也许他们现在正一边念叨着善有善报恶有恶报，一边欣喜若狂地给自己最亲密的人发短信。而那些紧紧团结在聂世兰周围的人内心却充满了哀恸，他们在替聂世兰惋惜的同时也在为自己寻找下一步的出路。在周围的人眼里，我应该属于后者，可我此时心里却没有伤怀，只有一种类似大戏落幕的感觉。

我神情肃然地回到办公室，竭力想让自己平静下来。小常和小肖都用跟平时不一样的眼神看着我,在手机变成人体某个组成部分的今天,没有什么消息是瞒得住的。我在自己办公桌前坐下来,办公室里很静,我脑子里却很乱,一点头绪都没有。过了一会儿,我下意识地开始收拾自己的东西,想把桌子上散落着的材料扔进垃圾箱,这些无用的文字已折磨我多时,我对它们厌倦已久。这时我才意识到,我刚刚进入的这个单位是一个政府部门,是市民政局下属的二级事业单位,不是聂世兰私家的自留地。我重新安静地坐了下来。小常这时突然发出了一声叹息:"太可惜了!"我没有回应,小肖又带着哭腔问道,"他们就这样把聂主任带走了?"说着就忍不住了,趴在桌子上嘤嘤地哭起来。

三十一

聂世兰的落马在悦城官场掀起了不小的地震。过了不到一个星期，悦城市民政局局长也被"双规"了，民政局办公室主任和福彩中心办公室主任随后被一齐带走，说是要协助调查。与此同时各种小道消息也不胫而走，有传言说分管民政的副市长已经自杀，整个民政系统的官员一半以上都烂掉了。关于聂世兰的传说就更多了，说他这么多年来不但贪污了上千万救助款，还挪用了上亿的资金为自己建造别墅。云朵养生城项目本身就是为了洗白那些别墅而建，好多贪官是为了洗钱而犯罪，而聂世兰却是为了"洗房"。

  老尤也没有消息。聂世兰被带走的那天晚上我们通过一次电话，当时他的情绪表现出了应该有的低落和沮丧，说聂世兰的事情他已经知道了，说完我们之间出现了难得的静默，都没有再往下引申的意思，反而有些躲躲闪闪的味道，没聊几句他就匆匆地把电话挂了。之后，我又给他打了几次电话却都没通，不是占线就是关机。我忽然有了一种大厦将倾的感觉，每天都如坐针毡。又过了几天，另一个不好的消息传来：尤奋进和洒三妹卷款外逃了，他们不但卷走了金帝装饰装潢公司账上的千万资金，还把云朵养生城项目那几百万的启动资金也都卷走了。云朵养生城的启动资金大都来自福彩中心,而金帝公司的钱除了少量银行贷款外,大部分都是民间借贷,这是老尤搭建的那个所谓融资平台以高息做诱饵弄来的资金。看来,老尤为这次外逃已经做了一定的准备。

"眼见他起高楼,眼见他宴宾客,眼见他楼塌了……"孔尚任先生几百年前的感叹,此时就是眼前现实的写照。市里很快就任命了新的民政局局长,让福彩中心原来的一位副主任主持福彩中心的工作,并迅速派驻了工作组,审计福彩中心的资金流失情况。同时公安部门发出了通缉令,在全球范围内对尤奋进和洒三妹展开追逃。

我的日子也开始不好过,检察院的人和公安局的人三番五次地来找我,还查了我个人的银行账号和通话记录,想从中发现一些蛛丝马迹,最终当然是没查到什么。一开始,我对这种提审有些抵触,后来也就理解了,都知道我和他们两个的关系,我现在又是聂世兰手下的员工,他们怀疑我也是正常的。

消停了一阵之后,我试着联系同样处于风暴中心的汤丽欣,可怎么也联系不上。聂世兰的家肯定是被查过,但凭我的感觉,汤丽欣应该没什么问题。他们虽是夫妻关系却已形同陌路,无论从何种角度考虑,聂世兰都会把自己干的那些龌龊事对汤丽欣瞒得死死的,汤丽欣成为同案犯的可能性几乎为零。

几乎所有相关人员都失去了联系,我感到自己已无路可走。那天,我突然想到了在纪委工作的李万祥,悄悄给他打了一个电话。李万祥很快就接了,一听说我想探听聂世兰的案子,很干脆地说:"这个案子已没什么悬念了,检察院越过纪委直接介入就说明了其严重性,如果不是掌握了确凿的证据,检察院是不会贸然这样做的。随后就剩下走程序了,检察院会根据调查提起公诉,然后法院开始审判。估计这事小不了。

你看他平时那个做派，能少贪了吗？这就叫天作孽犹可恕，自作孽不可活……"

李万祥的语气中带着幸灾乐祸的味道和压抑不住的兴奋，我不知道他为什么会有这种心理，不顾念这么多年的同学之谊也就罢了，总不至于这么落井下石吧！我不想再听下去，默默挂断了电话，然后调出通讯录，把那个名字连同下面的那十一个数字果断地删掉了。

一个曾经相关的人连同记忆就这样从我视野里彻底消失了，原来，让一个人消失是如此简单！我显然是一个对李万祥无用的人，既不能给他带来那些俗世的利益，也不能满足他的虚荣心。想必他也已经认识到了我的无用，一直以来，从来就没主动联系过我。既然这样，就让我们在各自的世界里消失吧。

可有些关系处理起来就不会这么简单了，因为缠绕在一起的东西太多，总是剪不断，理还乱。

在一个春雷滚滚的深夜，我正百无聊赖地在床上胡乱翻书，门外突然隐隐传来了声响。一开始我还不能确定那是敲门声。自从搬入这套旧居，除了误撞或事涉日常生活的收费人员上门之外，几乎没有访客，更何况现在已是子夜。我凝神细听，又响了两下，声音尽管也很轻，但显然比刚才用力。我披衣下床，悄悄走到门口问："谁？"外面静得可怕，几乎能听得到门板外的呼吸声。我不敢轻易开门，再次发问："是谁？"对方仍不回应，但又执着地敲了两下。

我轻轻把门拉开，一团黑色的影子一下子就晃了进来。影子迅疾地用后背把门掩上，然后把套在头上的卫衣帽子抹下来，老尤那张宽阔的脸膛像被捶打的沙袋猛然弹出在我面前。我并没感到太意外，反而轻轻舒了一口气说："你总算出现了！"老尤嘿嘿地笑了，说："我当然要出现，事业未竟，死不瞑目。"老尤看上去还是像过去一样没正经，丝毫也没有表现出凄惶与窘迫。

我这里没有红酒，只有半瓶二锅头，是前几天买的，为了助眠，有时睡前自己喝上一点。我给老尤倒了一杯，老尤端起来用力抿了一口，然后感叹道："真是人生如梦啊！前几天还在锦衣玉食颐指气使，今朝就变成丧家犬了。"我知道在这种特殊时刻，老尤的大大咧咧应该都是装出来的，便直接问道："怎么样？"

老尤抬头认真地看了我一眼，语气也变得严肃起来，说："你也许不会相信，我实话告诉你，我现在活得比任何时候都踏实。另一只靴子落了地，有了最坏的结果，还有什么可担心的？"

"可你还是在逃避那个最坏的结果。"

"我逃避是因为牵挂未了，我得把自己的身后事都安排好。今晚就是为这个才过来找你的。"

我知道老尤不会无端在深夜出现在我面前，可也想不出我还能为他做什么。老尤看出了我的疑惑，继续说道："你也知道，我母亲前几年就走了，父亲有退休金，不用我管，孩子也没什么需要操心的。我现在最牵挂的是两个人。一个是洒三妹，她是我的真爱。你别在心里笑话我，别以为我这种人不会有真爱，每个人都是血肉之躯，都有爱恨情仇，再滥情的人心底也有对爱的渴望，渴望给自己的心灵找个依托。洒三妹就是把我的爱情拿走的那个女人。这世上只有个女人对不起我了，作为男人，我不能以牙还牙，再对不起那个爱我的女人。我做的很多事，其实都是为了她。

"另外一个人就是余亮光，他太不容易了，我是打心眼儿里敬佩他。像他这种人在现在这个世上已经像大熊猫一样稀有了，他是我们这个社会的良心,也给包括我在内的很多人树立了一个标杆,所以我一直想帮他。之前的那个规划项目能把新的叶龙小学列入,应该说我还是起了很大作用的。可项目推进并不顺利,即使聂世兰不参与,这事也顺利不了,其中最关键的阻碍就是余荣发。这个人这几年黑道白道通吃,弄了些钱,也打通了些关系。他还不是专门针对余亮光来的,他根本就没把余亮光放在眼里,完全是为了自己的利益在作恶,是为了在那一带保住他土皇帝的地位,如果冀石镇那一片山林被开发,他就失去发财的路子了。所以,不把这个人搞倒,余亮光的梦想就实现不了。"

老尤说着,从怀里掏出来一个牛皮纸袋,放在我面前:"这里面是余荣发涉黑的有关材料,内容翔实,其中还有命案,是去年他偷采山石时发生的。里面还有证人证言和偷偷采集到的录音,这些就足以把他送进去了。顺便要告诉你的是,材料是以前弄的,我和聂世兰早就想把余荣发搞进去了,聂世兰是为了项目推进,而我却还想着余亮光的事。下一步该怎么办,就不用我教你了吧?"

老尤说完,也不看我有什么反应,站起来就往外走。我有些猝不及防,心中还存有诸多疑问,想拦住他。他却对我摆了摆手说:"很多事情你还是不要知道为好,你就当我今天晚上没来过。现在,你我就此别过,下一次相见说不定就隔着铁窗……或是……或是下辈子了……"

老尤说到最后声音已经带着颤抖,一边说一边使劲把卫衣帽子往下拉了拉,拉帽子的手有意识地没拿下来,把眼睛遮住了,应该是在掩饰自己的感伤。我心中也有些戚然,动情地说:"就没有别的选择了吗?非要走这条路?"老尤笃定地看着我说:"每个人受到的地心引力不同,选择的道路也就不一样,走到一定程度就身不由己了,有时明知不对也要走下去,聂世兰是这样,我也是这样。有时真的很无奈,没得选,也没办法选。"卫衣帽子的边沿把老尤的宽脸拉进阴影里,他的表情有些模糊不清,可我分明感受到了他的那种无助。我突然感到心疼,心中充满了不舍。老尤却已断然离去,临出门,又回头深有感触地对我说:"人的一生好比流水,可以干,不可以浊,浊了就永远清不了了。"

后来的事情正如老尤所料。我把那些材料匿名交出去不久,余荣发被查。市里经过新一轮论证,开始重新启动云朵养生城项目,但规划做了重大调整,云朵寨被认定为违章建筑,处理方案不是拆除,而是改建为新的社会福利院,以嘉和集团为投资主体的云朵养生城下移到冀石镇政府驻地附近,由悦西区政府和悦城民政局福彩中心共同投资,按省级规范化标准兴建叶龙学校。

我没想到政府的反应会这么快,得到确切消息后第一时间给余亮光打了电话。余亮光听了,都激动得有些语无伦次了,一直说:"这下好了,这下好了……这下就什么都解决了……"

刚挂了余亮光的电话,一个陌生的号码打进来,我本不想接,犹豫了一下还是接了,没想到是汤丽欣。我心中一惊,有些激动地问:"你……你还好吧?你在哪里?"汤丽欣沉静地说:"我很好!你现在方便吗?我们见个面吧,还是去上次那家茶社。"汤丽欣那不疾不徐的音调反而让我的内心变得很脆弱,她怎么还能如此淡定?我感到自己的眼泪都快要下来了。

还是那个房间,不知道这是汤丽欣的有意安排还是巧合。她早来了,点了一壶跟上次一模一样的玫瑰花茶。跟半年前相比,汤丽欣显得更瘦了一些,眼睛黯淡地深陷在眼窝里,眼袋却凸显了出来,眼角周围那些细密的皱纹也更多了。

我们相对而坐,简单寒暄了一下,接下来就是沉默。过了一会儿她才说:"你没必要对我的平静吃惊,我和他本来就不是同林鸟,一直各飞各的,所以即使大难临头我们也几乎影响不到对方。我的事情当天就说清楚了。他平时不怎么着家,对那些来家里送礼的我基本不会开门,实在推不掉的,我都以他的名义捐给了福利院,我家里没有查出任何东西来。"

我没想到她会把自己择得这么干净,想夸赞她有先见之明又怕她误会,只好继续保持沉默。她却一眼就洞穿了我的心思,说:"这不是我有什么先见之明,而是我一直怕沾染这些东西。我是个素食者,素食者并非单纯不吃肉,素食者选择食物除了不杀生这个原因之外,终极目标是修心,就是要让自己的内心保持洁净和安宁。为了自己内心的那份平静,我必须要彻底隔绝那些蝇营狗苟的人和事。"

我无法想象这种夫妻生活状态,在一个屋檐下生活却能做到毫无干系,更何况他们还有一个女儿。我问:"女儿知道了吗?"

汤丽欣说:"知道了,前几天我就在电话里跟她说了。女儿听完比我还淡然,平静地说了句我知道了,就把电话挂了。女儿大了,肯定之前就已经有了自己的想法和充分的思想准备。我这女儿的性情跟我更接近一些,跟她爸爸似乎一直都不是太亲。我从没记得她缠着她爸要过这那,也从不想跟她爸爸出去参加一些场合,有时她爸想带她出去吃饭,怎么求她都不给面子。"

这倒是事实,在我们频繁相聚的那几年,老尤有时会带着自己的儿子,而聂世兰却从没把女儿带出来过。但在席间,谈起自己的女儿,聂世兰会格外兴奋,脸色红润眼睛发亮,活脱脱显现出一个父亲的幸福和骄傲。

我从心里不赞成汤丽欣用"淡然"来形容自己女儿的状态,父亲出了这么大的事情，作为亲生女儿怎么会淡然呢？我说："这事对女儿肯定是会有影响的。"

汤丽欣说："影响早就产生了。我和聂世兰的这种状态怎么会对孩子没有影响？这么多年来，我之所以忍气吞声，在很大程度上就是为了减弱这种影响，不然我们早就把这婚姻的空壳甩掉了。"说着汤丽欣竟然有些激动，眼泪无声地流了下来。

我也有些心酸，把手边的纸巾递了过去。汤丽欣接了，慢慢抻开擦拭了一下眼泪，并没有把纸巾扔掉，而是重新把它整齐地叠起来攥在了手里，然后又长长地出了一口气说："实际上，我一直在后悔年轻时的草率。外人觉得我和聂世兰很般配，但真实的生活状态谁又能知道？我们的结合本身就是个错误。那时候，我刚从莱城矿务局来到悦城，家还没搬过来，就住在学校后面的单身宿舍里。当时，住校的老师只有我一个人，父亲也刚刚来到新的工作岗位，工作非常忙，基本上没时间管我，因此那时我倍感孤独。可是，外人看我的生活却很热闹，不断有年龄相仿的男孩子来学校找我。他们的目的非常明显，我却对此很反感。一方面我不喜欢他们以那种方式来对待我，另外一方面，我们刚刚毕业，我还没完全从季海坡的阴影里走出来。这些男孩子接二连三地来学校找我，让我感到不胜其扰，学校领导对此也颇有微词。其中比较执着的除了聂世兰之外，还有三合村书记的儿子，这位公子哥不知怎么就看上了我，一开始托校长做媒，我拒绝之后他并不死心，就直接来学校骚扰我，晚上经常带着他那些狐朋狗友在我宿舍后面鬼哭狼嚎。我向校长诉苦，校长反而劝我答应他，并进一步介绍说他们家在城里有多少套房子，家里有多少存款，在当地多么有势力。我一看校长是指望不上了，就自己出来租了一间房子，为了上班方便，租的房子也在学校附近。搬家那天下午，天上下着小雨，是聂世兰帮我搬的家。也没多少家当，只有两个箱子，用肩膀扛着就过去了。吃完晚饭，把新居拾掇完，天已经有些晚了。那天可能由于下雨的缘故，聂世兰没骑自行车，公共汽车也停运了，他要走回王瓜店小学还有十多华里的路程，而且到了晚上雨反倒越下越大。他一开始要冒雨回去，我突然动了恻隐之心，就说要不你就在这里凑合一晚上吧。他犹豫了，但最终还是留了下来。那一夜什么事情都没发生。那个时节是春末夏初，天气已经逐渐热了起来，我在房东准备的简陋木床上囫囵地躺了一夜，他把从学校带过来的两把椅子并在一起，躺在上面歇了一晚上，第二天一早他就回去了。但这事却在我们学校引起了轩然大波，那位公子哥开始给我造谣，说我之所以搬出去就是为了跟男人鬼混方便。最可气的是校长也听信了这种谣言，来找我谈话，问我是不是在宿舍留宿过男人。面对这些无聊的人我百口难辩，后来也不想辩解，直接就承认了，对校长说那个留宿的男人就是我未婚夫。我们就这样将错就错地结了婚。

"可我们毕竟不是一路人，我们的做法不一样，想法更不一样。我们生活中的那些细细碎碎的东西，像一块块小砖，绵延铺展下去，却铺不成一条共同前进的道路。最让我不能忍受的是他对我父亲的利用。他后来在仕途上的发展，外人都以为是我父亲帮他打过招呼，实际上，很多事情我父亲都是事后才知道。他利用我父亲做幌子为自己谋取了多少利益，只有天知道。你不了解我父亲，同样是在政界工作，我父亲跟他的做派有很大不同。我父亲走的路子一直很正，在莱城矿务局是凭借过硬的专业水平干到处长，来到悦城凭借的是好的人品和好的口碑。而聂世兰所走过的每一步却都带着一股下水道气味。我后来决定吃素，除了一种天定的缘分之外，在很大程度上也是为了涤荡他给我带来的那些浊气。我要为自己赎罪，尽管我没参与那些龌龊的勾当，但许多事情却因我而起。我们在一起生活了将近二十年，他给我带来了一个女儿，这算是我这辈子最大的收获,剩下的就是绵绵无尽的悔恨和无止无休的忏悔。"

我有些吃惊，没想到聂世兰和汤丽欣是这么结合在一起的。可看起来他们是多么般配呀！在世人眼中，眼前这个女人又是多么幸运！生在一个优渥的家庭，后来又嫁了一个前途无量的丈夫，可她却生活得如此凄凉！托翁的那句名言真是说到了人生的骨子里：幸福的家庭都是相似的，不幸的家庭各有各的不幸。每个人都生活在自己的真相里，这个真相对外人来说就是假象。

见我沉默不语，汤丽欣不好意思地笑了一下说："现在能把这些事情讲出来，说明我已经放下了。我现在能正视人间的苦难，经历这些苦难对我们来说就是修行，这种修行能让我们更好地明心见性，寻找到真正的自己。在现世中，我们所有听到的看到的可能都是对别人生活的误读，生活的真相也许就藏在外人看不到的深处。有一阵子，我上下班都会路过一个市场，市场里的门头大都是夫妻店。早上看到两口子在忙忙碌碌地卖货，到了傍晚，顾客散去，他们就开始享受自己的生活，把圆桌支在门口，亲手做上几样喜欢的菜肴，男人喝上几口酒，女人唠叨上两句，还有可爱的孩子在旁边无拘无束地玩耍。我曾经极度迷恋这种充满市井气的生活画卷，每次路过都从心里艳羡这些人，觉得有时幸福也许就是这么简单。可有一天下午我却发现，那对曾经生活最为和谐的夫妻扭打在了一起，男人抓着女人的头发追打，女人号叫着把男人的脸都撕破了，孩子蹲在地上哇哇大哭，长长的鼻涕流到了嘴巴下面……由此我想到了很多。比如褚燕来，我们都不理解她当初的选择，认为她是在犯傻，可我们中间又有几个人能看到她的内心？她按照自己心灵的轨迹前行有什么错？所以，我们不能对她的幸与不幸妄下论断。她也许是幸福的，也许不是，这都取决于她自己内心的感受。"

我承认她说得有些道理，每个人对幸福的理解确实不一样。但我还是固执地认为，两个相爱的人如果最终不能走在一起就不会幸福。从个人生活的实证出发也许狭隘了一些，可我不能欺骗自己，所以我从来不认为自己是幸运的，我也不认为褚燕来会幸福。她的伤痛波及了我，我们的伤痛太深太久了，已异化成了我们体内的基因，无论后天有着怎样的努力都撼动不了。

可这并不意味着我不知道感恩，历经种种之后，我的内心仍然柔软无比，仍然会被轻易地感动，仍然能对陌生的弱者展开笑脸。这就是生活对我的恩赐，我常常会为此而泪流满面，生活毕竟还没太过亏待我，还让我保留了一颗向善向美之心。

我很想再和汤丽欣谈一下褚燕来。这段时间虽然忙乱，又发生了这么大的变故，但我一直没停止过对褚燕来的寻找。几经周折，我已联系到了写那篇报道的记者，他向我提供了湖区那家幼儿园的确切地址。可汤丽欣此时似乎没有谈这些的兴趣，在略显晦暗的光线下，她如凝滞的冰河般安安稳稳地端坐着，脸上的轮廓好像比刚才更加清晰，也更加柔和，那眼神中没有了刚才的激情，定定的，就像沉静而明亮的春水。

沉默了好一会儿，汤丽欣才淡淡地说道："生如浮云，残灯灭，静数清秋。你知道吗，我就要离开这个俗世了。"我吓了一跳，猛然睁大眼睛。汤丽欣赶紧安抚我说："你不要误会，我说的离开不是要结束生命。我很早就认识到我们来到这个世界本身就是奇迹，你的生命从来就不属于你个人，是属于那些爱你的人，以及与你相关的人。从更高层次上讲，生命是一种自然而崇高的延续，任何人都没理由任意终止。我想离开的是眼前这个纷扰的世界，去寻求心灵的栖息地。我已跟女儿和我自己的父母商量好了，想度我的师父也已找到。我是个天生有佛缘的人，还记得我们临毕业时的那次出行吗？在白马寺大佛殿里，我一进去就完全沉浸在里面，感受到了从未有过的奇妙和玄机，第一次领悟到生命另外的一种生存方式。当时我就有些着迷，最后看你们都走了才恋恋不舍地离开。我那次崴脚应该就是个前兆，那不是因为不小心，而是在走出大殿往下迈台阶的时候，突然感到有人在后面拽住了我，身体失去了平衡才跌倒崴了脚，但后面明明又没人。那时我就感到是佛祖不想让我离开，有意要留下我。现在，我在尘世的一切都已了结，所以到时候了，我应该顺应天命，遁入空门，去自己想去的那个世界，过自己想要过的生活，好好修心。临别我要告诉你一个真相，这也是我找你来的主要目的：是我举报的聂世兰。你一定不会想到吧？或许觉得我有些歹毒？但我举报他却是出于善良的愿望，是想拯救他，让他不至于作恶太多，让他及时刹车。这样，来生他也许还会有机会，不然，任他自己这么折腾下去，就真要万劫不复了。"

三十二

跟汤丽欣见面的第二天我就踏上了寻找褚燕来之旅。

我要去的地方是骆县鹊山镇蓝湖社区春燕幼儿园,这是"青年在线"那位记者提供的信息。相比起二十年前,鹊山镇政府变化很大,原来那座低矮的二层楼房不见了,取而代之的是一座敞亮气派的四层建筑。大门也扩建了,形成一个往下的陡坡,人员进出需要使出不同的力道。门口的马路比以前宽阔了很多,两边还起了一些二层三层的楼房,都是些商业楼,一楼用来经营,二三楼自住或者用来出租。街上有了明显的人流,但却不像城市里那样急匆匆的,活动范围也小,从这个门脸到那个门脸地串,很像乡间邻居之间的走动。镇政府对面的马路拐角处停着不少等活儿的车辆,大多是面包车,这些车辆应该都是黑出租,几乎没办过什么手续,也就是在当地跑一跑。

我上了一辆看上去还算干净的红色面包车,车主上来就问:"你是记者吧?"我有些好奇,就故意反问道:"怎么看出来的?"车主说:"因为这一阵子不断有记者来采访蓝湖社区的春燕幼儿园,光我就拉过好几个了。"我说我不是记者。车主似乎有些失望,顿了一下,就又说:"那你一定不是骆县的!"这倒是不假,我由衷地夸赞道:"你真有眼光!

我确实不是骆县的,到这边来看望一个朋友。"被我这么一鼓励,车主的话匣子就又打开了,说:"不是我有眼光,是我们当地人几乎没有把老李庄子叫蓝湖社区的。这个名字叫着倒是怪好听,但我们总是不习惯,老李庄子都叫了好几辈子了,上面忽然把名字改了,这让人咋适应呢!"

车主一面抱怨一面介绍,蓝湖社区的由来也渐渐明晰起来。前几年对环绕东篱湖周围的几个乡镇做了调整,鹊山镇划归了骆县。原东篱县利用这个机会开始大力发展旅游业,在东篱湖东岸建起了水浒古城。这边的骆县也不甘落后,依托东篱湖西岸水面开阔的优势,要举全县之力打造八百里水泊梁山景观带。按照这个规划,东篱湖边有十几个村庄列入了拆迁范围,所有村民都被安置到了老李家庄子的位置,老李家庄子就这样变成了蓝湖社区。拆迁过程中当然也会遇到各种各样的障碍,但骆县这位现任书记却有着超出常人的气魄,联合公安法院城建等部门组成了强有力的拆迁队伍,还无限度地提供资金支持,有了这种铁腕手段,整个拆迁过程基本还算顺利。

下了滨湖大道,进出蓝湖社区的道路却极为难走,路面倒是还算宽阔,但都坑坑洼洼的,面包车颠簸得厉害,车主就又开始抱怨:"看这路!还社区呢!

前面是一排排整齐的楼房,把边上的平房反衬得更加低矮,路的两边堆满了沙子、石子,还有些乱堆在一起的建筑垃圾。路上的行人渐多,各种状态的都有,像极了小时候跟着大人去镇街赶年集的光景。

我在路口下了车,车主告诉我春燕幼儿园就在前面,往前是一条南北街,路东是新建不久的楼房,路西应该是原来的平房。两边都有住户,从外观上看楼房似乎整齐一些,但下面单元门外面却布满了住户们自己搭建的建筑,有鸡笼、柴火垛、还有用自制的棚子遮挡着的灶台,看着这些乱七八糟的建筑，反倒觉得这边还不如路西的平房整洁。幼儿园的牌子很醒目，在路西的平房区，一个倒放着的"U"字形大招牌，中间的铁皮上写着"春燕幼儿园"五个红色大字。幼儿园的大门朝东，两边各有一个门柱，被刷成了粉红色，上面还写着字，左边写着"赢在中国"，右边是"赢在起点"。透过紧紧关闭着的黑色铁栅栏门，能看到里面的房子也是粉红色的。对着大门的是游乐区，地上铺着绿色的草编垫子，上面有彩色滑梯，周边还有一些色彩斑斓的马、羊之类的小动物。游乐区两边是两排平房，也都是粉红色的，有阵阵孩子们的欢笑声从里面传出来。应该已经到了下午放学时间，门口挤挤挨挨地站着来接孩子的老人，他们大多已白发苍苍，有的抄手而立，还有的推着简易的三轮车。

我挤到前面，正巧铁栅栏门下的小门开了，来开门的是一位看起来有四十多岁的大嫂。这位大嫂把小门打开，然后笑吟吟地对等在门口的老人们说："孩子们马上就出来了，你们再稍等一会儿。"看我站在门口想往里进，她就问："你找谁？"大嫂一边说着一边还认真地朝我身上打量，还没等我回答，她又显出猛然醒悟的样子，"你是来找我们园长的吧？赶紧进来。"我不知道她怎么能一下子就断定我是来找园长的，不过此时我已认定她所说的这个园长就是褚燕来，心里填满了激动的情绪，见大嫂在那有限的空间前闪开了身子，就趁势迈进了幼儿园。

里面很干净也很整洁，大门两边的空地上摆放着三四块展板，最边上的展板上写着："春燕移民留守儿童活动中心"。下面展示的是孩子们的笑脸以及活动剪影，从这块展板上可以看出来，这个幼儿园已经引起了社会各界的关注，有一家叫小红帽的公益组织已经把它列入了帮扶对象，每个星期都有固定人员过来跟孩子们互动，每次还会把社会各界捐助的玩具、食品、衣物带过来。将来还要在这里实施"爱心慈善超市""移民留守儿童特别救助基金""小候鸟圆梦工程"等等好多计划。

我正犹豫间,园内的小喇叭却突然响了,欢快活泼的放学儿歌也随之在整个校园里流淌:"放学了,收书包,书本用具别漏掉。捡捡纸来摆桌椅,室外站队快静齐。平平安安回家去……"

孩子们随着音乐涌了出来,先是前面那排教室的,这些孩子看起来应该是小班的,也就是三四岁的样子。他们来到院子里,并不像儿歌里唱的那样"室外站队快静齐",而是更像一群正在河滩上争抢食物的小鸭子,叽叽嘎嘎地往外跑。这些孩子穿得花花绿绿的,显得有些凌乱,都春天了,还穿着厚厚的棉衣,两个腮帮子热得红彤彤的。很多孩子还习惯性地淌着鼻涕,不时抬起胳膊擦拭着,棉衣袖子下端已出现了明显的色差,发着明晃晃的亮光,像是被油漆重重地刷过。有两位阿姨一直在边上维持着秩序。对这群孩子来说,"快静齐"的标准显然太高了,阿姨似乎也没有这种奢望,只是一直在强调:"小朋友们,站好了,爷爷奶奶在门口等着我们呢!咱们一起往外走……"于是散乱的队伍继续散乱着,但往大门口推进的速度却并不慢。这两位阿姨也都不年轻了,跟刚刚站在门口的那位大嫂差不多,和孩子们交流的时候虽然在竭力使用普通话,但发音大都不准,带着浓浓的地方口音,让人感到有种怪怪的味道。

当这支歪七扭八的队伍快接近门口的时候,迎面又走过来一位阿姨,这位阿姨好像年轻一些,从后面那排房子急匆匆地走出来,很快就追上了前面那支队伍。孩子们也都看到了她,几乎异口同声地叫着:"园长阿姨好!"她一边低头回应着,一边站在了那扇打开的小栅栏门下,开始牵着孩子们的手,一个一个地往外送。

我静静地站在旁边，专注地看着眼前这个女孩子。这时我已断定她不是我要寻找的褚燕来，只是脸部的轮廓和眉眼跟褚燕来近似，身材也差不多，甚至连走路的姿势都很像，可是她应该比我们年轻很多，也就二十多岁的样子。奇怪的是，这个认识一旦在脑海中被确证，我竟然没有多少失望，相反，心里居然还涌动出了一份莫名其妙的感动。此时晚霞从她身后铺过来，映照在孩子们那红彤彤的脸上，她微笑着亲手把孩子们交到那些爷爷奶奶手中，还不时嘱托着什么。往前延伸的霞光反照在她脸上，在我眼中渐渐升腾起一束圣洁的光芒。我的视野模糊了，似乎褚燕来又回到了眼前，她几乎没什么变化，发型还是二十年前那样的短发，只是比原来略微长了一些，前面的刘海把额头都遮了起来。甚至连她的衣服都跟过去差别不大，我记得学生时代的最后那个冬天，她就穿着这样一件蓝色方格呢子外套。

看来这是每天放学时必有的一套规定动作，她做得专注而认真，动作娴熟笑脸温柔。褚燕来仿佛真的回来了，跟二十年前一样，时光没有改变她，苦难也没有改变她。二十年前的底片与眼前的形象高度吻合，这种似曾相识的场景把我多年积压在心头的忧思都化作乌有。

可我最终还是回到了眼前的现实。她不是褚燕来，刚才已有人称呼她李园长，但我还是被感动了。幼儿园园长每天在门口迎送孩子，这应该不是什么新鲜的事情，可能很多幼儿园都是这样，但此时此刻我的心灵却感到了悸动，因为我已明确感受到了褚燕来。我相信如果是褚燕来，她也一定会这么做，而且应该还会做得更好。她不是褚燕来，我却真正感受到了褚燕来的真诚与纯粹。

我擦了一下眼角的泪水，顺着孩子们的队伍跟了上去。她猛一抬头，看到了我，有些吃惊。我学着孩子们的样子跟她打招呼："园长阿姨好！"

她似乎有些羞涩，抿了一下嘴巴，笑着问："你是哪个孩子的家长？"她的普通话跟那几个阿姨不同，很纯正，像是受过专业训练。

我回答说："我没有孩子在这个幼儿园里上学，我只是想来享受一下孩子们的待遇。"

没想到她竟然反应很快，马上就把手伸向了我，像刚才对待那些孩子们那样把我送出大门。我有些不舍，似乎还想说些什么，似乎有太多话想说，但最终什么也没说出来。重新回到街上，才想到我最应该告诉她："你长得很像一个人，她是我的爱人。"